AF189936

Sandra Rehle

Sommerfrische

auf

Gracewood Hall

Das Buch

Nicholas Bedford lebt seinen Traum. Als Fotograf reist er an die schönsten Plätze der Erde. Freiheit und Spontanität bestimmen sein Leben.

In der Millionenmetropole Kalkutta trifft er auf die schöne Schwedin Milla Sjögren und ist sofort von ihrem ganzen Wesen fasziniert. Bevor er sie richtig kennenlernen kann, verlieren sie sich aus den Augen.

Monate später sieht er sie ausgerechnet auf dem traditionellen Sommerfest von Gracewood Hall wieder.

Und auf einmal steht seine ganze Welt Kopf.

Die Autorin

„Sommerfrische auf Gracewood Hall" ist der dritte Band der sympathischen Autorin der Gracewood-Hall-Reihe.

Sie schafft es, wie keine andere, das Schreiben und ihr Familienleben mit Leichtigkeit zu verbinden. Sie lebt mit ihrer großen Liebe und zwei gemeinsamen Kindern im schönen Hamburg.

Sandra Rehle

Sommerfrische

auf

Gracewood Hall

Bibliographische Information der Deutschen Nationalbibliothek:
Die Deutsche Nationalbibliothek verzeichnet diese Publikation in der Deutschen Nationalbibliographie; detaillierte bibliographische Daten sind im Internet unter dnb.dnb.de abrufbar.

© 2019 Sandra Rehle
Herstellung und Verlag: BoD - Books on Demand, Norderstedt
Covergestaltung: Digitale PrePress GmbH, Ludwigshafen
Covermotiv: © Shutterstock.de
Lektorat: Tanja Balg, Saarlouis
ISBN: 978 - 3 - 7494 -4864 -7

Prolog

Es war heiß, laut und bunt. Die Luft um ihn herum flirrte vor Farben und Gerüchen. Der Duft von Kurkuma, Koriander und Kreuzkümmel wehten von den Essenständen am Rand der Menge zu ihm herüber. Hier drängten sich mehr Menschen dicht an dicht, als er es jemals für möglich gehalten hätte, und ihr Lachen vermischte sich mit den fremdländischen Melodien der Sitars, Flöten und Trommeln zu einem allumfassenden Rauschen purer Lebensfreude.

Sein ehemals weißes T-Shirt zierten Streifen bunter Farbe und klebte wie eine zweite Haut an ihm. Er war mittendrin und würde von hier aus kaum ein gutes Foto schießen können, aber das war ihm egal. Heute ging es in erster Linie ums Erleben. Sicherheitshalber hatte er dennoch eine Kompaktkamera in der Hosentasche – er konnte eben nicht aus seiner Haut. Kurz vergewisserte er sich, dass sie nicht bereits Beute eines geschickten Langfingers geworden war.

Und auf einmal stand sie vor ihm. Sanft rieb sie ihm pinkes Farbpulver auf seine Stirn und Schläfen und strahlte ihn an.

Nick spürte ihre Berührung überdeutlich auf seiner Haut. Obwohl sich ihre Hand kühl anfühlte, breitete sich eine ungekannte Wärme in ihm aus. So etwas hatte er noch nie erlebt. Er fühlte sich, als wäre er in diesem Augenblick... angekommen. Die Menschenmenge, die fremden Töne der Musik – alles trat in den Hintergrund, verblasste um sie herum. Sie war groß, fast so groß wie er und beinahe schon zu schlank. Ihr blondes Haar trug sie in einem lockeren Dutt auf dem Kopf und ihr ebenmäßiges Gesicht zierten ebenfalls pinke Farbstreifen. Wie machte sie das? Nick konnte den Blick nicht von ihr abwenden. Es waren ihre Augen, die ihn nicht losließen. Wenn ihn das grelle Sonnenlicht nicht täuschte, waren sie türkisgrün. Sie erinnerten ihn an die griechische Badebucht, an der er mit seiner Familie Urlaub gemacht hatte, als er elf Jahre alt war und er sich das erste Mal verliebt hatte. Er wollte etwas sagen, wusste aber nicht, was. Ihre Hand berührte seinen Arm. Sanft und doch fest, irgendwie vertraut.

„Frohes Holi!", wünschte sie ihm. Sie sprach Englisch mit einem süßen Akzent. „Mögen die Götter dir wohlgesonnen sein und all deine Wünsche in Erfüllung gehen!"

„Äh, danke. Dir auch", stammelte er. Dann riss er sich zusammen und nahm ihre Hand in seine. „Hi, ich bin Nick."

„Freut mich, Nick." Sie lächelte noch immer. „Ich heiße Milla."

Auf einmal kam Bewegung in die Menge. Es war, als hätte jemand den Playbutton gedrückt. Die Musik, das Rufen und Lachen – alles war wieder da. Die Welt bewegte sich weiter. Bevor Nick wusste, wie ihm geschah, wurde sie fortgetrieben. Sie hob die Hand.

„*Hej då!*", rief sie ihm noch zu und dann war sie auch schon verschwunden. Verschluckt von der lärmenden, tanzenden Menge.

Nicholas Bedford stand wie eingefroren inmitten des Holi-Festivals in Kalkutta und wusste nicht mehr, was er dort eigentlich tat.

Kapitel 1
Ein Freitag im Juli

Vier Monate später stieg Nick in Antwerpen aus dem Flugzeug. Er streckte seine müden Glieder. Obwohl die Sonne ihren höchsten Punkt noch lange nicht erreicht hatte, war es bereits heiß. Mitte Juli war der Sommer auf dem europäischen Festland angekommen. Erwartungsvoll lächelnd rückte Nick den Schultergurt seiner schweren Kameratasche zurecht und ging auf das Flughafengebäude zu. Die hohen Temperaturen würden seinen Auftrag enorm erleichtern, aber zunächst musste er auf Gracewood Hall anrufen, um seiner Familie zu erklären, dass er es wahrscheinlich nicht zum traditionellen Sommerfest schaffen würde. Er konnte ihre Enttäuschung beinahe schon jetzt spüren, daher beschloss er, mit seinem großen Bruder zu sprechen. Nigel würde ihn wenigstens nicht in ein langes Gespräch verwickeln. Ein Telefonat mit Arthur, Nigels Lebensgefährten, wäre natürlich noch unkomplizierter, aber das kam Nick dann doch etwas feige vor. Außerdem hatte er einen guten Grund für seine Absage.

Nach einem Blick auf seine Armbanduhr beschloss er, das Gespräch sofort hinter sich zu bringen. Wer wusste schon, wie der Empfang auf dem Festivalgelände sein würde. Also suchte sich Nick eine ruhige Ecke, von der aus er das Gepäckband gut im Blick hatte, und wählte Nigels Nummer auf dem Handy aus.

„Na toll! Wenn du jetzt anrufst, kann das nur eines bedeuten!", rief Nigel ohne Begrüßung in sein Handy.

„Was soll das denn heißen?" Nick ließ sich sofort auf das Gespräch ein.

„Dass du mich anrufst, weil du nicht zum Sommerfest kommen wirst und deswegen ein schlechtes Gewissen Mum und Dad gegenüber hast", erklärte Nigel.

„Ich habe kein schlechtes Gewissen! ... Also zumindest *muss* ich keines haben, denn erstens steht noch gar nicht fest, dass ich nicht komme, und zweitens habe ich einen guten Grund, denn ...“

„Ha! Ich wusste es: Du sagst ab! Das ist ja mal wieder typisch“, unterbrach Nigel ihn.

Nick atmete tief durch. Sein Bruder hatte offenbar glänzende Laune. Langsam ließ er seine schwere Ausrüstungstasche von der Schulter gleiten und stellte sie vor sich auf den Boden.

„Können wir uns bitte wie zwei Erwachsene unterhalten und noch einmal von vorne anfangen?“

Nigel brummte etwas Unverständliches.

„Hallo Nigel, wie geht es dir?“, fragte Nick munter. „Ich habe ganz spontan einen großen Auftrag bekommen, deswegen kann es sein, dass ich nicht zum Sommerfest kommen kann. Ich weiß es aber noch nicht hundertprozentig. Sollte ich früher als erwartet fertig sein, eile ich wie der Wind zu euch.“

„Hallo Nick! Mir geht es gut“, antwortete Nigel übertrieben munter. Dann seufzte er. „Entschuldigung. Ich bin etwas angenervt. Dieses Brautmonster macht mich noch irre! Aber egal. Es wäre wirklich schön, wenn wir uns sehen. Schließlich werden alle da sein.“

„Ich weiß. Ich fände es auch schade, wenn es nicht klappt“, gab Nick zu. Dann runzelte er die Stirn. „Ist das immer noch dieselbe Braut?“

„Wenn du *Mindy Miller* meinst, dann ja, es ist immer noch dieselbe Braut.“ Nigel ließ die Schultern hängen. „Immer wenn ich glaube, jetzt haben wir es geschafft, jetzt läuft alles, kommt sie mit einer neuen absurden Idee um die Ecke.“

„Die Hochzeit müsste doch jetzt bald sein, oder nicht?“

„Ja, am Wochenende nach dem Sommerfest. Aber je näher der Termin rückt, desto schlimmer wird sie.“ Nigel seufzte wieder.

„Ist doch ganz normal, dass ihre Nervosität da steigt."

„Entschuldigung?! Du weißt aber schon, wem deine Loyalität gelten sollte?!"

Nick lachte.

„Alles gut, großer Bruder. Ich bin mir sicher, du machst das ganz toll und die Hochzeit wird der Wahnsinn. Und bis dahin versuchst du es am besten mal mit Meditation. Es gibt da eine tolle App! Ich schicke dir einen Link."

„Jetzt fang du nicht auch noch damit an", stöhnte Nigel. „Liz nervt mich mit dem Quatsch schon seit Wochen!"

„Sie weiß eben, was gut ist, und im Übrigen ist das kein Quatsch, sondern wissenschaftlich bewiesen, dass ..."

„Ach, du meine Güte – das Telefon klingelt! Ich muss leider auflegen", flötete Nigel und beendete das Gespräch.

Nachdem Nick seinem großen Bruder grinsend den Link zur Meditations-App geschickt hatte, steckte er sein Handy weg. Das war wieder typisch Nigel. Wenn der etwas nicht hören wollte, wechselte er einfach das Thema.

In diesem Augenblick begann sich das Gepäckband zu bewegen. Nick nahm seine Kameratasche und trat entspannt näher. Er hatte Glück – sein großer Wanderrucksack war eines der ersten Gepäckstücke. Schwungvoll nahm er ihn auf und schaute sich nach dem Ausgang um. Jetzt würde er erst einmal einen Kaffee und eine Kleinigkeit zum Frühstück besorgen. Bei dem Gedanken an ein Vollkornbrötchen mit Salat, Tomate und Schinken lief ihm das Wasser im Mund zusammen. Er liebte die asiatische Küche zwar, aber nach Monaten fern der Heimat sehnte er sich nach Abwechslung, und wenn es nur ein einfaches Bäckerbrötchen vom Antwerpener Flughafen war.

***

Nigel ließ seinen Kopf entnervt auf die Tischplatte sinken. Er hatte seinen Bruder vorhin nicht angelogen, sein

Telefon hatte tatsächlich geklingelt, und wie so oft in den letzten Monaten war Mindy Miller am Apparat gewesen. Sie hatte ihn tatsächlich auf dem Festnetzanschluss angerufen – Nigel wunderte sich, dass sie überhaupt wusste, dass es so etwas gab, so jung wie sie war. Für einen Moment schloss er die Augen. Einatmen. Ausatmen. Dann richtete er sich langsam wieder auf und versuchte sich durch ein Lächeln aufzumuntern. Seine Mundwinkel wanderten zwar nach oben, er vermutete aber, dass das Ganze eher wie eine Grimasse aussah. Bevor er sich mit Mindys neuesten Wünschen auseinandersetzen konnte, brauchte er erst mal einen starken Tee, und vielleicht hatte Mrs. Cuthbert ja auch etwas Süßes gezaubert. Wobei er eigentlich gar nichts davon essen sollte, denn diese Hochzeitsplanung hatte bereits deutliche Spuren an ihm hinterlassen, besonders am Bauch. Er grinste schief und stand entschlossen auf.

Nick hatte recht, die Hochzeit fand bald statt, und außerdem hatte ihm Mindys Vater immer wieder versichert, Geld spiele keine Rolle – Hauptsache seine Tochter sei glücklich. Nigel vermutete stark, dass genau dort die eigentliche Ursache für Mindys Verhalten lag. Ab und zu hatte er in den vergangenen Wochen einen Blick auf die *wahre* Mindy erhaschen können und die war eigentlich ganz nett gewesen. Nun, es war nicht wirklich sein Problem, dass Mr. Miller seine Tochter zu sehr verwöhnt hatte, im Gegenteil. Diese Hochzeit trug entscheidend dazu bei, dass seine Familie ihr Zuhause, das klassizistische Herrenhaus Gracewood Hall, in einem hervorragenden Zustand erhalten konnte.

Nigel ließ den Blick schweifen, während er die imposante Treppe hinunterschritt. Durch die große Glaskuppel in der Decke fiel genügend Licht in die große Halle und ließ die Sandsteinfliesen des Fußbodens in einem warmen Goldton strahlen. Am Fuß der Treppe angekommen, wandte sich Nigel nach links und schritt auf die Küche zu. Sie war etwas

Besonderes. Nigels Ururgroßvater hatte sie vom Souterrain, in dem sich die Küche traditionellerweise befand, ins Erdgeschoss verlegen lassen, weil er seine Mahlzeiten besonders heiß essen wollte – so war die Distanz zwischen der Familie und dem Personal zusehends geschrumpft. Und als Nigels Vater Richard Bedford in den Siebzigern die amerikanische Künstlerin Vivien Bell heiratete, wurde die Küche zum familiären Herzstück. Hier wurde, selbstverständlich immer unter Aufsicht von Haushälterin Mrs. Cuthbert, gekocht, gelacht, genascht und auch das ein oder andere aufgeschlagene Knie verarztet.

Als Nigel eintrat, stand Mrs. Cuthbert an der großen Küchenmaschine und schlug ein Ei nach dem anderen in die Schüssel. Neugierig kam Nigel näher.

„Hat die Braut schon wieder angerufen?", fragte Mrs. Cuthbert, ohne sich umzudrehen. Konzentriert gab sie nun löffelweise Zucker in die Mischung. „Was wollte sie denn diesmal?"

„Japanische Lampions und weiße Seidenzelte", antwortete Nigel ergeben. „Ich weiß gar nicht, wie und vor allem *wo* ich das besorgen soll, zwei Wochen vor der Hochzeit."

„Es gibt Seidenzelte?", wunderte sich Mrs. Cuthbert. „Seide ist doch so empfindlich ..."

„Ganz genau, Sie sagen es! Ich glaube kaum, dass irgendjemand die Zeltplanen anfassen und die Seide überhaupt bemerken wird." Nigel hob verzweifelt die Arme. „Sie will mir Fotos schicken. Wer weiß, wo sie das wieder gesehen hat. Wenn mir einer gesagt hätte, wie verrückt Bräute sein können, hätte ich vor der ganzen Hochzeitsplanungsache noch Psychologie studiert." Theatralisch ließ er sich auf einen der Stühle fallen und sank in sich zusammen.

In diesem Moment ging die Außentür auf und Annie kam herein. Die junge Frau arbeitete für die Bedfords als Aushilfe, nachdem sie während ihres Studiums ungeplant schwanger geworden und wieder nach Beddingsham zu ihren Eltern gezogen war. Während ihre Mutter auf das Enkelkind aufpasste, besserte Annie auf Gracewood ihre Kasse auf, bevor sie wieder zurück an die Uni ging. Zumindest war das der ursprüngliche Plan gewesen. Denn seit drei Monaten war alles anders.

„Hallo zusammen! Habe ich das gerade richtig gehört, du willst Psychologie studieren?"

„Hallo Annie! Nigel ist etwas angeschlagen wegen der Braut", informierte Mrs. Cuthbert sie und warf ihr einen bedeutsamen Blick zu.

Annie nickte wissend.

„Ah, die Braut. Was will sie denn diesmal?"

Nigel zog sein Smartphone hervor und zeigte Annie die Bilder, die Mindy ihm geschickt hatte. Annie legte den Kopf schief, betrachtete die Fotos und zoomte an verschiedenen Stellen.

„Sehr hübsch. Aber das sind gar keine Seidenzelte." Sie gab ihm das Gerät zurück.

„Nicht?" Verwundert wischte Nigel über seinen Bildschirm.

„Nein. Ich mache dir erst einmal einen Latte Macchiato und dann beweise ich es dir. Was du jetzt brauchst, ist viel Milchschaum und einen Plan."

„Klingt gut", gab Nigel abwesend zurück und vergrößerte die Bilder bis zur Unkenntlichkeit. „Äh, danke!"

Annie ging zum Waschbecken und wusch sich die Hände.

„Ich mache nachher die Bäder und den üblichen Rundgang?", fragte sie Mrs. Cuthbert.

„Genau. Und häng' bitte die Wäsche auf. Ich habe schon zwei Maschinen gestartet, die müssten dann fertig sein." Mrs. Cuthbert neigte den Kopf in Richtung Waschkeller. „Es sind hauptsächlich Tischdecken."

„Aber Mrs. Cuthbert, wenn ich die heute aufhänge, dann sind sie doch bis morgen viel zu trocken zum Mangeln!",

12

gab Annie zu Bedenken, während sie die Milch aus dem Kühlschrank nahm.

„Deswegen werde ich mich nachher an die Mangel stellen und Walter wird mir helfen."

„Aber ich hätte doch auch ...", warf Annie ein, ehe die Milchaufschäumdüse der italienischen Espressomaschine zu kreischen begann und eine Unterhaltung kurzzeitig unmöglich machte.

Dann floss der Kaffee in das Glas und Mrs. Cuthbert füllte den Teig in verschiedene Backformen.

„Sieh du zu, dass du deine Picknickkörbe für Samstag fertig bekommst. Schließlich wollen wir deinen Laden doch voranbringen!", nahm Mrs. Cuthbert den Gesprächsfaden wieder auf.

„Noch habe ich ja gar keinen richtigen Laden", berichtigte Annie die Haushälterin automatisch. „Und für die Körbe muss ich nur noch das Relish einkochen, dann habe ich alles vorbereitet, was ich vorbereiten konnte. Den Rest muss ich sowieso frisch machen." Annie stellte Nigel das Glas hin und setzte sich zu ihm.

„Wie läuft es denn?", erkundigte sich Nigel und streute Zucker auf den Milchschaum.

„Super! Ich hätte nie gedacht, dass sich so viele Leute in Beddingsham gesünder ernähren wollen. Außerdem war Matts Idee mit den Pfandgläsern für die Suppen und Salate Gold wert." Seit etwa einem Monat bot Annie im örtlichen Bioladen gesunde Mittagsgerichte und kleine Backwaren an. Es war eine Art Shop-im-Shop-Konzept. Sie wollte erst mal die Marktlage erkunden.

„Dass du das alles schaffst, ist unglaublich – deine Tochter, der Laden, die Arbeit hier ..." Mrs. Cuthbert hatte die Kuchenformen in den Ofen geschoben und richtete sich auf.

„Sie haben den Umzug in Matts Cottage vergessen", erinnerte Nigel die Haushälterin.

Annie lächelte und zuckte mit den Achseln.

13

„Ach, na ja, Poppy und ich hatten ja nicht viel. Daher war das an einem Wochenende komplett erledigt, und Matt hatte alles so toll vorbereitet." Bei der Erinnerung an die Anfänge ihrer Liebesgeschichte blitzten ihre Augen. Seitdem war so viel passiert, dass ihr die vergangene Zeit viel länger vorkam als nur ein paar Monate. „Meine Arbeit in dem Deli macht mir so viel Spaß, dass sie mir gar nicht wie Arbeit vorkommt. Wenn Poppy schläft, koche ich die Gerichte für den nächsten Tag. Morgens bringe ich sie in den Laden und komme dann her."

„Ach, dann bringt Matt die Kleine zu deiner Mutter?", fragte Mrs. Cuthbert.

Annie nickte.

„Wir wechseln uns ab. Ansonsten nehme ich sie einfach mit und sie ‚hilft' mir dann die Regale einzuräumen." Annie schmunzelte. „Ab nächsten Monat geht sie in den Kindergarten."

„Annie, wir freuen uns sehr für dich und Matt", sagte Nigel und legte seine Hand auf ihren Arm.

„Danke schön." Annie lächelte ihn dankbar an. „Wollen wir uns jetzt um Mindys Zelte kümmern?"

„Ich bitte darum", antwortete Nigel lächelnd und nahm einen Schluck von seinem Kaffee.

***

„Mr. Bedford, wie schön, dass Sie es so spontan einrichten konnten!" Kaum war er aus dem Wagen gestiegen, der ihn vom Flughafen zum Festivalgelände gebracht hatte, lief eine dynamische Mittvierzigerin auf ihn zu und streckte ihm ihre Hand hin. Ihr brauner Pferdeschwanz wippte auf und ab. Sie trug legere Bürokleidung – weiße Leinenschuhe, blaue Hose und ein fließendes weißes T-Shirt – Nick sah ihr die jahrelange Erfahrung im Marketing förmlich an.

14

„Hallo Mrs. Johnson. Die Freude ist ganz meinerseits", antwortete er und schenkte ihr ein aufrichtiges Lächeln. Er freute sich wirklich. Nicht nur war sein Honorar für diesen Auftrag gewaltig, auch die Organisation war bis jetzt reibungslos verlaufen.

„Ich hoffe, Sie hatten einen angenehmen Flug. Normalerweise planen wir unsere Events und Aktionen Monate im Voraus. Aber gegen Krankheit ist niemand gefeit." Sie lächelte zurück, beinahe entschuldigend.

„Das war er, danke!" Nick sah sich um und machte eine ausholende Handbewegung. „Tja, sein Verlust ist mein Gewinn."

Das Gelände war riesengroß. Es gab mehrere kleine Musikbühnen, verschiedene Verkaufsstände, eine Art Entspannungszone mit Liegen und Sonnenschirmen, diverse Bars und natürlich die große Bühne im Zentrum des Geländes.

„In der Tat." Mrs. Johnson nickte bestätigend und ging auf ein Golfcart zu. „Dann zeige ich Ihnen jetzt als erstes das Gelände und erzähle Ihnen von unserer neuesten Kreation und wie Sie uns dabei unterstützen können."

„Sehr gern." Nick folgte ihr und verstaute seine Taschen sicher auf der Ladefläche.

„Wie Sie wissen, stellt unser Konzern Erfrischungsgetränke für die breite Masse her", begann Mrs. Johnson mit der Einführung, sobald Nick eingestiegen war. „Mit unserem neuesten Produkt möchten wir eine junge, nachhaltig interessierte Zielgruppe ansprechen. Hier auf dem Festival haben die Kunden die Möglichkeit, das Getränk vorab zu testen. Dort", sie wies mit dem Kinn auf das Handschuhfach, „finden Sie eine Mappe mit allen notwendigen Informationen. Wenn Sie Fragen haben, wenden Sie sich bitte direkt an mich oder meinen Assistenten. Die Telefonnummern stehen auch dort. Nachdem ich Ihnen einen Überblick über das Gelände und unsere geplanten Veranstaltungen verschafft habe, zeige

15

ich Ihnen noch unseren Stand und mache Sie mit dem Promotionteam bekannt."

Nick warf einen kurzen Blick in die Mappe, die vor Informationen beinahe überquoll und nickte. Einiges hatten sie ihm schon per E-Mail geschickt. Seine Aufgabe war klar: Er sollte Fotos von glücklich und ausgelassen tanzenden jungen Leuten machen, die das neue Getränk in den Händen hielten – wie bei einem Werbeshooting, nur nicht so gewollt. Weiter lauschte er Mrs. Johnsons Ausführungen und nickte immer wieder. Es war nicht sein erster Auftrag für Werbefotos, aber einer der größten, die er bis jetzt bekommen hatte. Anders als manche Kollegen hatte er kein Problem mit Katalog- oder Werbeaufträgen. Diese Arbeiten sorgten für eine gewisse Freiheit in seinem Leben. Dadurch konnte er es sich leisten, Angebote abzulehnen, die nicht seinen Werten entsprachen. Nicht nur gewisse Themenshootings waren für ihn undenkbar, mittlerweile hatte er auch einen Punkt in seinem Leben erreicht, an dem er nicht mehr mit jedem Auftraggeber zusammenarbeiten wollte. Er hatte festgestellt, dass es für ihn viel besser funktionierte, wenn er auf sein Bauchgefühl hörte. Es gab schon genug unangenehme Menschen auf der Welt, da musste er nicht auch noch für sie arbeiten.

Dieser Auftrag reizte ihn nicht nur wegen der Größe – er mochte auch das neue Produkt und die Idee dahinter. Außerdem wollte er schon seit Jahren zu diesem Festival und hatte es bisher nie geschafft. Jetzt wurde er sogar dafür bezahlt; was war er doch für ein Glückspilz.

In sich hineingrinsend wandte er seine Aufmerksamkeit wieder der Frau neben ihm zu, die gerade am besagten Promotionzelt hielt.

Kapitel 2
Dienstag

„Und? Hast du sie?", erkundigte sich Bree Sullivan neugierig. Sie hatte vor einem winzigen Ticketshop in Antwerpen auf ihre Freundin Milla Sjögren gewartet und auf ihr Gepäck aufgepasst.

„Sie sind ausgebucht. Auf dem ganzen Festivalgelände gibt es keinen einzigen freien Zeltplatz mehr." Milla zog eine Grimasse.

„Du hättest heulen müssen, das hilft immer", gab Bree missmutig zurück.

„Das hätte nichts genutzt, glaub mir. Der Typ war mega unfreundlich." Milla griff nach ihrer Wasserflasche und trank den letzten Schluck aus.

„Und was machen wir jetzt?" Bree war enttäuscht, sie wollte schon seit sie ein Teenie war auf dieses Electrofestival und war diesmal so knapp davor gewesen.

„Jetzt schlafen wir in einem Bungalow!" Milla zog zwei Tickets aus der Tasche ihrer Jeansshorts und grinste Bree verschmitzt an.

Die starrte ungläubig von den Karten zu Millas Gesicht und wieder zurück. Dann sprang sie mit einem lauten Quieken auf.

„Wir haben sie! Wir haben Tickets!", rief sie immer wieder und hüpfte mit Milla im Kreis.

Milla genoss die Freude in Brees Augen. Das war es wert gewesen ihre Notfallkreditkarte zu zücken, um den horrenden Preis zu bezahlen. Bree hatte in den letzten Monaten so viel für sie getan – mit ihrer lockeren Art hatte sie Milla ganz unwissentlich gezeigt, dass das Leben auch anders sein konnte. Unwillkürlich schob sich das Gesicht von Nick aus Kalkutta vor ihr inneres Auge. Seit Monaten passierte ihr das immer wieder. Er ging ihr einfach nicht aus dem Kopf. Hätte sie an Liebe auf den ersten Blick geglaubt, hätte sie es so nennen müssen. Aber sie weigerte sich standhaft. Es ging einfach nicht, dass man sich in jemanden verliebte, mit dem man nicht einmal fünf Sätze gesprochen hatte!

Plötzlich blieb Bree stehen und schielte auf den aufgedruckten Preis der Eintrittskarten.

„Bist du verrückt?", rief sie aus und schnappte sich eine Karte. „Das können wir uns nicht leisten!"

„Der Preis stimmt nicht", schwindelte Milla. „Das waren Resttickets, die er nicht mehr verkauft bekommen hätte. Ich habe nur einen Bruchteil bezahlt." Sie zwinkerte Bree zu. „Deswegen kann ich dich auch einladen."

Die kniff skeptisch die Augen zusammen und musterte sie.

„Glaubst du mir etwa nicht?" Milla bemühte sich um einen neutralen Gesichtsausdruck und dankte Gott für die vielen Meetings, in denen sie ihn bereits erfolgreich angewandt hatte.

Und wirklich: Bree lächelte.

„Natürlich glaube ich dir. Aber du musst mich nicht einladen, ich ..."

„Ich möchte aber gern", unterbrach Milla sie mit Nachdruck und schulterte ihren schweren Reiserucksack. „Lass uns lieber den Shuttlebus suchen, das geht sonst alles von unserer Feierzeit ab!"

„Der Bus muss da vorn irgendwo abfahren. Ich habe im Netz nachgesehen." Bree wuchtete ihren großen Rucksack ebenfalls auf den Rücken und schnallte sich einen kleineren vor die Brust. „Boah, ich freu mich so! Du wirst sehen, es wird mega!" Mit einem fetten Grinsen zog sie Milla am Arm mit sich mit.

***

Es war noch früh am Nachmittag, aber Nick baute schon jetzt sein Set auf. Am Abend würde ein Star-DJ auflegen und dafür hatte er sich etwas Besonderes ausgedacht.

Er baute sich aus Getränkekisten eine Art Podest inmitten der tanzenden Menge und hoffte, durch die Perspektive ein paar ausgefallene Aufnahmen zu bekommen. Manche Festivalbesucher tanzten schon seit Stunden im gleichbleibenden Takt. Wie hielten die Kids dieses Tempo durch? Er war jetzt seit fünf Tagen hier und spürte langsam jeden einzelnen Knochen. War das sein Alter oder waren es noch Nachwirkungen des Jetlags? Da er im Herbst erst 33 Jahre alt wurde, beschloss Nick, dass es ganz eindeutig am Jetlag liegen musste und er bestimmt zu wenig Wasser getrunken hatte.

Auch wenn ihm diese Arbeit körperlich einiges mehr abverlangte als irgendwelche Tempelanlagen zu fotografieren, war er doch wirklich dankbar, hier sein zu dürfen. Dieses Festival war einfach gigantisch: die auflegenden DJs, die Stimmung der Gäste, der ganze Aufbau mit der Deko – aber auch auf den zweiten Blick merkte man die Liebe zum Detail. Überall wurde, so gut es ging, auf Nachhaltigkeit geachtet und so wenig Müll wie möglich produziert. Ganze Aufräumkolonnen sorgten rund um die Uhr für Ordnung, und wenn man Hilfe benötigte, war die nie weit entfernt.

Das Podest war fertig. Sein letzter Arbeitstag hier konnte offiziell beginnen. Zufrieden lief Nick zum Zelt seines Auftraggebers, um seine Ausrüstung zu holen. Es hatte eine Unwetterwarnung gegeben, von der zwar noch nichts zu spüren war, dennoch war er mehr als froh, bereits genug Bildmaterial gesammelt zu haben. So konnte er morgen nach England fliegen und doch noch beim Sommerfest auf Gracewood dabei sein.

„Hey Nick!" Stacey, eines der Werbe-Mädchen, lehnte sich entspannt an den Tresen am Eingang des Zeltes. „Schön, dass du mal wieder bei uns vorbeischaust!"

„Finde ich auch."

Nick grinste sie an. Sie hatten schon die ganze Zeit einen guten Draht zueinander gehabt.

„Stacy-Darling, du hast nicht zufällig noch ein kaltes Wasser für mich?"

„Für dich immer!" Sie warf ihm einen gespielt kecken Blick zu und ging hüftschwingend zum Kühlschrank.

Nick lachte auf und ging um den Tresen herum zu seinen Sachen, die er dort in einer Ecke verstaut hatte. Dabei grüßte er nickend die anderen aus dem Team. Er kniete gerade neben der offenen Tasche, als Stacy zurückkam.

„Bitte sehr, der Herr!"

Sie hockte sich neben ihn und legte den Kopf an seine Schulter.

„Danke, du bist ein Schatz. Wie läuft es denn?", erkundigte er sich. Ihm selbst schmeckte die neue Limo ganz gut, allerdings trank er trotzdem lieber Wasser.

Stacey schenkte ihm ein strahlendes Lächeln.

„Gut. Mal ist mehr los, mal weniger, aber insgesamt sind alle entspannt und gut drauf, und ich liebe die Musik! Ich könnte die ganze Zeit nur tanzen ... wenn nur meine Füße nicht wären."

„Dann brauchst du eine Massage. Da drüben ..."

„Ach, und ich dachte, *du* bietest mir deine Dienste an!", unterbrach Stacey ihn und klimperte übertrieben mit den Wimpern.

Wieder lachte Nick.

„Sorry Süße, dafür ist keine Zeit. Morgen früh geht mein Flieger." Er hatte jetzt alles beisammen und stand auf.

„Schade ..." Stacey zog eine Schnute und stand ebenfalls auf. Nick half ihr. „Haust du wegen der Unwetterwarnung ab? So schlimm wird es schon nicht."

„Es ist nicht wegen dem Unwetter. Ich bin einfach fertig mit meiner Arbeit. Auf zum nächsten Job." Er zwinkerte ihr zu.

„Das ist wirklich schade, dann habe ich niemanden mehr zum Quatschen. Die anderen nörgeln die ganze Zeit."

„Jaja, solche Leute gibt es überall." Er nickte. „Achte einfach nicht auf sie und tanz weiter." Nick lächelte sie aufmunternd an und zog sie in seine Arme. „Halt dich fern von den Meckerfritzen", flüsterte er beschwörend.

Stacey löste sich lachend von ihm.

„Sagst du noch mal richtig Tschüss?"

„Klar!" Nick schulterte seine Kameratasche und schnappte sich das Stativ. Er zwinkerte ihr noch einmal zu und verließ das Zelt.

„Passt gut auf meine Süße auf!", rief er den anderen, die tuschelnd beieinanderstanden, grinsend zu. Begleitet von Staceys Gelächter verschwand er im Getümmel. Sollten sie sich doch das Maul zerreißen, ihm war das egal und Stacey auch. Es reichte vollkommen, dass sie beide wussten, dass nichts zwischen ihnen gelaufen war. Zugegeben, er war kein Kind von Traurigkeit. Nick liebte seine Ungebundenheit und lebte sie auch aus. Aber nur, wenn er sich sicher sein konnte, keine gebrochenen Herzen zu hinterlassen. Doch je älter er wurde, desto weniger Vergnügen bereiteten ihm solche Spielchen. Diesen Kick fürs Selbstbewusstsein brauchte er schon lange nicht mehr. Aber er hatte eben noch keine Frau getroffen, die ihn wirklich interessiert hätte. Kurz schob sich das Bild der Blondine vom Holi-Festival vor sein inneres Auge. Manchmal träumte er nachts von ihr, aber jedes Mal blieb sie außerhalb seiner Reichweite.

Unwillig schüttelte Nick den Kopf. Das war eine *winziger* Moment gewesen! Vor *Monaten!* Auf einem anderen Kontinent, verdammt! Außerdem wusste er nichts von ihr, außer ihrem Vornamen. Und überhaupt – wie groß war, bei fast acht Milliarden Menschen auf der Welt, die Wahrscheinlichkeit, ausgerechnet einen ganz Bestimmten wiederzusehen?! Na gut, er wusste, oder vermutete zumindest, dass sie Schwedin war. Schweden hatte rund zehn Millionen Einwohner. Das Internet hatte ihm sogar verraten, dass es ca. 1,9 Millionen schwedische Frauen im Alter zwischen 25 und 54 Jahren gab. Aber auch wenn diese Zahl deutlich geringer war, half ihm das überhaupt nicht weiter.

Mittlerweile war er an seinem Podest angekommen und begann energisch mit dem Aufbau seiner Ausrüstung. Schließlich war er zum Arbeiten hier.

***

„Und, Schatz? Wie war die Probe?", fragte Timothy seine Frau, als sie ins Wohnzimmer trat. Er saß am großen Tisch, den Laptop vor sich, und arbeitete.

„Toll!", antwortete Nora und kickte ihre Schuhe von den Füßen. „Ich muss dir unbedingt etwas erzählen!"

Tim hörte, wie sie ins Gäste-WC trat und sich die Hände wusch. Schließlich kam sie breit lächelnd auf ihn zu und drückte ihm einen Kuss auf.

„Und bei euch? Ist alles gut gelaufen?", erkundigte sie sich. Aber anstatt sich zu setzen, ging sie in die Küche zum Kühlschrank. „Ich habe so einen Durst! Willst du auch etwas trinken?"

„Nein, danke." Tim lächelte in sich hinein. Es war so schön zu sehen, wie überglücklich sie jeden Dienstagabend von der Chorprobe nach Hause kam. „Es ist noch etwas von dem Auflauf da."

„Das ist ja nur noch eine Miniportion!", rief Nora ihm aus der Küche zu.

„Und selbst die musste ich mit meinem Leben verteidigen. Deine Kinder haben sich wie die Wölfe daraufgestürzt."

Nora lachte. Sie hielt sich nicht lange mit Geschirr auf, sondern schnappte sich einfach die Form, eine Gabel und ihr Wasser und setzte sich zu ihrem Mann. „Das nächste Mal müssen die Kinder aber nicht hungrig ins Bett gehen. Ich kann mir auch ein Brot machen, wenn ich zurückkomme."

„Kommt gar nicht in Frage!" Tim schaute sie an. „Wenn du schon so lecker vorkochst, sollst du auch etwas davon haben." Er nahm ihre Hand und drückte ihr einen Kuss darauf. „Die beiden Racker haben noch Joghurt bekommen."

Nora warf ihm einen Luftkuss zu und begann zu essen.

„Und sonst? Hat Claire ihre Sachen für die Schule fertig? Sie schreibt morgen ..."

„Einen Musiktest, ich weiß. Ich habe sie noch einmal abgehört. Sie ist gut vorbereitet."

„Und hast du dir Henrys Schramme noch mal angesehen? Ist ihm irgendwie übel geworden? Ich weiß gar nicht, wie er gestürzt sein muss, dass er sich die Haut am Ohr zerkratzt."

„Nora, Liebling, den Kinder geht es gut. Henry ist putzmunter. Vertrau uns ein bisschen, schließlich bin ich schon seit acht Jahren Papa und seit fast fünf Jahren sogar zweifacher."

„Entschuldige, du hast recht." Nun drückte Nora seine Hand. „Ich weiß doch, dass du der tollste Papa der Welt bist." Sie beugte sie vor und gab ihm einen Kuss.

„Hmmm ..." Tim beugte sich ebenfalls vor und zog Noras Stuhl zu sich heran. „Ich habe dich vermisst", flüsterte er an ihren Lippen und vertiefte den Kuss.

Nora lachte leise. „Ich war doch nur zwei Stunden weg."

„Eine Ewigkeit ...", murmelte Tim und küsste sie wieder. Zu gern hätte er sie auf seinen Schoß gezogen, aber nicht nur das Tischbein war im Weg, auch das Netzkabel des Computers war quer durch den Raum gespannt.

„Du bist unersättlich." Nora versuchte sich lachend loszumachen. „Ich muss dir ..."

„Das dürfte nach zwölf Jahren nun wirklich keine Überraschung für dich sein", unterbrach Tim sie und begann an ihrem Ohrläppchen zu knabbern.

„Ich wollte dir doch noch etwas erzählen!" Nora versuchte sich aufzurichten. „Tim, das kitzelt!"

„Bei mir kitzelt auch was ..." Tim warf ihr einen bedeutungsvollen Blick zu und wackelte mit den Augenbrauen.

„Du bist so verrückt!" Nora lachte und ihre Augen blitzten vergnügt.

„Ja, verrückt nach dir." Er gab ihr einen Schmatz auf die Wange und zwinkerte ihr zu. „So, was wolltest du mir erzählen?" Er setzte sich aufrecht hin und sah sie auffordernd an.

„Du wirst es nicht glauben! Ich habe dir doch von dieser Band erzählt, ‚The Rocking Five'. Jedenfalls kam Michael, der Gitarrist, heute zu uns. Ihre Sängerin ist schwanger und muss sich die ganze Zeit übergeben, die Arme", Nora redete ohne Punkt und Komma, „und sie haben den ganzen Sommer über verschiedene Auftritte und stehen jetzt blöd da. Jedenfalls hat Michael sich an mein kleines Solo letztens erinnert, du weißt schon, auf dem Kirchenfest an Pfingsten, und hat mich gefragt, ob ich nicht für sie einspringen will!" Es hielt sie kaum noch auf ihrem Stuhl. „Ist das nicht toll?! Ich wollte es erst gar nicht glauben! Und dann habe ich gesagt, dass ich ja Kinder habe und das erst mit dir absprechen muss." Nora hielt sich die Hände an ihre vor Aufregung roten Wangen. Sie sah einfach bezaubernd aus.

So glücklich hatte Timothy seine Frau lange nicht gesehen. Sie schien vor Freude regelrecht zu strahlen, selbst ihre roten Locken wirkten wie aufgeladen. Hätte er sie nicht schon so geliebt, hätte er sich glatt noch einmal in sie verknallt.

„Das ist wirklich toll, Schatz! Ich freu mich für dich!" Tim stand auf und drückte sie fest. „Weißt du schon die genauen Termine?"

„Ja, er hat mir einen Zettel mitgegeben. Die meisten sind am Wochenende und hier in der Gegend, aber ein paar sind auch weiter weg. Ich könnte die Kinder zu meinen Eltern

nach Gracewood bringen und ...“ Nora unterbrach sich.
„Hast du gerade gesagt, du findest es toll?“

„Ja, klar! Was sollte ich denn sonst sagen?“ Tim lächelte.

„Ich weiß nicht.“ Nora schüttelte verwirrt den Kopf. „Es kommt ja so plötzlich und ...“

Tim schaute ihr in die Augen.

„Es ist ziemlich spontan, das stimmt. Aber wenn du es wirklich willst, dann kriegen wir das hin. Anscheinend sind es nur ...“ Er schielte auf das Blatt, das Nora auf den Tisch gelegt hatte. „Es sind zwei Wochen, die du weg wärst, also nur zehn Arbeitstage, an denen wir die Kinderbetreuung regeln müssten. Kein Ding.“ Tim lächelte wieder. „Du hattest doch gesagt, du möchtest diesen Sommer mal etwas ganz anderes machen und dass du die Ferienbetreuung der Kinder nicht immer allein übernehmen möchtest. Siehst du, ich höre dir zu!“

„Oh, ich freu mich so!“ Nora fiel ihm um den Hals. „Das wird so toll! Also, schau: Hier, an diesem Wochenende, können wir ...“

***

Der Bass wummerte mit seinem steten Rhythmus in Nicks Brustkorb. Der DJ verstand sein Handwerk. Seit Stunden schraubte er den Beat kontinuierlich in die Höhe und feuerte die Menge an, in Bewegung zu bleiben. Bald würde der eigentliche Star des Abends in Erscheinung treten und die aufgeheizte, partybereite Meute in Empfang nehmen. Nick beglückwünschte sich in Gedanken selbst, dass er dieses Podest gebaut hatte. Die Tänzer hielten respektvoll Abstand und er konnte großartige Bilder machen. Die einzige Herausforderung war, nicht selbst die ganze Zeit zu tanzen – die Musik ging einfach ins Blut. Grinsend stellte er das Stativ auf die gegenüberliegende Seite des Podests, um die Perspektive zu wechseln. Prüfend blickte er durch den Sucher und erstarrte.

Da stand sie! Nicks Kopf ruckte hoch. Er versuchte sie mit bloßem Auge zu entdecken, wagte nicht einmal zu blinzeln. Wieder sah er durch den Sucher. Da! Ja, definitiv, das war sie. Ohne Zweifel. Es war nicht zu fassen!

Milla tanzte nur ein paar Meter von ihm entfernt. Wie getrieben betätigte er den Auslöser. Wieder und wieder. Plötzlich ließ der DJ die Plattenteller kreischen, die Lichter flammten auf, zwei neue Töne erklangen und die Meute schrie begeistert auf. Irgendjemand rempelte auf dem Weg näher zur Bühne gegen das Podest und Nick stieß sich sein Auge so an der Kamera, dass es zu tränen begann. Er sah nichts mehr.

„*Shit*!", fluchte er, während er fieberhaft versuchte, die Tränenflüssigkeit wegzublinzeln. „Verfluchte Dreckskacke!" Immer noch so gut wie blind hielt er sein anderes Auge vor den Sucher und hielt Ausschau nach ihr. Sie war weg.

Shit! Shit! Shit!

Ohne Nachzudenken klickte er seine Kamera vom Stativ, schnappte sich seine Tasche und sprang auf den Boden. Er musste sie finden. Er *musste* einfach!

Nick rannte durch die Menge, immer weiter in die Richtung, in der er sie vermutete. Getrieben von dem Gedanken, sie zu sehen. Wo war sie? Er blieb kurz stehen und ließ seinen Blick schweifen. Wieder flammten die Lichter auf. Da! Das war sie doch! Er rannte los und blieb bald darauf wieder stehen. Mist, wo war sie denn hin? Es war doch erst eine Minute her, dass er sie hier gesehen hatte! Nick hielt seine Kamera hoch und benutzte sie als Fernglas. Langsam drehte er sich um sich selbst. Einmal. Zweimal. O Mann, halluzinierte er bereits? Das war sie doch gewesen, oder nicht? Prüfend schaute er sich die Fotos an, die er gemacht hatte. Doch, kein Zweifel. Er hätte Milla überall wiedererkannt.

Unschlüssig stand er in der sich wogenden Menge. Das Vernünftigste wäre es, wieder zu seinem Podest zu gehen.

Aber seine Schritte führten ihn wie ferngesteuert in die entgegengesetzte Richtung.

Erschöpft lehnte er sich gegen den Tresen und gab dem Barkeeper ein Zeichen. Er brauchte etwas Kühles zu trinken. Mittlerweile hatte er zweimal die gesamte Fläche um die Hauptbühne umrundet und war mindestens genauso oft durch die Menge gelaufen. Sie war und blieb verschwunden. Hätte er nicht die Fotos gehabt, hätte er ernsthaft an seinem Verstand gezweifelt. Bevor er einen tiefen Schluck der zuckrigen Limonade nahm, kühlte er sich mit der Flasche die Stirn und horchte auf. Tatsächlich, der DJ spielte ein Sample von U2. Wie schön, dass er mit Bono etwas gemein hatte, dachte er sarkastisch – auch er hatte noch nicht gefunden, was er suchte. Er seufzte und trank einen Schluck. Der zuckerbedingte Energieschub ließ nicht lange auf sich warten. Er brauchte noch ein paar Bilder, schließlich wollte er morgen nach Hause fliegen. Ergeben trat er aus dem Lichtkreis der Bar und hielt sich die Kamera vor sein Gesicht. Er hatte Glück, denn direkt vor ihm tanzten einige Freunde ausgelassen miteinander und hatten trotz der fortgeschrittenen Stunde richtig Spaß. Das war es, was sein Auftraggeber sehen wollte. Nicht die wie in Trance tanzenden jungen Leute, bei denen man sich nicht sicher sein konnte, ob nicht doch irgendwelche Drogen im Spiel waren. Nick knipste und knipste, bis sie ihn schließlich bemerkten und regelrecht posierten. Er gab ihnen seine Karte, dann konnten sie sich bei ihm melden, wenn sie die Fotos haben wollten. Mit hängendem Kopf ging Nick zurück zur Bar. Er würde noch etwas trinken und dann weiter nach Milla suchen.

***

„Ich habe Durst!", rief Milla Bree ins Ohr, um die Musik zu übertönen und gab ihr ein Zeichen, dass sie zur Bar gehen würde.

Bree hob lächelnd die Daumen in die Höhe und tanzte weiter. Die Musik war aber auch zum Niederknien oder vielmehr zum Ausflippen gut! Die sommerliche Temperatur war dazu das i-Tüpfelchen – Milla hatte den Spaß ihres Lebens. Sie war seit Jahren nicht mehr tanzen gewesen und konnte sich nicht erklären, warum sie damit aufgehört hatte. Wie konnte ein Job, den sie nicht einmal mochte, so großen Einfluss auf ihr Leben haben?

Tanzend bahnte sie sich einen Weg durch die Menge. An der Bar war gerade wenig los und so bekam Milla ihr kühles Wasser sofort.

Entspannt setzte sie die Flasche an die Lippen und verschluckte sich prompt. Das war doch ...!

Der Barkeeper eilte herbei und klopfte ihr hilfsbereit auf den Rücken, bis sie ihm ein Zeichen gab, das alles okay war. Suchend sah sie sich um. Hatten ihr ihre Sinne nur einen Streich gespielt? Das konnte er doch eigentlich gar nicht gewesen sein ... oder doch?

Doch, da war er. Keine drei Meter von ihr entfernt stand *ihr* Nick und fotografierte ein paar Kids beim Tanzen. War es Zufall oder Schicksal, dass sie ihn hier wieder traf?

Egal, das war ihre Chance, zu sehen, ob er wirklich so toll war, wie ihr Herz ihr die ganze Zeit weismachen wollte. Gebannt beobachte sie, wie er weitere Bilder knipste, den jungen Leuten dann seine Karte gab und zurück an die Bar ging.

Los Milla, trau dich! Jetzt oder nie!, redete sie sich Mut zu und trat an ihn heran.

***

„Darf ich mal sehen?", fragte eine bekannte Stimme neben ihm und eine Hand tippte auf die Kamera.

Ruckartig hob Nick den Kopf. Das konnte nicht wahr sein! Da suchte er stundenlang nach ihr und auf einmal stand sie ganz entspannt neben ihm. Für Nick blieb die Welt stehen. Er bemerkte, dass er sie anstarrte, konnte sich aber nicht bewegen.

„Milla ...", hauchte er so leise, dass sie es kaum hören konnte.

Milla lächelte. „Hallo Nick!"

Er sah sogar noch besser aus als in ihrer Erinnerung. Sie spürte, wie ihr ganzer Körper zu vibrieren begann.

Sie erinnerte sich an seinen Namen! Nick schüttelte kurz den Kopf. Ein strahlendes Lächeln breitete sich auf seinem Gesicht aus.

„Du willst die Bilder sehen?", wiederholte er und sie nickte. „Klar, hier." Er drückte zwei Knöpfe und hielt ihr den Bildschirm hin.

„Wow!"

Milla nahm ihm die Kamera aus der Hand, um besser sehen zu können. Dabei streiften ihre Finger seine und es war, als würde jede einzelne Zelle ihres Körpers aufatmen. Diese eine Berührung ließ die letzten Monate verblassen, als hätte es sie nie gegeben. Goldgelbe Glücksperlen blubberten in ihr auf und kitzelten sie. Unfähig sich zu bewegen stand sie da und schaute ihn an und er blickte zurück. Wieder schien die Welt still zu stehen.

Sie war noch schöner als in seiner Erinnerung. Ihr blondes Haar war heute kunstvoll geflochten, ihre kurzen Shorts betonten die Länge ihrer Beine und ihr schwarzes Top funkelte auf geheimnisvolle Weise wie der Nachthimmel. Am wenigsten konnte er sich jedoch an ihren Augen sattsehen. Sie strahlten wie die Sterne, die er in der afrikanischen Savanne gesehen hatte.

Ein Ruck ging durch sie hindurch, als hätte sie die ganze Zeit die Luft angehalten und müsste nun endlich wieder einatmen. Sie erinnerte sich an die Kamera in ihren

Händen und klickte sich, damit sie etwas zu tun hatte, durch die Bilder.

„Nick, die sind fantastisch!", rief sie aus.

Ein Bild nach dem anderen erschien auf dem Display.

„Danke schön", freute sich Nick. Eigentlich wollte er auf's Display schauen, aber ihre nackte Schulter lenkte ihn ab. Und sie duftete so gut!

Plötzlich atmete sie scharf ein und versteifte sich. Er warf einen Blick auf das Kameradisplay. Shit, sie hatte die Fotos von sich entdeckt.

„Warte, ich kann das erklären!", beeilte er sich zu sagen.

Aufgebracht drehte sie sich zu ihm um.

„Tatsächlich?!", fragte sie und ihre Augen hatten nichts mehr gemein mit dem lieblichen Mittelmeer, vielmehr glichen sie nun Bergseen. Glasklar und eiskalt.

„Ich ... äh ... bin Fotograf. Ich arbeite hier und äh ...", stammelte er. Es fiel ihm schwer, sich zu konzentrieren, wenn sie ihn so distanziert ansah.

„Tatsächlich?!", fragte Milla noch einmal und zog die Augenbrauen hoch. „Und wann hattest du vor, meine Erlaubnis einzuholen?"

„Ich bin ...", begann er.

Plötzlich tauchte ein junges Mädchen, das wie ein kleiner schwarzhaariger Kobold aussah, neben ihnen auf. „Milla! Hier steckst du!"

Und noch bevor Nick weiterreden konnte, hatte sie Milla schon mit sich mitgezogen und sie waren in der Menge verschwunden.

Keine Sekunde später stürzte er hinterher. Vergebens. Wieder war es, als hätte der Erdboden sie verschluckt. Nun wusste er, warum sich kleine Kinder manchmal auf den Boden warfen, wütend schrien und mit den Fäusten trommelten – genau das hätte auch er am liebsten gemacht, so frustriert war er. Stattdessen suchte er weiter. Die ganze Nacht.

***

Max drehte sich im Halbschlaf auf die Seite und suchte dabei, wie so oft, Liz' Nähe. Aber irgendetwas war anders. Er hob den Kopf und schaute auf. Die andere Betthälfte war leer. Arbeitete Liz etwa immer noch? Ein Blick auf seinem Wecker verriet ihm, dass es mitten in der Nacht war. Müde rieb er sich die Augen und machte sich auf die Suche.

„Babe?", flüsterte er im Flur. Lauschend beugte er sich über das Treppengeländer, doch er hörte nur Lillys ruhige Atemzüge, aus ihrem neuen Kinderzimmer. Langsam ging er nach unten. Es war am wahrscheinlichsten, dass Liz im Wohnzimmer saß, denn ihr Arbeitszimmer war noch nicht eingerichtet. Die Straßenlaterne warf gerade genug Licht in den Flur, dass er sich grob orientieren konnte. „Schatz, bist du hier?", fragte er wieder und bog um die Ecke. Ja, da war der blaue Lichtschein des Monitors. Zielstrebig lief er darauf zu. „Babe, weißt du eigentlich ... Au! *Shit*! O Mann, so eine Scheiße! Warum steht denn das Mistding hier im Weg?!" Max hüpfte auf einem Bein auf Liz zu und hielt sich den schmerzenden Zeh.

„Ach Schatz, brauchst du ein Kühlkissen?", fragte Liz besorgt. Sie saß auf dem Fußboden inmitten halbgeöffneter Kartons und hatte ihren Laptop vor sich auf einen weiteren Karton gestellt. Sie hielt ihm ihre Hand entgegen.

Max ergriff sie und ließ sich neben ihr nieder.

„Weißt du denn, wo eines ist?", fragte er zwischen zusammengebissenen Zähnen hervor.

„Nein", gab Liz zu und pustete auf seinen Fuß. „Schatz, du musst atmen, dann wird es besser."

„Ich weiß, aber es ist ausgerechnet der kleine Zeh."

„Das ist er immer ..." Liz lächelte ihn liebevoll an und pustete wieder. „Vielleicht lindert ja das deinen Schmerz." Sie beugte sich zu ihm und gab ihm einen sachten Kuss.

Max entspannte sich schon bevor seine Lippen die ihren berührten. Er liebte diese Frau so sehr und war so dankbar dafür, dass sie in sein Leben getreten war. Und dann auch noch in der dunkelsten Zeit, als er es nicht für möglich gehalten hatte, jemals wieder glücklich zu sein. Er zog sie auf seinen Schoß, um ihr noch näher zu sein. Liz kuschelte sich an ihn und genoss seine Wärme. Sie hatte gar nicht gemerkt, wie kalt ihr war, zu sehr war sie von ihrer Arbeit erfüllt gewesen.

„Hey", flüsterte Max an ihren Lippen. „Was machst du noch hier? Komm ins Bett."

„Ich habe den Blogartikel fertig gemacht. Meine Leser warten schon so sehnsüchtig darauf."

„Der Artikel über uns?", fragte Max nach und Liz nickte.

„Ich hatte ja schon verkündet, dass ich nicht mehr in Deutschland lebe, aber jetzt wurde es einfach Zeit, konkreter zu werden." Liz' Augen begannen zu leuchten. „Unsere Geschichte ist so ein tolles Beispiel dafür, dass Vertrauen der Schlüssel zu allem ist und dass die Liebe für jeden einzelnen das schönste Leben bereithält, auch wenn es zunächst nicht danach aussieht."

„Genau das hast du damals zu mir gesagt ... und ich habe es erst überhaupt nicht verstanden." Max lächelte und ihr Herz floss über vor Liebe.

„So geht es den meisten am Anfang, deswegen ist es ja so wichtig, es immer und immer wieder zu hören", meinte Liz.

„Deine Follower sollen den Artikel auch unbedingt zu lesen bekommen, aber es ist wirklich spät. Wenn du nicht genug schläfst, ist niemandem geholfen." Max gab ihr einen Kuss. „Der Umzug heute war schließlich schon anstrengend genug."

„Aber ich muss nur noch die Rechtschreibung kontrollieren und die Fotos einbinden", protestierte Liz.

Max zog skeptisch eine Augenbraue hoch und Liz musste lachen.

„Wirklich, ich bin gleich fertig und dann komme ich zu dir ins Bett gekrochen." Ein dicker Schmatz landete auf seinem Mund. Liz hatte mit Absicht seine fünfjährige Tochter imitiert und er gab sich geschlagen.

Er schmunzelte.

„Dann los, rette die Welt. Aber zieh den hier über." Er hatte hinter einer der Kisten seinen Pullover entdeckt und stülpte ihn ihr über den Kopf.

„Danke, ich liebe dich." Sie küsste ihn noch einmal und kletterte von seinem Schoß.

„Ich dich auch. Mach nicht mehr allzu lang."

Sie schenkte ihm ihr strahlendes Lächeln, bei denen er immer das Gefühl hatte, sie würde eine 1000-Watt-Lampe anschalten.

„Ich doch nicht!" sagte sie.

Max schnaubte nur und machte sich auf den Weg zurück ins Bett.

Kapitel 3
Mittwoch

Da! Dort vorn war sie. Sofort setzte er sich in Bewegung und rannte ihr hinterher. Ihre blonden Haare wehten im Wind. Sie drehte sich um und lachte ihn an, winkte ihn zu sich und lief dann weiter. Er folgte ihr so schnell er konnte, aber der Gurt seiner Kameratasche war viel zu lang. Sie schlenkerte um seine Beine und behinderte ihn. Er versuchte sein Tempo weiter zu beschleunigen. O Gott, sie rannte auf die Klippe zu! Er wollte ihr eine Warnung zurufen, sie auf die Gefahr aufmerksam machen. Er schrie und schrie, doch sie hörte ihn nicht. Seine Stimme schmerzte in seinen Ohren, überschlug sich. Er bekam keine Luft mehr. Er musste zu ihr gelangen, aber als er an sich hinabsah, stellte er fest, dass sich der Gurt seiner Tasche in den Getränkekisten verheddert hatte. Fieberhaft versuchte er den Knoten zu lösen. Es waren doch nur noch ein paar Meter.

Sie blieb stehen, drehte sich zu ihm um und lächelte. Dann zuckte sie mit den Achseln und sprang von der Klippe.

„Nein!" Er stürzte auf den Abgrund zu und blickte hinab.

Sie war fort. Wie vom Erdboden verschluckt ... als hätte es sie nie gegeben.

Schweißgebadet fuhr Nick hoch. Sein Herz hämmerte so schnell, dass er glaubte, es würde jeden Moment zerspringen. Mühsam versuchte er Luft in seine verkrampften Lungen zu pumpen. Sein Mund war wie ausgedörrt, sein Hals rau wie Sandpapier. Hatte er etwa tatsächlich geschrien? In seinen Ohren dröhnte es noch immer. Er konnte gar nicht sagen, ob es sein eigenes Blut war, das da so laut rauschte, oder ob die Musik des Festivals zu ihm herüberwehte.

Es war ein Traum, nur ein Traum, redete er sich gut zu. *Ein richtig mieser Albtraum.* Nick atmete stöhnend aus und zog die Knie an. Hielt sich selbst und konzentrierte sich nur auf seinen Atem. Er hatte nicht gedacht, dass ihm das nach den vielen Jahren Yogapraxis noch mal so schwerfallen würde.

Allmählich beruhigte sich sein Herzschlag und er konnte wieder klar denken. Einen so furchtbaren Albtraum hatte er noch nie gehabt. Erschöpft ließ er seinen Kopf auf die Knie sinken, nur um gleich darauf wie in Panik aufzuspringen und nach seiner Kamera zu greifen. Er aktivierte das Display, blinzelte gegen den hellen Bildschirm an und klickte wie getrieben durch die Bilder, bis er zu den Fotos von ihr kam. Da war sie. Milla. Aus Schweden. Erschöpft ließ er sich zurücksinken und betrachtete jedes Foto von ihr. Zoomte heran. Kein winziges Detail entging ihm. Und da war auch ihre koboldkleine Freundin – zwar nur von der Seite, aber immerhin. Milla *musste* also echt sein, sie war kein Produkt seiner Fantasie. Er hatte den Beweis.

Stundenlang hatte er gestern noch nach ihr gesucht, aber sie blieb verschwunden, vermutlich hatte er deswegen diesen fiesen Albtraum gehabt. Er schloss die Augen und drückte die Kamera an seine Brust. Was sollte er jetzt machen?

Dann fiel es ihm ein: Es war Mittwoch. Er wollte heute nach Hause fliegen. Gott! Wie spät war es? Hektisch blickte er auf seine Uhr und ließ sich dann wieder in die Kissen sinken. Der Versuch, noch einmal einzuschlafen, würde sich nicht lohnen. Also beschloss er Yoga zu machen und dann ausgiebig zu duschen.

Trotz einer überaus energetischen Yogasession gelang es Nick nicht den merkwürdigen Albtraum abzuschütteln. Selbst auf dem Flughafen spürte er noch einen Nachhall davon – daran änderte auch der völlig überteuerte grüne

Smoothie mit frischem Ingwer nichts. Dass er seit seiner Ankunft hier schon dreimal gedacht hatte, Milla zu sehen, machte das Ganze auch nicht besser. Gerade als er sich fragte, was ihm das Universum mit diesem ganzen Hin und Her bitte sagen wollte, piepte sein Smartphone und signalisierte ihm den Eingang einer Nachricht.

Schon hatte er das Gerät in der Hand. Liz hatte einen neuen Blogartikel veröffentlicht. Sofort klickte er auf den Link und begann zu lesen. Liz führte ihren Blog zweisprachig, und das nicht erst seit sie sich in Nigels Schulfreund Maxwell Thomson verliebt hatte. Nick lächelte. Heute war also der Tag, an dem sie ihren Umzug von Deutschland nach London öffentlich machte und von ihrer großen Liebe erzählte. Ihm wurde ganz warm ums Herz, als er ihre Worte las. Liz hatte eine so positive Art, dass ihre Energie selbst durch das Internet noch zu spüren war und jedem Leser direkt ins Innerste floss. Jetzt wusste er, was er machen würde! Er würde eine Torte besorgen und direkt vom Flughafen aus zu den dreien fahren, um ihnen beim Auspacken zu helfen.

„Passengers for flight 20303 to London Heathrow, Gate 6d is now open!", tönte es in diesem Moment durch die Lautsprecher und er begab sich zum Gate.

***

„Last call for flight 20303 to London Heathrow! Passengers for flight 20303 to London Heathrow, please come to Gate 6d!"

„Bree, das ist unser Flug! Nun beeil dich doch!"

„Ich komme ja schon ... Eine alte Frau ist doch kein D-Zug", brummelte Bree vor sich hin.

Milla schüttelte nur den Kopf und zog ihre junge Freundin einfach hinter sich her.

„Du warst doch diejenige, die den frühen Flug nehmen wollte", erinnerte sie sie.

„Der andere war total überteuert. Leider hat es ja mit dem süßen Millionär aus Sri Lanka nicht geklappt!" Bree geriet ins Schwärmen, aber Milla achtete nicht auf sie, sondern zog sie weiter.

„Das Einzige, wovon der reichlich hatte, war Selbstbewusstsein", schnaubte Milla.

„Du hast aber auch *immer* etwas auszusetzen!" Bree tat beleidigt. „Sag mal, *müssen* wir so rennen? Ich habe keine Modelbeine wie du!"

„Erstens kann ich nichts dafür, dass du immer solche Lackaffen anziehst, und zweitens müssten wir nicht so rennen, wenn du nicht so getrödelt hättest!"

„Ich habe nicht getrödelt!", entrüstete sich Bree und wäre stehen geblieben, wenn Milla sie nicht am Arm weitergezogen hätte. „Und Costa war auch kein Lackaffe."

„Wie auch immer – wir sind gleich da." Milla sah schon das Schild, das das richtige Gate anzeigte.

„Wieso bist *du* eigentlich schon so wach?" Bree war schon mehrfach an diesem Morgen über ihre eigenen Beine gestolpert. Einer der Gründe, warum sie sich jetzt so beeilen mussten.

„Du wärst genauso wach, wenn du früher ins Bett gegangen wärst", entgegnete Milla, aber Bree hatte nur ein abfälliges „Pah!" für sie übrig.

„Oder wenn du den letzten Mojito weggelassen hättest…" Milla blieb stehen und reichte der ungeduldig wartenden Stewardess ihr Flugticket. Jetzt wo sicher war, dass sie den Flieger bekommen würden, entspannte sie sich augenblicklich.

„Erinnere mich bitte nicht daran … Der muss schlecht gewesen sein." Bree stöhnte und wühlte dabei wild in ihrem metallisch schimmernden Rucksack. „Tadaa!" Triumphierend hielt sie ihre Boardkarte hoch, was der Stewardess nur ein müdes Lächeln entlockte.

„Vielen Dank!", murmelte die Stewardess sarkastisch vor sich hin.

Die beiden Freundinnen warfen sich einen bedeutungsvollen Blick zu. Wenn das Flugzeug nicht pünktlich starten würde, wäre das nun nicht mehr ihre Schuld. Sie kamen zwar auf den letzten Drücker, aber nicht zu spät.

„Was waren das eigentlich für Jungs, mit denen du gestern noch getanzt hast?", fiel Milla ein.

Bree grinste verschmitzt und hielt ihr den linken Arm hin. Dort prangte kunstvoll das Icon einer Social-Media-Plattform sowie ein Nickname.

Milla nickte wissend. „Ah, David ist also Künstler."

„Ja." Bree strahlte und betrachtete die Verzierung auf ihrem Arm. „Er hat sehr viel Talent."

„Entschuldigung?! Sie können jetzt einsteigen!" Die Stewardess wedelte ungeduldig mit ihren Platzkarten.

„Vielen Dank für Ihre Mühe!", flötete Bree und schenkte ihr ein zuckersüßes Lächeln. Dann wandte sie sich wieder Milla zu, die amüsiert schmunzelte. „Jetzt möchte ich aber wissen, wer der tolle Typ an der Bar war, mit dem du da gestern gesprochen hast."

„Welcher Typ?" Milla tat ahnungslos und lief konzentriert die Gangway entlang.

„Jetzt tu nicht so! Der Blonde an der Bar. Der mit der Kamera!"

„Keine Ahnung. War irgend so ein Typ." Milla winkte ab. Sie wollte das Thema wechseln, aber das war gar nicht nötig, denn Bree hatte bereits einen süßen Flugbegleiter entdeckt und warf sich in Flirtpose. Das war Milla ganz recht, sie wollte nicht über Nick reden. Es war schon verwirrend genug, dass er ihr bereits zweimal über den Weg gelaufen war und sie ihn jedes Mal berühren musste. So etwas tat sie sonst nie – bei Fremden sowieso nicht. Aber er war anders. In Kalkutta war er ihr sofort aufgefallen. Es waren nicht nur seine Größe und sein durchtrainierter Körper. Er strahlte eine Präsenz aus, die ihn von allen unterschied, die sie kannte. Ungeduldig schüttelte sie den Kopf und konzentrierte sich auf die Suche nach ihren Sitzplätzen.

Kaum hatten sie sich gesetzt, war Bree auch schon eingeschlafen. Bree tat alles mit überbordender Energie, selbst in den Schlaf fiel sie Hals über Kopf. Obwohl sich die beiden erst ein paar Monate kannten und äußerlich nicht gegensätzlicher sein konnten, verstanden sie sich beinahe blind. Milla konnte nicht so genau sagen, warum sie Bree nicht von Nick erzählt hatte. Sie schaute aus dem Fenster und dachte an ihn. Wieder einmal. Er schien nett zu sein, obwohl er so gut aussah, und dann entpuppte er sich als ... Sie wusste gar nicht, als was sie ihn bezeichnen sollte. Er hatte sie hinter ihrem Rücken fotografiert und zwar nur sie. Auf den Bildern war niemand sonst zu sehen gewesen. So ein rücksichtsloses Verhalten konnte sie auf den Tod nicht ausstehen. Er hätte sie doch nur ansprechen müssen, dann hätte sie freiwillig posiert. Aber so?! Das ging gar nicht! Als hätte sie nichts zu melden. Als wäre ihre Meinung vollkommen belanglos. Milla schnaubte verärgert. Dabei hatte sie sich bei ihm so gut aufgehoben gefühlt. Aber egal, es war nicht mehr zu ändern. In wenigen Wochen war ihre Auszeit ohnehin vorbei, dann wäre sie wieder zu Hause. Erneut seufzte sie. Alle Welt beneidete die Schweden um ihre gemütlichen Heime, und auch sie träumte von einem großen roten Holzhaus voller Kinderlachen und dem Duft nach Zimtschnecken. Gäste aus aller Herren Länder würden dort Urlaub machen, sich erholen und vielleicht mithilfe ihrer Yogastunden zu ihrer inneren Mitte finden. Das Bild war so klar in Millas Kopf, dass sie das köstliche Gebäck beinahe riechen konnte, und das Haus hatte sie ja bereits. Na ja, zumindest beinahe. Sie würde nach ihrer Rückkehr noch drei Monate arbeiten gehen, aber dann konnte sie sich die Anzahlung leisten und mit den ersten Renovierungsarbeiten beginnen. Vielleicht konnte sie sogar schon zu Weihnachten dort einziehen! Augenblicklich begannen Millas Augen zu strahlen. Sie konnte sich selbst sehen, wie sie Weihnachten vor dem Kachelofen saß und *Pepparkaka* aß.

Das Bild von Nick, wie er auf ihrer Veranda saß, ganz vertieft in irgendetwas, schob sich in ihre Gedanken. Irritiert schüttelte sie den Kopf. Sie benahm sich wie ein schwärmender Teenager. Warum konnte sie nicht damit aufhören? Er hatte sich wie ein eingebildeter Oberarsch benommen – so jemand war wohl kaum geeignet, mit ihr gemeinsam eine Frühstückspension und eine Familie zu gründen. Und außerdem: Wie wahrscheinlich war es, dass sie ihn ein drittes Mal treffen würde?!

Der Spruch „Aller guten Dinge sind drei" fiel ihr ein und sie musste an das Buch in ihrer Tasche denken. Manchmal geschahen Wunder eben doch, das hatte sie selbst erlebt. Seit sie vor fast einem Jahr beschlossen hatte, sich zur Yogalehrerin ausbilden zu lassen, passierten ihr die unglaublichsten Dinge. Auf einmal eröffneten sich Möglichkeiten, von denen sie nicht einmal geahnt hatte, dass sie existierten. Ein leises Lächeln stahl sich auf ihre Lippen und sie sah verträumt aus dem Fenster. Draußen schienen goldene Sonnenstrahlen auf ein watteweiches Wolkenmeer und sie lehnte sich entspannt zurück. Von nun an würde sie nicht mehr an ihn denken, sondern sich nur noch freuen, auf das, was kam. Jetzt flog sie erst einmal nach London. Wieder etwas, das sich einfach so ergeben hatte und einfach großartig war.

Kapitel 4

„Nick!" Liz riss begeistert die Haustür auf und fiel ihm um den Hals. „Was machst du denn hier? Solltest du nicht in Belgien ordentlich abtanzen? Egal, du kommst wie gerufen!" Sie nahm ihn am Arm und zog ihn ins Haus. „Du kannst mir gleich helfen, die Lampen anzubringen. Ich bin dafür definitiv zu klein."

Nick musste lachen.

„Sehr gern." Er hielt ihr eine Schachtel vom Bäcker hin. „Hier, ich habe Torte für die Teatime dabei."

Mit strahlenden Augen nahm Liz ihm den Karton ab und spähte hinein.

„Oh, die sieht ja toll aus. Danke schön." Und schon lief sie voraus, die Treppe hinab ins Souterrain. „Lass deine Tasche einfach stehen und komm mit in die Küche. Hast du schon etwas gefrühstückt? Willst du etwas trinken?" Liz war so im Arbeitsmodus, dass sie nur so übersprudelte vor Energie.

Nick ging ihr deutlich langsamer hinterher. Er hatte den gesamten Flug verschlafen und in der Konditorei einen Espresso getrunken, sodass er sich nun deutlich fitter fühlte als noch in Antwerpen.

„Wow, das Haus ist toll!" Er sah sich um.

Es war ein altes schmales Reihenhaus mit einem Flur, der praktisch nur aus Treppe bestand. Allerdings hatte es irgendjemand gekonnt modernisiert. In die hintere Fassade waren große Fenster eingebaut worden, die unglaublich viel Licht hereinließen – ein spannender Kontrast zur monotonen Straßenansicht. Das Untergeschoss bestand aus einem großen Raum, der Küche und Wohnzimmer in sich vereinte. Die Fensterfront an der Rückseite gab den Blick in einen hübschen Garten frei und offenbarte damit, dass das Haus am Hang stand. Obwohl sie gerade die Treppe hinabgestiegen waren, befanden sie sich nun im Erdgeschoss.

„Ja, nicht wahr? Ich liebe es auch!" Liz hatte den Kuchen auf die Arbeitsplatte gestellt. „Ich bin *so* froh, dass wir es gefunden haben. Dabei hatten wir eigentlich nach etwas ganz anderem gesucht." Sie lachte auf. „Es war wie immer im Leben – sobald wir losgelassen hatten, bekamen wir auf einmal dieses Angebot." Sie machte eine raumgreifende Geste. „Eigentlich wollten wir ja in Kensington oder zumindest der Umgebung bleiben, auch, damit Lilly dort zur Schule gehen und ihre Freunde hätte behalten können. Aber da gab es einfach nichts. *Gar nichts!* Es war furchtbar." Liz verdrehte die Augen und holte für Nick ein Glas aus dem Schrank. „Dass es hier im East End mittlerweile so toll ist, wollte vor allem Max nicht glauben, und ich bin ganz begeistert, wie schön unsere Küche ist, obwohl sie im Souterrain liegt. Aber dieser Ausblick auf den Garten ... Ich liebe ihn jeden Tag ein bisschen mehr." Liz seufzte.

„Ganz ehrlich? Wenn der Rest genauso toll ist, dann hat das East End auch mich überzeugt." Nick war ans Fenster getreten und sah in den Garten hinaus. Als sie zu ihm kam, um ihm sein Wasser zu reichen, zwinkerte er ihr verschmitzt zu.

„Ach, ich freu mich so, dich zu sehen. Nigel sagte, du würdest nicht zum Sommerfest kommen." Liz sah ihn fragend an. „Gehst du gleich wieder?"

„Ich bin gekommen, um zu bleiben", zitierte Nick grinsend. „Ich hatte Nigel gesagt, dass ich versuchen würde, es einzurichten, und ich weiß nicht, wie er es geschafft hat, aber es gab eine Unwetterwarnung."

„O nein, soll es *so* schlimm werden?" Sie schaute ihn erschrocken an.

„Ich glaube nicht. Aber ich wollte ungern auf dem Festland festsitzen und das Sommerfest verpassen. Gott sei Dank hatte ich schon genug Fotos im Kasten, sodass das kein Problem war." Nick lächelte. „Und wenn ich schon mal ein paar Tage eher hier bin, dachte ich, ich helfe euch beim Einrichten. Wo ist eigentlich deine bessere Hälfte?"

„Er wollte kurz ins Büro und auch noch Sachen im Baumarkt besorgen. Außerdem hat er Lilly in den Kindergarten gebracht. Aber sie wollen pünktlich zur Teatime wieder hier sein."

„Wie ist es denn so als Stiefmutter?", fragte Nick neugierig und Liz lachte auf.

„O Gott, dieses Wort! Musst du dabei auch immer an Märchen denken?"

Nick grinste nur und Liz fuhr fort.

„Richtig gut. Ich warte noch auf den großen Knall, der wird wohl früher oder später kommen ... keine Ahnung. Ich habe mehrere Bücher zu dem Thema gelesen und unzählige Blogartikel verschlungen – ich war schon dabei, mich regelrecht verrückt zu machen."

„*Du?*", fragte Nick ungläubig und Liz lachte schon wieder.

„Ja, ich. Stell dir vor! Das war aber alles in der Zeit, als ich noch in Deutschland gewohnt habe und der Gedanke an das Leben mit Lilly noch so abstrakt für mich war." Liz zuckte mit den Schultern. „Als mir das bewusst wurde, habe ich die Bücher verschenkt und den Browserverlauf gelöscht. Es wurde mir einfach zu blöd, diese ganzen negativen Gedanken und Sorgen. Das war gar nicht mehr ich." Liz lächelte ihn an und er nickte zustimmend. „Ich habe dann einfach beschlossen, dass das Zusammenleben mit Lilly und Max ganz wundervoll und leicht werden wird. Lustigerweise hat mich Max an jenem Abend gefragt, ob ich nicht ganz zu ihnen ziehen möchte, und ich dachte: ‚Genau! Kopfüber rein ins Abenteuer!'" Sie hob die Arme, dabei blitzte der Saphirring an ihrem Finger auf. „Und hier bin ich!" Sie grinste und Nick griff nach ihrer Hand.

„Lass mich mal sehen. Ich kenne ja nur das Foto."

Freudestrahlend hielt Liz ihm ihren Verlobungsring unter die Nase.

„Ist er nicht wunderschön?"

„Er passt zu dir." Nick drehte ihre Hand ein wenig. „Und es ist noch Platz für mindestens zwei weitere Steine."

„Hä? Wieso sollen denn da noch mehr Steine rein?" Liz zog ihre Hand zurück und betrachtete den Ring genau.

Der blaue Saphir wurde von zwei weißen Diamanten umschlossen.

„Na als Symbol für eure gemeinsamen Kinder." Für Nick war das selbstverständlich. „Du stellst den Saphir dar und Max und Lilly die beiden Diamanten."

„Oh!" Liz wurde ganz warm ums Herz. So hatte sie das noch nie gesehen. Sie schaute Nick in die Augen und errötete. „Darüber haben wir noch nie gesprochen", flüsterte sie.

Nick zog fragend die Augenbrauen hoch. Das konnte er kaum glauben, bei dem Tempo, das die zwei vorgelegt hatten.

Liz betrachtete den Ring noch einmal und ließ ihre Hand dann entschlossen sinken. Das war nun wirklich kein Thema, über das sie jetzt nachdenken musste. Sie hob den Blick und sah ihn auf einmal aufmerksam an.

„Und ist alles in Ordnung bei *dir*? Du siehst müde aus."

Nick zuckte betont gleichgültig mit den Achseln.

„Ich habe in den letzten Tagen nicht viel Schlaf bekommen. Wusstest du, dass man die Musik selbst wenn sie aus ist noch hört?!" Er ließ gespielt verzweifelt den Kopf hängen und Liz lachte erneut.

„Du armer, alter Mann." Sie streichelte seinen Arm. „Du hast es wirklich schwer: Du siehst die schönsten Orte der Welt, lernst die interessantesten Menschen kennen und kannst dir sogar aussuchen, wie das Wetter sein soll. Das klingt wirklich furchtbar anstrengend."

„Ja, nicht wahr?", fragte er und setzte einen Hundeblick auf.

„Dagegen weiß ich genau das Richtige. Trink dein Wasser aus, das war das letzte, das du für die nächsten

Stunden bekommst. Jetzt wird gearbeitet!" Liz lief an ihm vorbei zur Treppe und zwinkerte ihm zu, sodass Nick laut auflachen musste.

Es war genau das Richtige gewesen, hierher zu kommen. Liz und er hatten sich von Anfang an auf einer tieferen Ebene verstanden. Sie hatten sich letzten Sommer in einem Yogastudio auf Bali kennengelernt. Liz hatte versucht, sich selbst beim Yoga zu fotografieren, als Nick gerade um die Ecke bog. Natürlich hatte er ihr prompt seine Hilfe angeboten und sie waren ins Gespräch gekommen. Später hatte er sie zu einem Abendessen mit Nigel und Arthur mitgenommen, die dort ihren Jahresurlaub verbrachten, und in den folgenden drei Wochen waren sie beinahe täglich zusammen, hatten die Insel erkundet und vor allem ununterbrochen geredet. Das waren schöne, unbeschwerte Tage gewesen und genau diese Stimmung brauchte er jetzt dringend. Irgendetwas hatte sich in ihm eingeschlichen und hielt ihn in gedämpfter Stimmung. Das war auch schon so gewesen, bevor er Milla wiedergesehen hatte. *Milla* ...
Sofort sah er wieder ihr Bild vor sich, die unglaubliche Farbe ihrer Augen und ihr Lächeln, das ihn sofort in seinen Bann gezogen hatte.

„Nick? Kommst du?", unterbrach Liz seine Gedanken.

„Bin schon unterwegs!", rief er munterer als ihm zumute war. Schwungvoll lief er mit seinen langen Beinen die Treppe hoch und schüttelte dabei die trüben Gedanken ganz bewusst ab.

***

„Es war ein Fehler, sich hinzusetzen – ich könnte glatt einschlafen", murmelte Bree leise, während sie mit geschlossenen Augen in der Sonne saß, eine Flasche mit kaltem Eistee in der Hand.

„Aber wir haben ja auch schon viel gesehen." Milla strahlte.

Direkt nach ihrer Ankunft in London Heathrow hatten sie ihre Koffer an irgendeinem Bahnhof eingeschlossen und waren die wichtigsten Sehenswürdigkeiten angefahren und abgelaufen. Von Big Ben und den Houses of Parliament zur Westminster Abbey, durch versteckte Innenhöfe, Nebenstraßen und den St. James's Park bis zum Trafalgar Square. Dann weiter mit einem der roten Doppeldeckerbusse zur St. Paul's Cathedral, und jetzt saßen sie an der Themse auf einer Bank, den Tower of London hinter, die Tower Bridge neben sich.

Milla konnte sich nicht satt sehen an deren Schönheit. Es war ja nicht so, dass sie keine Bilder der Stadt kannte, aber in Wirklichkeit waren die Gebäude so viel eindrucksvoller und hübscher, als sie gedacht hatte.

„London ist *so* schön", sprach sie ihre Gedanken laut aus. „Ich bin richtig froh, dass wir uns kennengelernt haben."

„Na, vielen Dank auch! Ich wollte schon immer Reiseführerin sein." Bree tat beleidigt.

„Ja, das finde ich auch super – und du kannst mir sogar die Haare machen. Eine bessere Reisebegleitung kann man sich gar nicht vorstellen." Milla stieß Bree feixend den Ellenbogen in die Seite.

„Ich weiß, das ist voll die Marktlücke. Ich wollte mich schon immer selbständig machen, jetzt weiß ich auch wie: ‚Buchen Sie Bree Sullivan, die reisende Friseurin!'", gab sie trocken zurück.

„‚Auf Reisen gut aussehen!'" Millas Kreativität war geweckt. „Oder wie wärs mit: ‚Bree Sullivan sorgt für Ihren Kopf – innen und außen!'"

Bree lachte auf. „Das ist so blöd, dass es schon fast wieder gut ist."

„Ja, nicht wahr?!" Milla war äußerst zufrieden mit sich. „Du könntest den Ruf deiner ganzen Branche retten!"

Bree musste immer mehr lachen. „Wenn ich jetzt noch meine Haare blondiere ..." Doch weiter kam sie nicht.

„Dann wären Blondinenwitze passé!" Milla verstand sie sofort und stimmte in Brees Lachen ein. „Endgültig vorbei!"

„Das Ende einer Ära!" Bree wieherte beinahe.

Die ersten Passanten drehten schon ihre Köpfe. Albern wie die Backfische saßen die beiden Freundinnen in der Sonne und lachten, bis sie kaum noch Luft bekamen.

„Ich habe Hunger", verkündete Bree plötzlich.

Milla wandte sich Richtung Haupteingang des Towers.

„Da vorne waren doch verschiedene ..." Weiter kam sie nicht.

„Dort esse ich nichts!", erklärte Bree kategorisch und verzog das Gesicht. „Und du auch nicht! In London gibt es so viele Möglichkeiten, da will ich ich nicht irgendwas mit Pommes essen!"

„Gut", antwortete Milla interessiert. „Und wo essen wir dann?"

„Kommt darauf an, was du noch sehen möchtest. Wir könnten zum Borough Market fahren. Der ist richtig toll, da gibt es verschiedene Streetfoodstände. Außerdem kannst du dir dort den Nachbau des Schiffes von Sir Francis Drake ansehen, dem berühmten Freibeuter."

„Oder?", fragte Milla erwartungsvoll. Bree hatte recht, die Stadt war rundum toll und sie war sehr froh hier zu sein.

„Oder wir fahren zu einem kleinen hawaiianischen Bistro, in dem sie superleckere Poké-Bowls machen. Da drin kann man sogar auf Schaukeln sitzen!" Bree zwinkerte Milla zu. „Und danach könnten wir dort noch etwas durch die Gegend schlendern. Oder wir gehen in das Deli von Ella, du weißt schon, die Bloggerin, von der ich dir erzählt habe."

„Hmmm, das klingt alles toll. Wann sind wir denn mit deiner Freundin verabredet und wo? Und wir müssen ja noch unsere Koffer holen ..."

„Mensch, Milla ... Wie man ein halbes Jahr Auszeit vom Job haben kann und trotzdem immer noch so effektiv sein möchte, verstehe ich nicht." Bree schüttelte den Kopf, angelte aber dennoch nach ihrem Smartphone und schaute auf die Uhr. „Wir haben noch massig Zeit. Wir treffen uns erst um halb sechs mit Rachel im Pub, und unser Zeug können wir auch danach noch holen."

„Weil ich keinen Urlaub gemacht, sondern meine Ausbildung zur Yogalehrerin beendet habe", antwortete Milla automatisch auf Brees implizierte Frage, bis ihr aufging, was ihre Freundin gerade gesagt hatte. „Äh ... was?! Wir gehen *so* in den Pub?", rief sie aus und sah zweifelnd an sich herunter. Sie trug ein einfaches Shirt, Shorts und Sandalen.

„Hä, wieso? Du siehst doch aus wie immer." Bree wunderte sich.

„Genau, aber zuletzt waren wir ja auch in Asien, wo es heiß ist und alle verschwitzt sind."

„Die Menschen in London schwitzen auch", gab Bree zurück.

„Also die da schon mal nicht." Milla zeigte auf eine scheinbar makellose junge Frau, die an ihnen vorbeistolzierte.

Bree zuckte mit den Achseln.

„Wer weiß, von welchem Stern die kommt. Du siehst toll aus, und wir gehen nur in den Pub, kurz was trinken – die meisten anderen werden noch ihre Büroklamotten anhaben. Die sehen unter Garantie zerknitterter aus als wir."

Milla zog zweifelnd die Augenbrauen hoch.

„Ganz bestimmt sogar. Die hatten schließlich keine Auszeit vom Job." Bree zwinkerte ihr verschmitzt zu und legte einen Arm um sie. „Herzallerliebste Yogalehrerin, entspann dich! Es wird alles ganz toll."

In diesem Moment klingelte Millas Handy. Nach einem kurzen Blick auf die Nummer, drückte sie den Anrufer weg und lächelte.

„Du hast recht. Wir werden einen tollen Abend haben und jetzt gehen wir erst mal was essen." Entschlossen stand sie auf und schulterte ihren Rucksack.

„Willst du nicht zurückrufen? Ich kann solange hier warten", bot Bree an.

Aber Milla schüttelte den Kopf. „Das mache ich später."

„Gut, dann auf zur U-Bahn." Bree hüpfte von der Bank.

Als sie die Treppe zum Bahnsteig hinunterliefen, bemerkte Milla trocken: „Ich glaub, ich habe Muskelkater in den Wangen vom vielen Lachen."

Brees herzhaftes Lachen übertönte sogar die gerade einfahrende Bahn.

***

„Klasse! Das war tatsächlich das letzte Rollo", verkündete Liz und klatschte mit Nick ab, der gerade die Leiter herunterstieg, die Bohrmaschine in der Hand. „Wir haben so viel geschafft – ich freue mich so!" Liz drehte sich begeistert einmal um sich selbst und sah sich um.

„Wenn Lilly nachher da ist, kann ich mit ihr noch ihre Regale und Bilder anbringen. Dann könnt ihr zwei ganz in Ruhe euer Arbeitszimmer einrichten", sagte Nick und packte die Bohrmaschine wieder in ihre Kiste. Er hatte die Erfahrung gemacht, dass es gerade bei einem Umzug essentiell war, alles sofort aufzuräumen. Wenn sämtliches Werkzeug verstreut lag, suchte man sich dumm und dämlich.

„Wie soll Lilly dir denn dabei helfen?", fragte Liz, mit den Gedanken schon wieder woanders.

Nick musste lachen. „Gar nicht, aber ich muss doch wissen, wie groß sie ist. Es wäre schon praktisch, wenn sie an ihre Regale selbst rankommt, oder?"

Liz verdrehte die Augen. „Manchmal stehe ich wirklich auf dem Schlauch."

„Kein Ding." Nick legte seinen Arm um sie. „Es ist ja dein erster Umzug mit Kind."

„Stimmt." Liz schmunzelte, dann stutzte sie. „Das klingt fast so, als hättest du Erfahrung damit."

„Ein wenig", gab Nick zu. „Ich bin eben schon herumgekommen."

Liz wollte gerade nachfragen, was er damit genau meinte, da klingelte es mehrmals an der Haustür.

„Das werden sie sein!", rief sie, und schon wurde die Haustür aufgeschlossen und ein fröhliches „Hallo Liz! Wo bist du?" schallte die Treppe herauf.

„Hey Süße, wir sind hier oben!" Liz beugte sich über das Treppengeländer. „Ihr kommt genau richtig. Wir sind reif für eine Pause." Sie lächelte Nick an und lief ihrer Familie entgegen.

„Toll, es gibt Torte!", rief Lilly aus der Küche.

„Lilly, wasch dir bitte die Hände!", rief Max seiner Tochter automatisch hinterher, bevor er den Kopf wandte und fragend nach oben schaute. „Verrätst du uns auch, wen du mit *wir* meinst?"

Nick kam hinter Liz her.

„Sie meint mich." Er grinste. „Hallo Max! Schön, dich zu sehen."

„Nick! Was machst du denn hier? Ich denke, du musst arbeiten!", rief Max verwundert.

„Der Buschfunk scheint ja hervorragend zu funktionieren", antwortete Nick trocken.

Liz stürzte sich in die Arme ihres Verlobten.

„Hallo Schatz." Sie gab ihm einen schnellen Kuss. „Das ist eine tolle Überraschung, oder?"

„In der Tat!" Max lächelte Liz liebevoll an und küsste sie erneut. Dann sah er an ihr vorbei und fragte Nick grinsend: „Oder haben sie dich gefeuert?"

„Max! Sei nett zu unserem Gast, er hat mir fleißig geholfen", bemerkte Liz und machte sich von ihm los, um Lilly zu helfen. Die Kleine klapperte in der Küche schon wild mit dem Besteck.

„Haha. Ganz im Gegenteil." Nick schlenderte die letzten Stufen hinab und drückte Max freundschaftlich. „Es gab eine Unwetterwarnung, ich hatte bereits genug Bildmaterial und keine Lust, dort festzusitzen. Also, dachte ich, ich helfe euch ein bisschen."

Max grinste frech. „Und es gab es keine holde Jungfer, die du beschützen musstest?"

„Nein", sagte Nick kurz. Seine Miene verdunkelte sich, das Lächeln erlosch.

Max blinzelte erstaunt. So hatte er Nick noch nie gesehen. Er kannte ihn nur stets gut gelaunt. Liz hatte ihm schon oft versichert, dass Nick auch eine ernste Seite habe, aber obwohl er ihn schon seit ihrer gemeinsamen Kindheit kannte, war ihm das neu.

„Kommt ihr? Der Tee ist fertig!", rief Liz und der merkwürdige Augenblick war vorbei.

„Wir sind schon unterwegs", antwortete Nick und gab Max zu verstehen, dass er vorgehen sollte.

„Wieso ist der Tee jetzt schon fertig?", fragte Max verwundert und kam die Treppe herab.

„Weil ich Eistee gemacht habe." Liz deutete auf die große Glaskaraffe, die sie soeben auf ein Tablett gestellt hatte. In der bernsteinfarbenen Flüssigkeit klirrten Eiswürfel leise vor sich hin.

„Eistee?" Es war Max förmlich anzusehen, dass er versuchte, richtig zu reagieren. Irgendwie hatte er trotz des heißen Wetters eine klassische Teatime erwartet, und auch wenn er Liz mittlerweile gut genug kannte, war er immer wieder von ihrer unbekümmerten und kreativen Art überrascht.

Als sie seinen Gesichtsausdruck sah, blitzten ihre kornblumenblauen Augen schelmisch auf.

„Keine Sorge, Schatz", sie stellte sich auf die Zehenspitzen und gab ihm einen Kuss, „wir machen ein Picknick im Garten. Nick hat *Victoria Cake* mitgebracht. Für die Tradition ist also gesorgt."

Nick prustete unwillkürlich los, schnappte sich das Tablett und ging hinaus zu Lilly, die bereits im Schatten eines kleinen Apfelbaums eine Decke ausgebreitet hatte.

Max nahm Liz in die Arme. „Du machst dich lustig über mich", flüsterte er.

„Ich doch nicht!" Liz schüttelte mit einem strahlenden Lächeln den Kopf.

„Nein! Nie!", gab Max schmunzelnd zurück.

In Liz war so viel Liebe und Licht – das faszinierte ihn noch immer jeden Tag aufs Neue. Ihr Leuchten entzündete in allen Menschen um sie herum Funken, sodass sie schließlich selbst ihr eigenes Licht zum Strahlen brachten. Auch bei ihm war es so gewesen und er dankte dem Universum oder Gott oder wem auch immer jeden Morgen und jeden Abend dafür, dass er diese Frau getroffen hatte. Er zog sie noch ein Stückchen näher zu sich und küsste sie, diesmal richtig. Er wollte sie nah bei sich spüren. Zu schade, dass sie nicht allein waren ...

Liz seufzte auf, als sie spürte, wie die Liebe durch sie hindurchfloss und gleichzeitig die Lust erwachte. Es war ihr egal, wie warm ihr oder ihm war, sie krallte ihre Hände in sein T-Shirt und küsste ihn zurück.

„O Gott ...", murmelte Max an ihren Lippen. „Am liebsten würde ich dich jetzt ..."

„Ich auch, aber wir haben Besuch", unterbrach sie ihn.

„Aber wir haben noch gar nicht unser Schlafzimmer eingeweiht", flüsterte er ihr ins Ohr.

„Dann sind wir heute noch verabredet." Sie lächelte verheißungsvoll und nahm ihn an die Hand. „Komm, gehen wir raus. Nicht dass die beiden die ganze Torte alleine essen."

„Ganz zu schweigen vom Eistee!", scherzte er.

Liz lachte laut auf. „Ganz genau. Du solltest ihn probieren – er wird dich etwas abkühlen." Sie zwinkerte ihm zu und zog ihn nach draußen.

Nick und Lilly hatten es sich bereits gemütlich gemacht und ließen es sich schmecken. Der Garten war nicht besonders groß, aber malerisch angelegt. Von der Terrasse, für die sie noch Möbel besorgen mussten, trat man direkt auf die Rasenfläche. Das Gras war etwas zu hoch, aber Liz gefiel gerade das so gut. Der Garten war an allen Seiten von hübschen Backsteinmauern eingerahmt, die ihn wie ein geheimes Kleinod wirken ließen. An der Südseite, direkt neben der Terrasse, hatten Rosmarin, Lavendel und andere mediterranen Gewächse eine erstaunliche Größe erreicht. Liz freute sich schon sehr auf die vielen Grillfeste und Sommerpartys, die sie geben würden. Sie konnte die Köstlichkeiten, die sie mit den Kräutern zaubern würde, schon beinahe schmecken. Spontan beschloss sie, heute Abend damit zu starten.

„Der Garten ist ein Traum!", rief Nick ihnen entgegen. Er hatte die Torte bereits angeschnitten und hielt ihnen die Teller hin.

„Ja, nicht wahr?" Liz setzte sich. Der Duft der Rosen wehte zu ihnen herüber. Es war einfach wundervoll.

„Ich bekomme da hinten ein eigenes Haus", informierte Lilly Nick und zeigte auf den hinteren Teil des Gartens.

Nick drehte sich um. „Dort hinter den Büschen?"

„Genau!" Lilly strahlte. „Papa will mir eins bauen."

„Sobald ...", setzte Max ein, aber Lilly beendete den Satz.

„Alle Regale eingeräumt sind."

„Wie gut, dass ich jetzt da bin und helfen kann." Nick zwinkerte Lilly zu und sie lächelte zurück. Auch wenn sie Nick schon lange kannte, hatte sie ihn noch nicht so oft gesehen. Durch seinen Beruf war er viel unterwegs und nicht zu jedem Geburtstag oder Feiertag auf Gracewood Hall anwesend.

„Ich habe nämlich überlegt", fuhr Nick fort, „dass wir beide nach dem Tee in dein Zimmer gehen und du mir zeigst, wo ich deine Bilder und Regale hinhängen soll. Wollen wir das machen?"

„Au ja!" Lilly nickte begeistert und wollte schon aufspringen.

„Bist du schon fertig, Süße?", fragte Liz. „Du wolltest doch unbedingt noch Wassermelone essen."

„Hab ich schon!" Ungeduldig wippte Lilly auf und ab und schaute Nick auffordernd an.

Max schmunzelte. „Nick möchte noch seinen Tee austrinken. Geh doch schon mal vor und überleg dir, wo alles hinsoll."

Mehr musste Lilly nicht hören, wie ein Wirbelwind sprang sie auf und lief ins Haus. „Mund- und Händewaschen nicht vergessen!", rief Max ihr noch hinterher. Ob Lilly ihren Vater gehört hatte, war schwer zu sagen.

„Bilde ich mir es ein oder ist sie irgendwie anders als früher?" Nick nahm sein Glas und trank einen Schluck.

Lilly sah mit ihren dunklen Haaren und den dunklen Augen noch immer wie eine kleine Elfe aus. Aber mittlerweile blitzte hier und da der Schalk aus ihren Augen.

„Das war Liz." Ein kleiner Schatten huschte über Max' Gesicht. „Aber ja ..."

„Ich habe doch gar nichts getan" Liz und er hatten beide gleichzeitig begonnen zu sprechen.

Max nahm ihre Hand und drückte einen Kuss darauf. Sie lächelte ihn verliebt an.

„Lizzie, du verzauberst die Menschen, das weißt du doch", bemerkte Nick.

„Ich verzaubere sie nicht. Ich sehe sie einfach nur so, wie sie sind, und konzentriere mich auf ihre Stärken und Talente."

„Und diese Sichtweise ist so anders, dass sie sich wie verwandelt fühlen", bestätigte Nick.

54

„Bei Lilly war es genauso. Sie hat einen Blick auf Liz geworfen und wusste sofort, dass ... keine Ahnung. Es war wie Liebe auf den ersten Blick. Beinahe unmittelbar danach hat sie sich verändert, wurde offener, lustiger ... war wieder mehr Kind." Max schaute bei der Erinnerung versonnen ins Leere.

In Liz' Augen waren Tränen der Rührung getreten. Jener Morgen vor einem halben Jahr war der Beginn ihres neuen Lebens gewesen – eines Lebens, mit dem sie nie gerechnet hatte, vor allem nicht zu jenem Zeitpunkt.

In Nick hatten Max' Worte etwas zum Klingen gebracht, aber bevor er darüber nachdenken konnte, sprach ihn Max an.

„Du warst doch dabei."

Nick schüttelte das merkwürdige Gefühl ab. „Sorry, aber ich habe damals nicht wirklich auf Lilly geachtet." Entschuldigend hob er die Schultern. „Ich freue mich auf jeden Fall sehr für euch." Er hob sein Teeglas. „Auf euch und euer gemeinsames Heim! Möget ihr immer glücklich sein!"

„Auf uns und unser Zuhause!", antworteten Max und Liz wie aus einem Munde.

Lachend stießen sie miteinander an.

„Onkel Nick? Kommst du?" Lilly stand auf der Terrasse und hüpfte aufgeregt auf und ab. „Ich bin fertig mit Überlegen!"

„Ja, Süße. Ich bin schon unterwegs." Er stand auf.

Max und Liz erhoben sich ebenfalls.

„Wollen wir mit den Schränken in den Arbeitszimmern weitermachen?", fragte Liz ihren Verlobten. „Nick und ich haben schon alle Vorhänge und Lampen angebracht."

„Sind die Kleiderschränke auch schon eingeräumt?"

„Das habe ich heute früh erledigt. Ging ratzfatz!" Liz hob das Tablett hoch, das Max ihr sogleich aus den Armen nahm.

Er hatte erstaunt die Augenbrauen gehoben und gab ihr einen Kuss.

„Wow, bist du fleißig gewesen!"

„Pass nur auf, was wir heute noch alles schaffen werden!"

„Was ja nur an meiner Anwesenheit liegt", scherzte Nick.

„Ha-ha ...", brummte Max, musste aber dennoch grinsen. Er war froh, dass Nick hier war und auch darüber, dass der kleine Anflug von Neid, den er noch im Winter gespürt hatte, verschwunden schien. Er ruhte mehr in sich selbst, seit er sich erlaubt hatte, Frieden mit seiner Vergangenheit zu schließen. Er fühlte sich von Nicks ungebundenem Lebensstil nicht mehr gefoppt.

„Du bleibst doch über Nacht, nicht wahr?", erkundigte sich Liz.

„Wenn es euch nichts ausmacht, würde ich am Samstag gern mit euch gemeinsam nach Gracewood fahren." Nick blieb stehen und sah beide an. „Bis dahin schaffen wir den Rest bestimmt und Lilly bekommt ihr Häuschen vielleicht früher als gedacht."

„Klar, kein Problem", antwortete Max, und Liz ergänzte: „Wir freuen uns sehr über deine Hilfe!"

„Prima, dann lege ich gleich los." Nick ging voller Elan auf Lilly zu. „Komm Süße, machen wir uns an die Arbeit."

Kapitel 5
Freitag

Tatsächlich hatten sie innerhalb kürzester Zeit unglaublich viel geschafft. Nur noch wenige persönliche Dinge mussten eingeräumt werden und ein paar freie Stellen warteten darauf allmählich mit Leben gefüllt zu werden. Max war im Büro, Liz schrieb an ihrem Blog und Nick stromerte durch Londons Straßen, ganz ohne Ziel. Lilly würde heute Nachmittag von Nora vom Kindergarten abgeholt werden – Tim und sie wollten mit den Kindern schon heute nach Gracewood fahren, um das schöne Wetter auf dem Land zu genießen.

Es war eine Weile her, dass sich Nick bewusst Zeit für einen Besuch in London genommen hatte und er genoss es sehr. Die Energie der Stadt, geprägt durch einen wie selbstverständlichen Mix aus Tradition und wegweisender Moderne, empfand er als einzigartig und von der Entdeckermentalität, die hier seit Jahrhunderten gepflegt wurde, ließen sich auch die Touristen anstecken und bekamen Lust, Neues zu probieren.

Zwar hatte Nick die Kamera dabei und knipste auch ab und zu etwas, aber die meiste Zeit ließ er sich einfach treiben. Er sah Studenten auf den Grünflächen der Stadt sitzen, lernend, lachend, die Sonne genießen. Kleine Kinder wurden von ihren Nannys zum nächsten Spielplatz geschoben, ältere Paare saßen im Schatten ehrwürdiger Bäume und beobachteten eine Schulklasse, die sich munter schwatzend den Weg zur nächsten U-Bahn-Station bahnte.

Er lief bis zur Liverpool Street Station, stieg in den 205er Bus und am Regents Park wieder aus. Unbewusst suchte er so die Orte seiner Kindheit und Jugend auf.

Zur Mittagszeit strömten die Angestellten in die Parks, die jungen Frauen in bunten Sommerkleidern, die Männer hemdsärmelig. Nick genoss es, von Menschen umgeben, aber dennoch für sich zu sein. Er saß an eine dicke Eiche gelehnt und ruhte einen Augenblick aus, bevor auch er etwas zu essen suchen würde. Für noch mehr Privatsphäre zog er sein Cap etwas tiefer ins Gesicht und versuchte sich auf das Gefühl der Borke an seinem Rücken zu konzentrieren. In seinem Innern rumorte es, seine Gedanken sprangen hin und her, er bekam kaum einen zu fassen. Selbst beim Yoga kamen sie nicht zur Ruhe und er merkte, dass er die Übungen routiniert und mechanisch absolvierte. Er hatte beschlossen, heute ganz im Hier und Jetzt zu bleiben und alles wahrzunehmen, was war – vielleicht würde ja dann zum Vorschein kommen, was ihn so umtrieb. Liz schien es gespürt zu haben, denn sie hatte ihn auffällig in Ruhe gelassen und zu keinem ernsthaften Gespräch gedrängt. Dafür war er ihr sehr dankbar.

Irgendwann musste er eingedöst sein, denn als er wieder aufsah, war der Park deutlich leerer. Nick streckte sich und stand auf. Sein Magen knurrte jetzt richtig, also machte er sich auf den Weg.

***

„Milla, wie findest du das?" Bree drehte sich in dem zwölften Kleid innerhalb einer Stunde um sich selbst.

„Hübsch. Es steht dir." Milla langweilte sich. Schon den ganzen Tag waren sie shoppen, von einer angesagten Boutique zur Nächsten, nur unterbrochen von ein paar coolen Vintageläden. Anfangs hatte es ihr noch Spaß gemacht, aber mittlerweile kribbelte es ihr regelrecht in den Füßen. Sie wollte endlich mehr sehen von dieser tollen Stadt.

„Ich weiß nicht ..." Bree betrachtete sich kritisch von allen Seiten. „Warum probierst du eigentlich nichts an?"

„Weil mir nichts gefällt."

„Wie? Dir gefällt wirklich *gar nichts?*" Bree guckte sie ungläubig an. „Du kannst doch gar nicht wissen, ob es dir steht, wenn du es nicht anprobiert hast."

„Hm ... stimmt." Milla zuckte lächelnd mit den Achseln. „Vielleicht werde ich alt, aber ich kaufe nur noch Sachen, die mir wirklich gefallen. Bei denen ich mich richtig freue, sie tragen zu dürfen."

„Okay." Bree betrachtete sich erneut im Spiegel. „Und das machst du immer so?", fragte sie langsam.

„Ja klar. Wenn ich ein Kleidungsstück sehe, es anziehen will und der Funke springt dann nicht sofort über, kaufe ich es nicht." Milla schmunzelte in sich hinein, als sie Brees Gesichtsausdruck sah. „Shoppen geht dadurch viel schneller!", schob sie bedeutungsvoll hinterher.

„Dir ist langweilig", stellte Bree fest.

„Ja, ein wenig." Milla lächelte sie zerknirscht an.

„Mensch, warum sagst du denn nichts?" Bree stemmte die Hände in die Seiten.

„Ich wollte dir den Spaß nicht verderben, aber jetzt bin völlig unterzuckert und ich brauche dringend einen Kaffee", jammerte Milla übertrieben. „Einen *ganz* Großen!", flehte sie in bester Lorelai-Gilmore-Manier, aber Bree hatte die Serie augenscheinlich noch nie gesehen. Doch es klappte auch so.

„Sollst du kriegen!", versprach Bree ihr. „Aber welches Kleid soll ich denn jetzt nehmen?"

„Welches hat dich denn glücklich gemacht?" Milla betrachtete die bunten Kleider in der Kabine.

„Alle!", rief Bree spontan aus.

Milla lachte laut auf. „Du schwindelst!"

„Gut, du hast recht. Keines", gab Bree zu.

„Dann raus aus dem Fetzen und auf zum Kaffee!" Milla scheuchte ihre Freundin in die Kabine und zog entschieden den Vorhang zu.

„Aber ich kann doch nicht einfach nichts kaufen", kam es gedämpft zurück.

„Und wie du das kannst. Und glaub mir, du wirst dich prima fühlen", flüsterte Milla zurück.

„Und die Verkäuferin?", warf Bree zweifelnd ein.

„Kann dir egal sein. Außerdem hat sie dann endlich mal was zu tun. Die guckt nämlich nur auf ihren Bildschirm. Surft bestimmt im Internet", hielt Milla dagegen.

In diesem Moment öffnete Bree, wieder in ihrem eigenen langen bunten Rock und dem weißen Tanktop, zögernd den Vorhang. Milla zwinkerte ihr zu, nahm sie am Arm und zog sie entschlossen aus dem Laden.

„Vielen Dank für Ihre Beratung, aber leider ist nicht das Richtige dabei", rief sie der verdutzten Verkäuferin zu und schon waren sie wieder auf der Straße.

„O Gott, das habe ich noch nie gemacht!" Bree machte ein so erschrockenes Gesicht, dass Milla lachen musste.

„Dann wurde es aber allerhöchste Zeit." Sie lachte immer weiter. „Wie fühlst du dich?"

Bree überlegte, während sie langsam die Straße hinabliefen.

„Erstaunlich gut. Irgendwie befreit." Sie sah in Millas blitzende Augen. „Danke."

„Kein Problem." Milla winkte ab. „Für einen Kaffee und einen Sitzplatz tue ich alles."

„Und ich dachte immer, Yogalehrerinnen trinken dieses Koffeingift nicht", wunderte sich Bree.

„Besondere Umstände erfordern besondere Maßnahmen." Milla knuffte sie freundschaftlich in die Seite.

„Dann ist Shoppen mit mir also ein besonderer Umstand?! Na, vielen Dank auch!" Bree verschränkte die Arme vor der Brust, musste aber gleich darauf glucksen.

Gut gelaunt legte Milla ihren Arm um Brees Schultern. „Ich will mich nur für unsere nächsten Programmpunkte rüsten. Vielleicht sollten wir lieber auch noch ein großzügiges Mittagessen einnehmen. Ich habe viel vor!"

„Du willst ins Museum." Bree stöhnte auf, aber davon ließ sich Milla nicht beeindrucken. „Stimmt genau", erwiderte sie beschwingt. „Es wird *so* toll, du wirst sehen."

***

Nach dem köstlichen indischen Curry zum Lunch hatte sich Nick noch einen Espresso in einem kleinen privaten Café gegönnt und mit der Barista geschwatzt. Es war wenig los und er hatte sie nach ihren Lieblingsplätzen in der Stadt gefragt. Bei einem zweiten Espresso hatte sie dann von ihrem Studium und ihren Plänen erzählt. Als er ihre inspirierenden Ideen hörte, kam er sich auf einmal schrecklich alt vor. So viel war seit seinem Uniabschluss passiert – er hatte viele Länder gesehen, Yoga kennen- und lieben gelernt und was kaum einer wusste, an verschiedenen sozialen Projekten mitgearbeitet. Er hatte unter anderem geholfen, Schulen zu bauen, hatte Bäume gepflanzt und vor allem immer wieder Kinder zum Lachen gebracht. Er lebte das Leben, das er sich immer erträumt hatte und trotzdem fragte er sich, während er den Ausführungen der jungen Frau lauschte, ob das nun schon alles gewesen sein sollte. Er war noch nicht mal vierzig – da musste doch noch etwas passieren. Während er noch grübelte, was das sein sollte, wurde es in dem Café immer voller und vor dem Tresen bildete sich tatsächlich eine Schlange.

„Suz!", rief er der Barista über das Kreischen der Milchschaumdüse zu und nahm sein Cap. „Es war mir ein Fest, mit dir zu schwatzen! Ich wünsche dir alles Gute!"

Sie unterbrach ihre Tätigkeit kurz und lehnte sich mit einem aufrichtigen Lächeln an den Tresen.

„Mir auch, Nick. Schau doch noch mal vorbei, bevor du weiterziehst."

„Mal sehen. Vielleicht." Nick zuckte mit den Schultern.

„Ich sehe schon, du machst keine Versprechen."

„Nicht, wenn ich sie nicht halten kann", gab er mit einem Lausbubenlächeln zurück. Er tippte sich gegen den Schirm seines Caps und bahnte sich seinen Weg aus dem übervollen Laden.

„Grüß den Dalai Lama von mir!", rief Suz ihm scherzhaft hinterher und Nick sah sie noch einmal an.

„Klar!" Dann drehte er sich um und rempelte aus Versehen jemanden an. „Sorry", murmelte er schnell, und schon war er zur Tür hinaus. Den entrüsteten Wortschwall hörte er nicht mehr.

***

„Siehst du das?", fragte Bree entnervt. Langsam bekam sie Hunger.

Milla hatte ihr Smartphone in der Hand und versuchte sich zu entscheiden, ob sie lieber zu den ganzen antiken Schätzen ins British Museum oder doch lieber die „Sonnenblumen" von van Gogh in der National Gallery sehen wollte. Beides würden sie kaum an einem Nachmittag schaffen.

„Hm", brummte sie daher lediglich.

Aber Bree schien auch keine Antwort zu erwarten.

„Das ist ja wieder typisch! Anstatt zu arbeiten, flirtet die Kaffeetante mit einem Kerl."

Ohne den Blick vom Display zu nehmen, fragte Milla kess: „Wäre es dir lieber, wenn er mit dir flirten würde?"

„So ein Quatsch!" Bree verschränkte die Arme vor der Brust. Mit erhobenem Kopf versuchte sie einen Blick auf die Kühltheke mit den Sandwiches und Kuchen zu erhaschen. „Ich bin echt zu klein für diese Welt ...", murmelte sie mehr zu sich selbst und scherte aus der Schlange aus, weil sie nicht über die Leute gucken konnte. Endlich! Die Kaffeetante machte sich wieder an die Arbeit, weil der Typ ging.

„Grüß den Dalai Lama von mir!", schallte es durch den Raum und Bree verdrehte die Augen. Platter ging es ja nun wirklich nicht. *Mein Gott, Mädchen, machs doch nicht so offensichtlich.* Wieder schnaubte Bree und wandte sich zu Milla um, aber die starrte immer noch auf ihr Display.

Plötzlich wurde sie beinahe über den Haufen gerannt. Der, zugegebenermaßen sexy, Kerl brachte gerade so ein leises „Sorry" heraus und Bree rief ihm ein verärgertes „Hallo?! Du musst schon gucken, wohin du läufst!" hinterher. Aber er war schon weg.

„Hast du das gesehen?" Bree stupste Milla an und rieb sich abwesend die Schulter.

„Was?", fragte Milla verwirrt und schaute auf.

Bree seufzte. „Was möchtest du? Wir sind gleich dran."

***

Auf Gracewood Hall liefen derweil die Vorbereitungen für das Sommerfest auf Hochtouren. Zu einer letzten Besprechung vor dem großen Tag saßen alle auf der Terrasse in der Sonne und tranken Mrs. Cuthberts traditionelle Zitronenlimonade. Auch Nora und Tim waren mit Claire, Henry und Lilly schon angekommen. Die Kinder waren sofort zum Stall gerannt, denn die achtjährige Claire wollte dem Shetlandpony Brownie und der Haflingerdame Queenie Zöpfe flechten – die Tiere sollten morgen schließlich besonders hübsch aussehen. Lilly und Henry halfen ihr und striegelten die beiden Ponys mit Hingabe. Die waren diese Prozedur gewohnt und hielten ganz still.

Mr. Cuthbert war zur Sicherheit in der Nähe geblieben. Er kannte den Ablauf und seine Aufgaben für die nächsten zwei Tage in- und auswendig. Schließlich veranstalteten die Bedfords dieses Sommerfest schon seit Jahren. Gut, es war in den letzten zwei Jahren immer größer geworden, denn als Nigel begonnen hatte, das Herrenhaus für Hochzeiten zu vermieten, war Gracewood Hall immer bekannter geworden. Jetzt sollten sogar noch mehr Veranstaltungen hier stattfinden. Mr. Cuthbert schüttelte staunend den Kopf. Nigel hatte geplant, den großen Saal oder auch den wundervollen Garten für Konzerte zur Verfügung zu stellen.

„Haben alle einen Ablaufplan?", erkundigte sich Nigel und blickte jeden der Reihe nach an. Nicht nur Mrs. Cuthbert, Annie und Matt waren Teil der Runde, sondern auch seine Eltern Vivien und Richard, seine Schwester Nora und deren Mann Tim sowie Connor McGregor, Matts bester Freund aus Kindertagen, und ein paar andere junge Männer aus Beddingsham, die sie als Aushilfen engagiert hatten.

„Ja, Schatz! Ich habe sie persönlich verteilt." Arthur wedelte mit dem Papier.

Nigel lächelte ihn dankbar an. „Gut, dann können wir ja beginnen. Matt, du kümmerst dich wie immer um das Ponyreiten."

Matt nickte entspannt. Es machte ihm Spaß, die Freude der Kinder zu sehen.

„Mum, Nora, ihr schminkt die Kinder. Braucht ihr dafür noch etwas?"

„Nein, Schatz, wir haben alles", antwortete Vivien ihm.

„Dad, sind die Infostände zu Gracewood und dem Wald auf dem neuesten Stand?"

„Wie oft willst du mich das eigentlich noch fragen?! Ich habe das doch schon tausendmal gemacht", brummelte Richard.

„Ich weiß Dad, aber es hat sich ja schon wieder einiges geändert. Hast du die neuen Bilder angebracht, die ich dir gegeben habe?" Nigel bemühte sich um Geduld – manchmal war sein Vater ganz schön stur.

„Das haben wir gemeinsam gemacht", erklärte Arthur schnell. „Richard und ich sind bestens vorbereitet."

Nigel sah seinen Lebensgefährten überrascht an. Ein großes Lächeln breitete sich auf seinem Gesicht aus und erleichtert hakte er diesen Punkt ab.

„Prima, dann ist das auch geklärt. Arthur, brauchst du noch etwas für deine Schnitzeljagd?"

„Nein, alles ist fertig. Die Route steht fest und der Schatz ist bereit versteckt zu werden." Arthur lächelte zufrieden.

Er freute sich darauf, mit den Kindern und ihren Eltern durch den Wald zu laufen.

„Mrs. Cuthbert, Annie, wie sieht es aus mit der Verpflegung? Wurden alle Picknickkörbe abgegeben?", ging Nigel zum nächsten Tagesordnungspunkt über.

„Welche Picknickkörbe?", fragte Nora dazwischen.

„Die Gäste können bereits gepackte Körbe erwerben und sich auf dem Gelände ein schönes Plätzchen suchen, jenseits des Trubels", erklärte Annie.

„Was für eine tolle Idee!", meldete sich Tim zu Wort.

„Ja, richtig romantisch." Nora zwinkerte ihm verschmitzt zu und alle lachten.

„Hoffen wir, dass sie bei den Besuchern auch so gut ankommt!", ließ Mrs. Cuthbert verlauten. „Aber ansonsten läuft alles seinen gewohnten Gang. Wir machen das ja nicht zum ersten Mal, und die Pubbesitzer sind damit auch vertraut, Nigel." Mrs. Cuthbert wandte sich an Tim. „Max und du, ihr seid wieder für den Schwenkgrill zuständig, zusammen mit Connor." Damit kürzte Mrs. Cuthbert die Besprechung resolut ab.

Nigel hakte fleißig alle Punkte auf seiner Liste ab und schaute anschließend in die Runde.

„Gut, dann ist ja alles gesagt. Ich kümmere mich um die Bands und ..."

In diesem Moment erklang eine Meditationsmelodie und alle verstummten. Nigel stöhnte auf. Er warf Arthur einen verzweifelten Blick zu, der nickte aufmunternd und reckte beide Daumen in die Höhe. Ergeben nahm Nigel das Gespräch an und entfernte sich. Mrs. Cuthbert stand ebenfalls auf und scheuchte die Aushilfen an ihre Arbeit. Es gab noch genug zu tun. Auch Matt und Annie machten sich wieder an die Arbeit.

Nora warf Arthur einen fragenden Blick zu und er gab ihr bereitwillig Auskunft.

„Es ist die Braut. Schon wieder."

„Die Braut?" Nora hatte lange nicht mehr mit ihrem Bruder gesprochen, er wusste auch noch gar nicht, dass sie auf dem Sommerfest singen würde. Nigel hatte ausgerechnet die Band für das Fest gebucht, mit der sie in diesem Sommer durch England touren würde.

„Mindy Miller", erklärte Arthur. „Sie heiratet nächstes Wochenende und ihre Extrawünsche steigern sich wie ihre Aufregung von Stunde zu Stunde."

„Deswegen hat er auch schon seinen Klingelton geändert", wusste Vivien zu berichten. „Er tut mir so leid. Diese junge Frau ist wirklich furchtbar anstrengend."

„Ist ja nur noch eine Woche", bemerkte sein Vater.

„Richard!", entrüstet blickte Vivien ihn an, aber er zuckte nur mit den Schultern.

„Was denn? Es war doch seine Idee, dass wildfremde Menschen hier heiraten sollen."

Nora wechselte einen Blick mit Tim und Arthur. Gemeinsam standen sie auf und machten sich unauffällig aus dem Staub.

***

„Ja bitte?" Milla war so entspannt und inspiriert, dass sie nicht darauf achtete, wer anrief, sondern einfach das Gespräch annahm, als ihr Mobiltelefon klingelte.

„Milla! Wie schön, dass ich dich erreiche!", sprudelte es aus dem Hörer und Millas Mundwinkel sackten augenblicklich nach unten. Es war Astrid, die Sekretärin ihres Vaters.

„Du musst ein paar Dinge unterschreiben und außerdem stehen noch ein paar Entscheidungen an."

„Astrid, hat das nicht Zeit bis ich wieder da bin?", wollte Milla wissen.

„Leider nicht." Astrid seufzte. „Dein Vater meinte, es sei dringend."

Milla gab Bree, die begeistert im Museumsshop stöberte, ein Zeichen und suchte sich eine ruhige Ecke.

„Und das ist so dringend, dass er dich vorschickt?!" Milla merkte selbst, dass sie ihren Unmut an Astrid ausließ, die auch nichts für die Ungeduld ihres Vaters konnte. Als Milla in Asien war, hatte er sie noch in Ruhe gelassen, aber seit sie wieder europäischen Boden unter den Füßen hatte, klingelte ihr Handy immer wieder. Als würde er sie orten lassen. Milla bekam Gänsehaut ... was für eine gruselige Vorstellung.

„Es tut mir leid." Milla hörte das Mitgefühl in Astrids Worten und seufzte.

„Ja, mir auch. Ich bin gerade unterwegs. Schickst du mir die Unterlagen per E-Mail? Ich seh es mir an sobald ich kann."

„Prima, danke schön!", freute sich Astrid.

Milla schenkte sich selbst ein übertriebenes Grinsen. Sie war noch nicht mal wieder im Land, und schon versuchte ihr Vater wieder, seinen Willen durchzusetzen. Sie seufzte leise.

„Kein Ding." Plötzlich fiel ihr etwas ein. Sie sah auf die Uhr. „Astrid, hast du nicht schon längst Feierabend?".

„Ja, eigentlich schon, aber es ist noch so viel zu tun. Die Fusion ..."

„... ist Montag auch noch da.", fiel Milla ihr ins Wort. „Geh nach Hause, genieß das Wochenende und schalte dein Handy aus! Mein Vater kann sich auch mal zwei Tage allein beschäftigen."

Astrid gluckste am anderen Ende der Leitung. „Jawohl, Frau Chefin!"

Milla lächelte. „Bis Montag. Ich melde mich."

„*Hej då!*", rief Astrid, nun deutlich entspannter.

„*Hej då!*" Milla steckte ihr Smartphone zurück in die Hosentasche. Es war noch früh – wenn sie sich jetzt gleich dransetzen würde, hätte sie es erledigt.

„Hey, ist alles okay?" Bree war zu ihr getreten.

„Ja, klar!" Milla lächelte. „Wo sind denn deine Errungenschaften?"

„Ich konnte mich nicht entscheiden." Bree zuckte mit den Achseln.

„Sag bloß, du hast *gar nichts* gekauft?!" Milla lachte laut auf. „Dann hast du jetzt Gelegenheit, deine Entscheidung noch mal zu überdenken, denn ich wollte auch noch mal schauen."

„Na super, und ich war so stolz auf mich", brummelte Bree und Milla lachte wieder. „Wer war denn da am Telefon?"

„Die Sekretärin meines Chefs. Sie hat mir ein paar Sachen geschickt, die ich mir ansehen soll", erklärte Milla beiläufig und ließ ihren Blick über die Bücherauslage schweifen. Irgendwann hatte sie sich angewöhnt, nicht gleich zu erzählen, dass ihr Chef gleichzeitig Vater war. Die Menschen sahen sie dann fast immer anders. Die meisten hatten die Vorstellung, die Tochter vom Chef zu sein wäre mit vielen Vorteilen verbunden. Und vielleicht war es auch so, nur bei Milla eben nicht. Ihr Vater hatte von seiner Tochter schon immer viel mehr erwartet als von allen anderen.

„Wie bitte? Du hast doch frei!" Bree konnte es nicht glauben. „Und wann sollst du das bitte machen?"

Milla war mittlerweile bei den Postern angekommen.

„Ich werde es gleich machen, dann habe ich es erledigt." Sie sah Bree entschuldigend an. „Können wir uns etwas zu essen holen oder liefern lassen?"

„Und die Party? Wir stehen doch auf der Gästeliste im Somerset House!" Bree bekam große Augen.

„Keine Sorge, die will ich auf keinen Fall verpassen! Du hast so geschwärmt, dass ich schon ganz neugierig bin." Milla legte den Arm um Brees Schulter. „Außerdem haben wir doch noch massig Zeit."

Bree schaute auf die Uhr und nickte.

„Ja, dann machen wir es so. Worauf hast du Lust? Indisch? Thai? Pizza?"

„Wird es dort Alkohol geben?", fragte Milla und Bree zog nur die Augenbrauen hoch.

„Pizza!", riefen sie unisono und lachten.

Kapitel 6
Samstag

„Das war der letzte Picknickkorb", sagte Matt erleichtert zu Annie, die auf der Wiese nahe der Terrasse von Gracewood Hall gerade ihren Stand aufbaute. Matt hatte seinen Wagen so nah wie möglich herangefahren, um anschließend unermüdlich Gläser mit Chutneys, veganen Dips, Salaten und allerlei anderen Köstlichkeiten zu ihr zu bringen. „Brauchst du mich noch?", fragte er.

„Nein, geh zu deinen Pferden." Annie gab ihm einen festen Kuss. „Danke fürs Tragen! Wir sehen uns später."

Matt schlang die Arme um ihre Taille und zog sie an sich. „Habe ich dir eigentlich schon gesagt, wie großartig ich es finde, dass deine Eltern Poppy das ganze Wochenende zu sich nehmen?" Er lächelte sie verschmitzt an.

„Nur so ungefähr tausendmal!" Annie lachte. Sie verzichtete darauf, zu erwähnen, dass auch Poppys Vater Edward kommen wollte, um mit Pops Zeit zu verbringen. Edward und Matt gingen mit einer eisigen Höflichkeit miteinander um, was sie durchaus verstehen konnte, aber sie wollte jetzt auf keinen Fall die Stimmung verderben.

„Vorfreude ist eben die schönste Freude", gab Matt zurück und küsste sie innig. Obwohl sie seit drei Monaten jede Nacht in seinen Armen einschlief und darin auch wieder aufwachte, konnte er sein Glück immer noch nicht fassen. „Ich habe große Pläne", flüsterte er verheißungsvoll an ihren Lippen.

„Ach ja?" Annie liefen wohlige Schauer über den Rücken. Auch sie freute sich auf die gemeinsamen Abendstunden ohne Kind.

„Halte dich bereit", flüsterte er und grinste frech. Er küsste sie noch einmal und ging dann mit schnellen Schritten davon. Es gab noch viel zu tun und je eher er damit anfing, desto besser.

Annie lächelte ihm verträumt hinterher bevor auch sie sich wieder auf ihre Aufgaben besann. In ein paar Stunden würden schon die ersten Besucher kommen und sie hatte Mrs. Cuthbert versprochen, in der Küche zu helfen.

***

Dort bot sich einem ein seltener Anblick. Mrs. Cuthbert und Vivien Bedford schnitten seit Stunden gemeinsam Tomaten und Zwiebeln klein.

„Wenn ich gewusst hätte, wie viel ich einmal von diesem Tomatensalat würde zubereiten müssen, hätte ich ihn damals gar nicht erst gemacht." Mrs. Cuthbert schniefte. Die frischen Zwiebeln trieben ihr Tränen in die Augen.

„Ach Mildred, aber ich liebe ihn und freue mich immer das ganze Jahr darauf." Vivien lächelte Mrs. Cuthbert aufmunternd an. „Aber vielleicht sollten wir wirklich eine dieser elektrischen Schneidemaschinen besorgen", überlegte sie laut.

„So ein Ungetüm kommt mir nicht in die Küche!", entschied die Haushälterin. „Das steht dann das ganze Jahr nur im Weg rum!"

„Vielleicht kann man sie sich auch ausleihen oder unten im Keller lagern, da ist doch genug Platz."

„Es muss nicht immer unendlich viel von allem da sein. Wenn der Salat aufgegessen ist, ist er eben weg. Dann essen die Leute etwas anderes." Mrs. Cuthbert wandte sich ab und klimperte mit den Augen, um die Tränen unter Kontrolle zu halten.

„Hm …", machte Vivien unbestimmt und nahm sich vor, trotzdem danach zu recherchieren. Schließlich hatten sie alle etwas davon, wenn möglichst viele Besucher nach Gracewood Hall kamen und Geld in die Kasse brachten. Mitten in ihre Überlegungen hinein klingelte der Küchenwecker. Die Blechkuchen waren fertig.

Mrs. Cuthbert hatte das Rezept von Liz bekommen – sie hatte angeregt, diese anstelle von Muffins zu backen, da sie weniger Arbeit machten und frisch ganz besonders gut schmeckten. Mrs. Cuthbert hatte es sich allerdings nicht nehmen lassen, auch noch Varianten mit Johannisbeeren und Kirschen zu zaubern.

Keine fünf Minuten später stürmten Claire und Henry in die Küche. Nach all den Jahren wunderte sich Mrs. Cuthbert gar nicht mehr drüber, dass Kinder mit der Präzision einer Schweizer Uhr immer genau dann in die Küche kamen, wenn es etwas Leckeres zu naschen gab. Früher waren es die drei Bedfordkinder, Nigel, Nora und Nick, gewesen, später dann auch Maxwell, wenn er zusammen mit Nigel aus dem Internat kam. Allerdings war sie immer noch nicht dahintergekommen, woher die Schlawiner wussten, wann genau es so weit war.

„Grandma, wir sind fertig!", rief Henry aufgeregt und stoppte sofort, als er die auf dem Küchentisch verteilten Kuchen sah.

„Ja, Grandma, der Stand ist fertig und Mum hat uns sogar schon geschminkt", ergänzte Claire, die sich nicht so leicht ablenken ließ wie ihr Bruder.

„Ich sehe es." Vivien trat einen Schritt näher und begutachtete die fantasievoll bemalten Gesichter ihrer Enkelkinder. „Toll seht ihr aus! Wo ist denn Lilly?"

„Hier!", rief Max' Tochter und kam hereingefegt.

„Dürfen wir probieren?", fragte Henry, deutlich um Geduld und Höflichkeit bemüht. Seit sie gestern auf Gracewood angekommen waren, hatte er immer wieder zu hören bekommen, dass die verschiedenen Köstlichkeiten, die sich in der Küche stapelten, für das Sommerfest gedacht waren.

Mrs. Cuthbert schmunzelte in sich hinein. „Er ist doch noch heiß", wandte sie ein. Sie genoss es, das Spiel ein wenig spannender zu machen.

„Ich kann pusten!", versicherte Henry eifrig.

„Wir sind vorsichtig!", beeilte sich Claire zu sagen, und Lilly nickte bestätigend.

Wie drei Hundewelpen standen sie vor der Haushälterin und schauten hoffnungsvoll zu ihr auf. Vivien ging bei diesem Anblick das Herz auf. Sie waren schon so groß – wie schnell doch die Zeit verging.

Scheinbar widerwillig ließ sich Mrs. Cuthbert schließlich erweichen.

„Na gut, aber jeder nur ein kleines Stück."

Im lauten Jubel der drei bemerkten sie nicht, dass Richard in die Küche trat. „Oh, es gibt Kuchen!"

„Richard!", rief Vivien erschrocken. „Was machst du denn hier?!"

„Ich bin bloß dem köstlichen Duft von Butter und Zucker gefolgt", antworte er unschuldig und nahm sich ebenfalls ein Stück.

Mit vor Glück blitzenden Augen sahen sich die vier Naschkatzen an.

„Solltest du nicht bei deinem Info-Stand sein?", hakte Vivien nach.

„Der ist schon fertig. Ich habe meine Lieblingskinder gesucht – ich dachte, sie könnten mit Barclay eine Runde Gassi gehen."

„Au ja!" Henry stopfte sich den Rest seines Kuchenstücks in den Mund und hüpfte mit vollen Backen aus der Küche.

„Machen wir Grandpa", antwortete Claire. „Komm Lilly, wir ..."

„Boah, diese ..." Nigel stürmte vollkommen entnervt herein. Er konnte gerade noch stoppen, ohne die Mädchen umzurennen.

Schnell schob Richard die Kinder hinaus. Er hatte in den letzten Monaten genügend solcher Ausbrüche seines Sohnes erlebt, um zu wissen, was gleich passieren würde.

„Diese Person! So eine verwöhnte Ziege! Jetzt will sie plötzlich eine Woche vor der Hochzeit überall Rhabarber haben! Und nun erklär ihr mal, dass man im Juli keinen

73

Rhabarber mehr ernten darf!" Aufgebracht lief Nigel auf und ab.

Vivien ging ruhig zum Schrank, holte ein Glas heraus und goss ihrem Ältesten eiskaltes Wasser ein, während er sich weiter echauffierte.

„Was ist denn aus dem Konzept der eleganten Schlosshochzeit geworden? Stellt euch vor, sie sucht sogar nach einem neuen Brautkleid! Eine Woche vor der Hochzeit! *Eine Woche!* Ist das zu fassen?!" Nigel bemerkte kaum, wie seine Mutter ihm das Wasser gab. Er trank das Glas in einem Zug leer und für einen kurzen Augenblick war es ganz still in der Küche. Doch Nigel war noch nicht fertig. „Strohballen soll ich besorgen, aber bitte quaderförmige, damit die Gäste darauf sitzen können! *Die Gäste!*" Nigel begann hysterisch zu kichern. „*Auf Strohballen!*" In diesem Moment entdeckte er den Kuchen und schnappte sich ein Stück. „Letzte Woche wollte sie noch weiße Seidenzelte ...", murmelte er undeutlich zwischen zwei Bissen. „Dieses Gör kostet mich den letzten Nerv." Seufzend schaute er an sich herunter auf sein gewachsenes Bäuchlein. „Diese Luxushochzeit wird noch ein Minusgeschäft. Wenn das so weitergeht, kann ich sämtliche Einnahmen direkt an einen Personaltrainer weiterreichen." Theatralisch warf er die Hände hoch, nahm sich noch ein Stück Kuchen und verließ türknallend den Raum.

Vivien begutachtete das geplünderte Blech. „Ich glaube, wir müssen noch mehr backen."

„Sieht ganz so aus." Mrs. Cuthbert nickte und holte gefasst eine saubere Rührschüssel aus dem Schrank.

***

Der Tag war schon vorangeschritten, als Milla und Bree auf Gracewood Hall ankamen. Sie waren mit dem Zug von London nach Beddingsham gefahren, hatten ihr ganzes

Zeug bei Brees Eltern im Gartenhaus untergebracht und nun parkte Bree das Auto ihrer Mum im Schatten der die Auffahrt säumenden Linden.

Milla war ganz still, als sie ausstieg und ihre langen Beine streckte. Noch konnte sie das Herrenhaus nur erahnen. Durch die dicht belaubten Baumkronen blitzte nur hier und da ein Teil der goldgelben Sandsteinfassade hervor. Gespannt ging sie darauf zu, während Bree munter auf sie einschwatzte. Milla kam bei Brees Gedankensprüngen und den vielen erwähnten Namen kaum mit. Als sie aus dem Schatten der Bäume traten, blieb Milla unvermittelt stehen.

„Und? Habe ich dir zu viel versprochen?", fragte Bree lächelnd.

„Nein ... Es ist wunderschön ...", hauchte Milla andächtig.

Das Herrenhaus wirkte trotz seiner Größe und dem Säulenportal einladend, ja, regelrecht heimelig. Sein Anblick brachte in Milla eine Saite zum Klingen, die sie nicht einordnen konnte.

„Wie sieht es innen aus?" Milla hörte selbst, dass ihre Stimme etwas atemlos klang.

Bree zuckte lachend mit den Schultern. „Ich habe keine Ahnung. Ich bin zu jung, um mit einem der Bedfords befreundet zu sein. Der Jüngste, Nicholas, ist Anfang Dreißig." Bree grinste. „Auf ihn waren immer alle Mädchen scharf. Und dass er nicht hier auf die staatliche Schule ging, machte ihn natürlich nur noch attraktiver und geheimnisvoller." Bree hakte sich bei Milla unter und setzte sich wieder in Bewegung – schließlich fand das Sommerfest hinterm Haus statt. „Seit ein paar Jahren öffnet die Familie das Haus auch für Hochzeiten. Früher gab es nur das Sommerfest, es ist eine Art Überbleibsel vom traditionellen Erntedankfest."

Milla konnte sich kaum daran satt sehen. Wieder blieb sie stehen.

„Danke, dass du mich hergebracht hast." Sie lächelte ihre Freundin strahlend an. „Ich ... freu mich so!" Spontan drückte sie Bree einen Kuss auf die Wange.

„Ich freu mich auch." Bree lachte. „Komm, lass uns endlich losgehen!"

„Bree! Du bist wieder zurück?!" Annie lief um ihren Stand herum und umarmte ihre alte Schulfreundin. „Seit wann bist du wieder da?" Bree Sullivan war eine der wenigen Freundinnen gewesen, die Annie damals gehabt hatte. Als die meisten Mädchen anfingen, sich für Mode und Jungs zu interessieren, hatte Annie lieber in den Nachthimmel geschaut. Naturwissenschaften waren schon immer ihre große Stärke gewesen.

Bree hatte das nie gestört, auch wenn sie nicht immer alles verstanden hatte, was Annie beschäftigte. Als Annie dann zur Uni ging und Bree als Friseurin arbeitete, hatten die beiden sich aus den Augen verloren, und durch Poppys Geburt waren die Berührungspunkte noch weniger geworden. Aber die ehrliche Zuneigung zueinander blieb über die Jahre bestehen.

Bree drückte Annie fest an sich. „Sorry, sorry, sorry! Ich weiß, ich wollte viel öfter schreiben ..."

„Ja, du bist eine treulose Tomate!", rief Annie lachend.

„Du kennst mich doch." Bree trat einen Schritt zurück und zeigte auf Milla. „Das ist Milla Sjögren, ich habe ihr auf Sri Lanka das Leben gerettet und seitdem hängt sie wie eine Klette an mir."

Milla lachte laut auf und streckte Annie ihre Hand hin.

„Ganz so dramatisch war es nicht. Ich bin bei der Besteigung des Sri Pada an einer Wurzel hängengeblieben und gestürzt. Dabei ist der Riemen meiner Sandale gerissen. Bree hat ihn geklebt. Mit Nagellack."

Nun lachte auch Annie. „Das klingt sehr nach Bree."

„Es war überaus dramatisch!", mischte sich Bree entrüstet ein. „Du hättest sonst nicht weiterlaufen können und umkehren müssen."

„Ja, das ist wahr. So gesehen hast du wirklich mein Leben gerettet, denn den Ausblick von da oben hätte ich um nichts in der Welt versäumen wollen." Millas Augen begannen bei der Erinnerung daran zu leuchten. „Wir sind in den frühen Morgenstunden hochgelaufen, im Dunkeln, um dann dort oben den Sonnenaufgang zu sehen. Es war magisch. Siehst du?!" Sie hielt Annie ihren Unterarm hin, auf dem sich trotz der Sommerhitze Gänsehaut gebildet hatte.

„So ging es mir nach der ersten Nacht mit meiner Tochter. Ich hatte kaum geschlafen, stand dann am Fenster und habe zugesehen, wie die Sonne aufging. Dabei hatte ich Poppy im Arm, die so winzig und doch so perfekt war, und ich wusste, dass alles gut wird und ich mir keine Sorgen machen muss. Ich wusste es auf einmal mit Bestimmtheit. Das war auch unglaublich." Annie strahlte bei der Erinnerung und Bree begann zu schniefen.

„Warum hast du mir das nie erzählt?"

Annie lachte verlegen. „Keine Ahnung. Ich glaube, ich habe es noch nie *irgendjemanden* erzählt." Sie legte den Arm um ihre Freundin. „Du warst damals mit anderen Dingen beschäftigt ..."

Milla schaute sich die Auslagen an, während die Freundinnen sich drückten.

„Entschuldigt, ist das Hummus?"

Erst jetzt nahm Bree den Stand richtig wahr.

„Annie, ist das *dein* Zeug? Seit wann verkaufst du Salate?"

„Ja, Hummus aus Limabohnen. Schmeckt ganz fantastisch – du kannst gern probieren." Annie bot Milla einen Löffel an. „Und ja, das ist mein Stand. Ich habe mich selbstständig gemacht und biete jetzt im Bioladen von Beddingsham Mittagessen und gesunde Snacks an.

Zumindest bis ich einen geeigneten Laden gefunden habe, in dem ich ein Deli aufmachen kann."

Bree stand der Mund offen.

„Und was ist mit International Business?"

„Das ist was für kinderlose Singlefrauen." Annie machte eine wegwerfende Handbewegung. Sie musste sich ein Grinsen verkneifen, weil sie Bree förmlich ansah, wie die den Satz in Gedanken wiederholte und langsam begriff.

„Wer ist es?!", quietschte Bree auf. „Etwa dieser reiche Typ von der Uni? Ist er endlich doch noch zur Vernunft gekommen?"

„Schrei doch nicht so", warf Annie nun ein. „Nein, es ist nicht Edward, obwohl da auch einiges passiert ist. Ich bin bei ..."

„Entschuldigung? Darf ich Sie kurz stören?" Eine junge Frau war nähergetreten. Sie schob ein Kleinkind im Buggy vor sich her und trug zusätzlich ein Baby im Tragetuch. „Sind diese Muffins glutenfrei?"

„Selbstverständlich." Annie wandte sich der jungen Mutter zu. „Die Blaubeermuffins sind glutenfrei und vegan. In den Kirschmuffins sind gemahlene Mandeln. Sehen Sie, hier auf den Schildern habe ich alle Besonderheiten notiert." Annie wies auf kleine Kreidetafeln, auf die sie nicht nur die Preise geschrieben, sondern auch die gängigen Symbole für vegan, milchfrei und so weiter gemalt hatte.

„Und wie sind sie gesüßt?", erkundigte sich die Kundin weiter.

Bree erkannte, dass es länger dauern konnte. Sie signalisierte Annie mit einer Handbewegung, dass sie sich später sehen würden, und zog Milla mit sich zum nächsten Verkaufsstand.

„Ach, so ein Mist ... Jetzt habe ich gar nicht erfahren, mit wem Annie zusammen ist. Das wird mich den ganzen Tag wurmen", brummte Bree vor sich hin.

Milla schmunzelte.

„Ich zeige dir gern noch mal die Meditation von neulich. Dann kannst du das ganz einfach loslassen und ...“

„Bitte nicht!“, unterbrach Bree sie. „Das eine Mal hat mir schon gereicht! Ich ... ah, guck mal! Da ist mein Onkel Michael!“ Bree stürmte los und hatte Annies Liebesleben offenbar schon wieder vergessen.

Milla ging ihr langsam hinterher.

***

Entspannt lief Nick über das Sommerfest. Es war ein wundervoller Tag, die Sonne schien vom Himmel und ein laues Lüftchen sorgte dafür, dass es niemandem zu heiß wurde. Das Wetter sollte sich das ganze Wochenende halten und immer wieder sah Nick, wie die Menschen mit einem Lächeln nach oben schauten. Die verschiedenen Verkaufsstände der Pubbesitzer, Kunsthandwerker und Läden der Region zogen sich ausgehend von der großen Terrasse strahlenförmig über den Rasen von Gracewood.

Es war die richtige Entscheidung gewesen, erst ein paar Tage bei Max und Liz unterzukommen. Die merkwürdig melancholische Stimmung, die ihn überkommen hatte, war wieder verflogen und so grüßte er die Dorfbewohner von Beddingsham mit einem aufrichtigen Lächeln. Ab und zu blieb er stehen und hielt einen kurzen Plausch.

Max hatte sich direkt nach ihrem Eintreffen zu Timothy gesellt und mit ihm die Einrichtung des großen Schwenkgrills übernommen. Liz lief, die Kamera immer im Anschlag, über das Gelände und schoss ein Foto nach dem anderen. Nick hatte sich seine Kamera ebenfalls umgehängt, aber mehr aus Gewohnheit, als dass er ernsthaft die Absicht hatte, zu fotografieren, auch wenn seine Familie ihn immer wieder liebevoll daran erinnerte, dass sie nichts dagegen hätten, wenn er sein Talent hin und wieder auch für sie einsetzen würde. Aber dafür wäre in den nächsten Tagen noch genug Zeit, denn er würde erst mal bleiben. Er wartete noch auf zwei Entscheidungen von potenziellen Kunden, bevor er für ein Kalendershooting nach Südafrika flog. Abgesehen davon hatten Arthur und Nigel ja jetzt Liz, die das Anwesen immer wieder fotografierte und auf ihrem Blog promotete.

Plötzlich blieb Nick stehen. *Shit!* Musste er ausgerechnet jetzt auf sie treffen? Das hätte doch wirklich noch Zeit gehabt.

Drei Stände weiter stand Betty Andrews – nein, sie hieß ja jetzt McCarthy –, das Mädchen, für das er von der zweiten Klasse bis zum Schulabschluss geschwärmt hatte. Heute konnte er sein damaliges Verhalten nur mit Unwissenheit entschuldigen. Ihre Gemeinheiten anderen gegenüber hatte er lange Zeit nicht mitbekommen, auch weil er dann auf dem Internat gewesen war. Seine Mutter und Mrs. Cuthbert hatten versucht ihn zu warnen, sie hatten Betty auf den ersten Blick durchschaut, und wenn er ihren Berichten glaubte, hatte sie sich bis heute nicht geändert. Auch wenn sie noch immer toll aussah, trotz der drei Kinder, die sie mittlerweile im Schlepptau hatte.

Endlich riss Nick sich von ihrem Anblick los und verschwand mit zwei großen Schritten hinter einer der Buden. Er würde sich einfach ein ruhiges Plätzchen suchen und warten, bis noch mehr Besucher eingetroffen waren, um in der Masse unterzutauchen.

***

Milla schwirrte der Kopf, sie musste ein paar Schritte allein gehen.

Kaum waren sie zu Brees Onkel gestoßen, waren immer mehr Familienmitglieder dazugekommen. Alle wollten wissen, wie es Bree ergangen war, und waren neugierig auf ihre Freundin. Milla hatte unzählige Hände geschüttelt und nach dem dritten Michael den Überblick verloren. Anscheinend war der Kinderreichtum der Iren doch kein

Klischee. Milla lächelte. Es war schön, Bree inmitten ihrer Familie zu sehen, wie sie lachten und scherzten. Ihre Liebe und Zuneigung waren echt, das spürte sie. Genau das wollte sie auch haben: eine große laute Familie. Doch in Schweden gab es nur noch sie und ihren Vater. Ihre Mutter war vor fünf Jahren an Krebs gestorben. Es war die schlimmste Zeit in ihrem Leben gewesen, aber auch der Grund, warum sie gerade aus Asien zurückkommen konnte. Der Verlust ihrer Mutter war der Stein gewesen, der alles ins Rollen gebracht hatte. In dem Maß, in dem der Schmerz abnahm, tauchten immer mehr Fragen in Milla auf, die nicht wieder verschwinden wollten. Fragen nach dem Sinn des Lebens und was sie in ihrem Leben wirklich machen wollte. Während sich ihr Vater mit noch mehr Arbeit betäubt hatte, hatte Milla sich kopfüber in die Angst und den Schmerz gestürzt. Ihre Mutter hatte ihr in den letzten Wochen ihres Lebens immer wieder gezeigt, dass das Leben immer *für* einen ist und dass am Ende alles seinen Sinn ergeben wird. Für Milla waren diese Worte unerträglich gewesen – wie konnte ihre *Mamma* nur so etwas glauben, wo sie doch viel zu früh sterben würde?! Aber irgendetwas hatte der unerschütterliche Glaube ihrer Mutter in ihr berührt. Es war, als wäre ein Teil ihrer Stärke auf Milla übergegangen, und so hatte sie sich mutig all ihren Ängsten gestellt und war als anderer Mensch daraus hervorgegangen. Sie hatte die Kraft gefunden, sich selbst einzugestehen, dass sie nicht dem Lebensplan ihres Vaters folgen wollte, und sie war auch deutlich geduldiger und mitfühlender als früher. Der Schmerz und die Sehnsucht nach ihrer *Mamma* hatten in Milla einen festen Platz, aber sie ließ davon nicht ihr Leben bestimmen – das tat nur sie selbst.

Milla hatte überhaupt nicht auf ihre Schritte geachtet und fand sich plötzlich auf einer wundervollen Streuobstwiese wieder. Das Gras war beinahe kniehoch und überall schwirrte und brummte es. Die Kirschen hingen rot und reif in den Bäumen, und wie zur Bestätigung lehnte eine altmodische Holzleiter an einem der Bäume. Am Ende der Wiese, das von einer malerischen Backsteinmauer gesäumt war, reihten sich verschiedene Beerensträucher aneinander. Stauden mit roten, weißen und schwarzen Johannisbeeren standen neben Himbeer- und Stachelbeersträuchern. Milla konnte nicht widerstehen, schlenderte über die Wiese und steckte sich eine der sonnenwarmen Früchte in den Mund. Genüsslich schloss sie die Augen und dankte der Natur für diese Köstlichkeit. Anschließend warf sie freudestrahlend die Arme in die Luft, beugte sich weit nach hinten, ließ die Sonne auf ihr Gesicht scheinen und wusste genau, was sie jetzt tun musste. Dieser Ort und dieser Moment waren perfekt für den Sonnengruß. Also faltete sie ihre Hände auf Herzhöhe und neigte den Kopf.

Namasté.

Kapitel 7

Da stand sie. Nick blinzelte. Hatte er jetzt schon Halluzinationen? Nein, sie war es tatsächlich. Geschmeidig glitt sie aus dem herabschauenden Hund in die Position der Kriegerin. Nick hielt den Atem an. Sie wirkte wie aus einer anderen Dimension entsprungen. Er spürte ihre Verbundenheit mit der Welt regelrecht, und sie vereinte in sich Anmut und Stärke. Ein Lufthauch kam auf und spielte mit ihren langen Haaren. Ihre kurze Shorts gab den Blick auf ihre gebräunten Beine frei – es bestand kein Zweifel daran, dass sie viel zu Fuß unterwegs war. Vorsichtig, um bloß nicht ihre Aufmerksamkeit zu erregen, tastete Nicks Rechte nach der Kamera. Seine Finger fanden die richtige Einstellungsknöpfe blind. Es war, als existierte er gar nicht mehr, als würde die kreative Energie durch ihn hindurchfließen. Ein Bild nach dem anderen hielt er fest und bewegte sich dabei langsam in einiger Entfernung um sie herum. Der Zauber brach erst, als er dem größten aller Kirschbäume zu nahe kam und eine Schar Stare aufschreckte, die sich bei ihrem Mahl gestört fühlten.

Milla hob den Blick und entdeckte ihn. Ohne eine Miene zu verziehen, kam sie langsam zum Stehen und hob die Hände wieder vors Herz. *Namasté – ich erkenne das Göttliche in dir.*

Nick erwiderte den Gruß respektvoll, auch wenn er wusste, dass er nicht ihm gegolten hatte, oder zumindest nicht in erster Linie.

„Ist es deine Gewohnheit, heimlich fremde Frauen zu fotografieren, oder machst du das nur bei mir?", fragte sie herausfordernd. Sie hatte sich erschrocken, als sie ihn entdeckt hatte. Ihr Herz hämmerte noch immer wie wild.

Nick fühlte sich in die Enge getrieben.

„Na, immerhin stehst du in meinem Obstgarten", erwiderte er prompt.

„*Dein* Obstgarten?" Zweifelnd sah sie ihn an. „Das beantwortet weder meine Frage noch entschuldigt es dein Verhalten." Sie war noch immer wütend auf ihn, und dass er sie schon wieder einfach geknipst hatte, als wäre sie nur irgendein Objekt und nicht ein Mensch aus Fleisch und Blut, machte es nicht besser.

„Du hast recht. Bitte entschuldige. Ich wollte dich weder stören noch in deine Privatsphäre eindringen. Ich freue mich nur so, dich zu sehen." Er lächelte sie aufrichtig an. „Das sah ja richtig professionell aus", ergänzte er.

Sein Lächeln brachte sie vollkommen aus dem Konzept.

„So sollte das bei einer Lehrerin wohl sein", gab sie mechanisch zurück.

„Du bist Yogalehrerin?", fragte er interessiert nach und kam etwas näher. Dann vertiefte sich sein Lächeln. „Das ist ja cool! Und du stehst tatsächlich in *meinem* Obstgarten." Sie war hier auf Gracewood und redete mit ihm. Bei dieser Erkenntnis durchströmte Nick ein plötzliches Glücksgefühl. „Und du hast genascht", fügte er hinzu.

„Mundraub ist nicht strafbar." Hektisch wischte sie sich über den Mund, aber er zeigte nur auf ihr Shirt.

„Du hast da einen Fleck." Er deutete auf ihr ehemals weißes Shirt und grinste sie frech an.

„Das ist Limonade!", schoss sie hervor und verschränkte die Arme vor der Brust. Endlich wusste sie wieder, was sie hatte sagen wollen. „Ich will, dass du die Fotos löschst! Alle!"

Nick zog erschrocken die Luft ein. Wenn sie das wirklich wollte, musste er ihrem Wunsch nachkommen. Sie hatte schließlich die Persönlichkeitsrechte an den Bildern. Aber er konnte, er *wollte* sie nicht löschen.

„Du kannst sie haben. Ich gehe gleich hoch und schicke sie dir." Er redete zu schnell. „Aber schau sie dir doch erst mal an." Schon drückte er hektisch auf der Kamera herum, stellte fest, dass es viel zu hell war, um etwas auf dem

Display zu erkennen, und zog sie mit sich mit. „Komm! Hier ist es zu hell!"

Milla war von der Berührung wie elektrisiert. Widerspruchslos ließ sie sich an der Mauer entlang mitziehen, bis sie zu einer hölzernen Tür kamen. Dahinter lag ein ordentlich angelegter Bauerngarten. Aber Nick ließ ihr keine Zeit, die verschiedenen Kräuter- und Gemüsebeete zu betrachten, sondern zog sie weiter bis in einen kleinen Geräteschuppen. Kaum waren sie eingetreten, ließ er sie los und gab er ihr die Kamera.

„Hier!"

Millas Hand kribbelte noch immer. Wie mechanisch blickte sie auf das Display. Die Bilder übten einen regelrechten Sog auf sie aus. Sie beugte sich hinunter, um mehr zu sehen. Sie konnte es nicht glauben – war das wirklich sie?!

Nervös beobachte Nick, wie sie auf den viel zu kleinen Bildschirm starrte. Obwohl die Tür des Schuppens einen Spalt weit offen stand, war es düster und beinahe unerträglich heiß. Aber dass ihm der Schweiß ausbrach, lag nur zum Teil an der Temperatur. Er wollte etwas sagen, aber alle Worte die ihm einfielen, erschienen ihm auf einmal blöd und nichtssagend. Also beobachtete er, wie das Licht auf ihre nackte Schulter fiel. Sie hatte ihre Haare hinter die Ohren gestrichen, nur eine Strähne hatte sich schon wieder gelöst. Sie bewegte sich sacht in dem goldenen Licht, die Staubkörner wirbelten lautlos um sie herum.

Endlich hob Milla den Kopf und blinzelte. Stand er schon die ganze Zeit so nah bei ihr? Das einfallende Licht erhellte nur einen Teil seines Gesichts. Sie konnte ihn atmen hören, so still war es hier drinnen. Mühsam schluckte sie. Ihr Hals war furchtbar trocken.

„Milla ...", flüsterte er heiser und beugte sich langsam zu ihr.

Der Klang ihres Namens hallte in ihr wider. Sie spürte ihren Körper nicht mehr, alles löste sich auf und begann in einem goldenen Licht zu pulsieren.

Plötzlich streifte ihr Blick eine Sense, die hinter ihm an der Wand hing, und mit einem Ruck kam sie wieder zu sich. Sie trat einen Schritt zurück und knallte mit dem Rücken gegen eine Werkbank. Hastig drückte sie ihm die Kamera in die Hand.

„Ich ... muss los", murmelte sie entschuldigend und rannte an ihm vorbei hinaus.

„Milla! Warte!" Nick stürzte hinterher. „Was ist mit den Bildern? Wohin soll ..."

Aber Milla verschwand gerade durch die Gartentür. Fassungslos sah er ihr hinterher. Was war nur los mit dieser Frau, dass sie immer wieder vor ihm davonrannte?!

„Shit!" Wütend wandte er sich um und boxte mit aller Kraft gegen die Schuppentür. Drinnen fiel etwas scheppernd um. Er hatte es vermasselt. *„Shit! Shit! Shit!"*

***

Keuchend blieb Milla stehen. Was war eben in dem Schuppen geschehen? Und warum rannte sie einfach davon? Wie ein unerfahrener Teenager benahm sie sich, nicht wie eine erwachsene Frau! *Mein Gott, wie peinlich ...* Milla verdrehte die Augen. Es war doch klar, dass es in dem Schuppen eine Sense gab, wenn sie eine Streuobstwiese hatten! Sie schüttelte den Kopf. Aber die viel dringendere Frage war doch, warum störte es sie nicht, dass er sie hatte küssen wollen? Wie sich seine Lippen wohl angefühlt hätten?

Milla!, schalt eine Stimme in ihr. *Du kennst diesen Typen doch gar nicht! Er könnte ein Psycho sein! Immerhin hat er Fotos von dir auf seiner Kamera!*

„Stimmt", antworte sie laut. „Dann werde ich eben mehr über ihn herausfinden müssen."

Sie fasste sich kurz an den Kopf. Jetzt redete sie schon mit Stimmen in ihrem Kopf. Vielleicht tat ihr diese ganze Spiritualität doch nicht so gut wie sie gedacht hatte. Energisch atmete sie ein paarmal tief durch. Sie würde jetzt Bree suchen und dabei ganz normal über das Sommerfest schlendern, so wie jeder andere auch! Und wenn sie dabei etwas über ihn herausfand, umso besser. Wenn nicht, konnte es ihr auch egal sein. Schließlich war ihre Auszeit bald um und sie würde nach Malmö zurückkehren.

Sie fand Bree, die gerade an einem Stand Armbänder betrachtete.

„Da bist du ja wieder!" Sie drehte ihren Arm hin und her, die Perlen funkelten im Sonnenlicht. „Wie findest du es?"

„Hübsch. Es passt zu dir." Milla bemühte sich um einen leichten Tonfall und schaute sich die Auslage an. „Oh, das sind ja Chakrabänder!", rief sie überrascht und betrachtete den Schmuck nun deutlich interessierter.

„Sie kennen sich anscheinend aus", warf die Verkäuferin ein.

„Wir kommen gerade aus Asien, aber so Hübsche habe ich dort nicht gesehen", bekundete Milla, und Bree nickte zustimmend.

„Tatsächlich? Wo genau waren Sie denn?", fragte die Verkäuferin, und ehe sie es bemerkten, waren sie in ein Gespräch über Yoga und Spiritualität vertieft.

***

Diesmal würde er ihr nicht wieder hinterherlaufen, sagte er sich und hielt dennoch die ganze Zeit nach ihr Ausschau. Bei den Stallungen angekommen sah er Matt, der gerade die Pferde striegelte. Nick gesellte sich spontan dazu.

„Sag mal ...", druckste er herum, nahm sich eine Kardätsche und bürstete gedankenverloren über die bereits geputzte Queenie. „Wenn du mich nicht kennen würdest, was würdest du denken, wie ich bin?"

Matt warf ihm einen verständnislosen Blick zu.

„Hä? Wie du bist?" Er schüttelte den Kopf und grinste dann. „Na, du bist Nicholas Bedford, reicher Schnösel aus gutem Hause, Herumtreiber und Frauenaufreißer."

„Ha-ha ... Jetzt mal im Ernst. Wirke ich vertrauenserweckend oder ..." Nick überlegte, ob es überhaupt eine gute Idee war, Matt gegenüber ein solches Thema anzuschneiden. Aber Matt war der Einzige, der ihm hier auf Gracewood wirklich nahestand. Na ja, da war noch Liz, aber erstens wusste er nicht, wo sie war, und zweitens hatte er keine große Lust auf ein ausführliches Gespräch.

„Oder was?", fragte Matt und schaute Nick neugierig von der Seite an. Er hat noch nie erlebt, dass Nick Probleme mit seiner Wirkung auf Menschen gehabt hätte. Eigentlich war es so, dass ihm die Sympathien immer nur so zuflogen.

„Na ja, oder eher ... ich weiß auch nicht ... Wirke ich beängstigend?"

„Beängstigend?!" Matt brach in schallendes Gelächter aus, und Shetlandpony Brownie zuckte erschrocken mit den Ohren. „Ich bin so froh, dass du es aussprichst! Das wollte dir schon lange sagen. Du bist *total* furchteinflößend, Mann!" Matt konnte gar nicht mehr aufhören zu lachen. Immer wieder klopfte er sich auf die Schenkel. „Ich hatte nur zu viel Angst, es zu sagen!" Er wischte sich Lachtränen aus den Augen.

„Ha-ha-ha ..." Nick seufzte. War ja klar gewesen, dass Matt ihn auslachen würde. Es war ja auch irgendwie bekloppt. „Jetzt krieg dich wieder ein, Mann! Das war das falsche Wort. Vielleicht eher beunruhigend oder ... Ach, vergiss es!" Nick wandte sich ab, aber Matt hielt ihn am Arm fest.

„Hey, was ist passiert?"

„Nichts." Nick blickte betont neutral.

„Okay, wenn du meinst ...", gab Matt ruhig zurück. Es war klar, dass er ihm nicht glaubte.

„Es ist wirklich nichts!", erwiderte Nick und warf die Bürste heftig in den Putzkasten.

Matt zog nur die Augenbrauen hoch, aber bevor er etwas sagen konnte, fragte Nick: „Wann geht das Ponyreiten weiter?"

„In einer Stunde." Matt schaute Nick noch einmal prüfend an, dann hatte er eine Idee. „Ich glaube, Max und Tim brauchen unsere fachmännische Hilfe am Grill."

Nick grinste, dankbar für den Themenwechsel.

„Ja, jetzt wo du es sagst ... Ich verspüre da auch so ein leichtes Hungergefühl ..."

„Na dann." Matt kraulte Brownie kurz hinter den Ohren „Lass uns was essen!"

***

„Hast du die Pflanztöpfe gesehen?" Milla seufzte. „Es ist so schade, dass ich die nicht im Koffer mitnehmen kann. Sie würden sich wundervoll auf der Terrasse von meinem Haus machen."

„Ich bin mir sicher, dass es auch in Schweden Gefäße zum Bepflanzen gibt." Bree trat ungeduldig von einem Bein aufs andere. „Außerdem gehört dir das Haus doch noch gar nicht."

„Genau, *noch* nicht." Milla sah Bree verwundert an. „Was ist los? Warum zappelst du so?"

„Ich muss mal und habe Hunger. Lass uns endlich gehen", jammerte Bree.

Diesmal war Milla diejenige, die aus dem Shoppen nicht mehr herauskam.

„Dein Beutel platzt sowieso gleich vor lauter Kerzen, Traumfängern und Marmeladen. Was hast du eigentlich *nicht* gekauft?!"

„Einen kuscheligen Pulli aus englischer Wolle", gab Milla trocken zurück und reckte den Kopf nach den noch verbleibenden Ständen.

„Den kann dir meine Tante stricken, die ist ein Strickwunder." Bree versuchte Milla in die entgegengesetzte Richtung zu locken. „Ich stelle sie dir *nach dem Essen* vor."

„Echt? Das wäre super! Geht sie auch auf Wünsche ein?" Milla wandte ihre Aufmerksamkeit Bree zu und ließ sich mitziehen.

„Klar, sie strickt dir alles, was du möchtest", versicherte Bree. „Lass uns zu Annie gehen, ihre Salate sahen vorhin echt lecker aus."

„Gern", antwortete Milla schon wieder abwesend. Obwohl sie sich die Auslage fast jeden Standes bereits genau angesehen hatte, entdeckte sie immer noch neue wundervolle Dinge. "Halt! Da gibt es Süßigkeiten." Milla drehte sich mit leuchtenden Augen zu Bree um. "Bei uns in Schweden gibt es solche Regale mit Tüten zum Selbstbefüllen in jedem Supermarkt, aber ich habe als Kind immer nur in den Ferien eine bekommen."

"Na, dann müssen wir uns jetzt noch vor dem Mittagessen den Bauch mit Süßigkeiten vollstopfen! Schließlich sind wir endlich erwachsen und können tun was wir wollen." Bree grinste Milla an.

"Du hast vollkommen recht." Übermütig schnappte Milla sich zwei leere Papiertüten und hielt Bree eine hin.

***

Am Grill hatte sich eine lange Schlange gebildet und so halfen Nick und Matt spontan aus. Während Matt den beiden Grillmeistern Max und Tim half, übernahm Nick die Kasse und schwatzte vor allem mit den Einheimischen. Von allen Bedfords hatte er den exotischsten Ruf, und so suchten viele seine Gegenwart. Mit seiner umgänglichen

Art hatte er immer für jeden ein nettes Wort übrig. Heute war er zwar nicht ganz bei der Sache, aber das fiel nur Matt auf.

„Vielen Dank, dass ihr eingesprungen seid!", sagte Max, nachdem alle hungrigen Gäste versorgt waren.

„Ja, ihr seid genau zur richtigen Zeit gekommen." Tim nickte und trank einen großen Schluck Wasser. „Ich gehe mal meine Familie suchen. Bin gleich wieder da." Tim hob die Hand.

„Kein Ding." Nick winkte ab. Er wandte sich an Max. „Hast du noch eine Wurst? Ich könnte auch was vertragen."

„Klar." Max drehte sich zum Rost um.

„Ist das Bree, dort bei Annie?", wollte Matt in diesem Moment wissen. „Und wer ist die tolle Frau daneben?"

Max und Nick drehten sich zu Annies Stand um, der schräg gegenüber aufgebaut war.

„Keine Ahnung", antwortete Max. Er war mit Nigel zusammen aufs Internat gegangen und nur in den Ferien ab und zu auf Gracewood gewesen. Daher kannte er nicht alle jungen Leute aus der Gegend.

Nick sagte gar nichts. Er stand wie erstarrt.

In diesem Moment stürzte Connor, Matts bester Freund, an den Tresen.

„Ist das etwa Bree Sullivan dort bei Annie?!", fragte er etwas atemlos.

„Ich glaube schon", antwortete Matt.

Connor drehte sich um und fuhr sich durchs Haar.

„Mann, sah sie schon immer so toll aus?"

Matt verdrehte die Augen, aber bevor er etwas sagen konnte, redete Connor schon weiter.

„Ich geh mal rüber. Oh, Edward ist ja auch da."

Matts Kopf ruckte zur Seite. Richtig, da kam Annies Ex angeschlendert. Entspannt trug er Poppy, die vergnügt an einem großen Schokoeis leckte, auf den Schultern, ein roter Luftballon schwebte hinter ihnen her. *Hoffentlich kleckert sie ihm in die Haare,* schoss es Matt durch den Kopf. Er konnte einfach nicht anders, als immer noch auf der Hut zu sein. Edward, der geschniegelte Anwalt aus London, hatte seine Tochter erst vor ein paar Monaten das erste Mal gesehen, nachdem er die Vaterschaft zuvor abgestritten hatte. Zu ihrem zweiten Geburtstag war er auf einmal aufgetaucht und hatte für reichlich Chaos gesorgt. Wenn Matt an diesen Nachmittag zurückdachte, brodelte es immer noch in ihm. Er hätte nie gedacht, dass Edward sich auf Annies Vorschlag, Poppy erst einmal in Ruhe kennenzulernen, einlassen würde – aber er hatte es getan und war seitdem alle zwei bis drei Wochen hergekommen, um ein paar Stunden mit seiner Tochter zu verbringen. Matt schnaubte verächtlich und wandte sich ab.

„Wie läuft es denn?", erkundigte sich Max. Er wusste, dass es Matt gewesen war, der sich von Anfang an wie ein Vater um Poppy gekümmert hatte und es auch heute noch tat.

„Ganz gut, denke ich. Er hält sein Wort, kommt regelmäßig vorbei, beschäftigt sich mit der Süßen, sie mag ihn." Matt zuckte mit den Achseln. „Du siehst es ja. Zahlen tut er jetzt auch."

Endlich erwachte Nick aus seiner Trance. Er konnte Milla schließlich nicht die ganze Zeit anstarren.

„Du magst ihn nicht", stellte er fest.

„Ist das ein Wunder?", fragte Matt. „Welcher Mann lässt sein Kind und dessen Mutter im Stich? Und überhaupt, wenn du erlebt hättest, wie er sich aufgespielt hat!" Matts Augen blitzten wütend auf. Dann winkte er ab. „Aber ich habe Annie versprochen, ihm eine Chance zu geben. Also tue ich genau das. Von mögen hat sie allerdings nichts gesagt." Mit verschränkten Armen und grimmiger Miene beobachtete er das Schauspiel gegenüber. Er sah Annie an, dass sie mit sich rang, ob sie Edward darauf hinweisen sollte, dass die Eiswaffel viel zu groß für eine Zweijährige war.

Milla unterhielt sich währenddessen mit Poppy, die wie eine Prinzessin auf den Schultern ihres Vaters thronte. Edward starrte die schöne Schwedin an und Connor hatte nur noch Augen für Bree, die sich mit Annie unterhielt.

„Wenn Poppy noch lange da sitzenbleibt, tropft ihr Schokoeis auf seinen Kopf", bemerkte Max und lächelte dabei versonnen. „Er scheint etwas abgelenkt zu sein."

„Was man durchaus verstehen kann. Diese Beine sind der Wahnsinn!", fügte Matt anerkennend hinzu.

„Seid ihr nicht glücklich vergeben?!", knurrte Nick dazwischen.

Überrascht sahen Matt und Max ihn an.

„Ach, du hast sie also zuerst gesehen?" Max zog eine Augenbraue hoch. „Ich hätte nicht gedacht, dass dir das mal passiert."

„Das sagt der Richtige!", konterte Nick. „Bei dir hätte sich sogar die Schneekönigin ihre Finger abgefroren."

Aber Max lächelte nur.

„Hast du nicht selbst gesagt, dass unsere liebreizende Lizzie etwas ganz Besonderes ist?" Max spielte auf das letzte Weihnachtsfest an, an dem Liz und er sich auf Gracewood kennengelernt haben. Zu Beginn hatte er noch gedacht, Liz und Nick wären ein Paar, weil Nick ununterbrochen mit Liz geflirtet hatte.

„Ihr könnt jetzt wieder damit aufhören", mischte sich Matt ein. „Erzähl uns lieber, woher du sie kennst!"

„Ich kenne sie nicht", gab Nick betont gleichmütig zurück.

Matt begann zu grinsen. „Dann ist das wohl die Frau, die dir immer wieder davonläuft." Er stieß Max in die Seite und feixte. „Unser guter Nick hatte schon Sorge, er könnte beängstigend auf sie wirken."

Die beiden lachten so laut los, dass sich die Gruppe von gegenüber nach ihnen umdrehte.

Als Poppy Matt sah, ließ sie ihr Eis fallen. Es landete haarscharf neben Edwards Schuhen, verteilte aber immerhin noch braune Spritzer auf seiner hellen Hose. Milla war rechtzeitig zur Seite gesprungen.

„Ich Matt gehen will!", krähte die Kleine und strampelte mit den Beinen. In den letzten Monaten war ihr Wortschatz geradezu explodiert. Das machte es vor allem Edward viel leichter, sich mit ihr zu verständigen.

„Poppy! Verdammt!", rief Edward aus. „Pass doch auf!"

„Edward!", mahnte Annie. Er wusste doch, dass es ihr wichtig war, dass sie in Poppys Gegenwart auf eine ordentliche Ausdrucksweise achteten.

„Sorry ...", murmelte Edward in Annies Richtung und hob die strampelnde Poppy von seinen Schultern. Er beugte sich zu der Kleinen runter. „Poppy, wenn du dein Eis nicht mehr möchtest, sag bitte Bescheid. Du hast mich bekleckert."

Poppy nickte ungeduldig. „Ich Matt gehen will!", wiederholte sie mit Nachdruck.

Annie sah, dass Matt bereits um den Tresen gelaufen war.

„Dann lauf zu ihm, Süße!" Sie lächelte ihrer Tochter aufmunternd zu.

Poppy drehte sich mit leuchtenden Augen um und rannte auf Matt zu, der sie mit offenen Armen auffing und sie fliegen ließ. Poppy jauchzte vor Freude.

„Ich geh die Flecken auswaschen", ließ Edward Annie wissen und ging steifbeinig davon.

Bree hatte die Szene beobachtet und trat nun leise zu Annie.

„Du bist also mit Matthew Gardner zusammen."

Annie strahlte sie an.

„Wir wohnen sogar bei ihm." Damit ließ sie ihre Freundin stehen, um zu ihren beiden Lieblingsmenschen zu gehen.

„Seit wann ist der bitte so sexy?", murmelte Bree halblaut in Millas Richtung.

„Wen meinst du?", fragte Milla zurück und schaute sie an.

„Ach, niemanden. Hast du auch noch Hunger? Ich will so eine Bratwurst. Die sind aus der Region und echt lecker." Bree setzte sich in Bewegung.

Milla schulterte ihre mit Errungenschaften vollgestopfte Tasche und lief hinterher.

„Hi Matt!", flötete Bree, als sie an dem Paar vorbeikam, dass sich verliebt in die Augen sah.

„Hey Bree", gab Matt beiläufig zurück. Er genoss es so sehr, seine beiden Mädchen im Arm zu halten, dass er Bree nur kurz zunickte, bevor er Annie innig küsste.

Milla spürte die Liebe regelrecht, als sie an den dreien vorbeigingen, und lächelte. Glückliche Menschen machten sie auch immer glücklich.

„Willst du nun auch etwas?" Bree lief rückwärts vor ihr her, doch Milla schüttelte den Kopf.

Annies marokkanisch angehauchter Salat mit Kichererbsen und Granatapfelkernen war so köstlich gewesen, dass sie jetzt nichts anderes essen wollte – an die Süßigkeiten in ihrem Bauch wollte sie gar nicht erst denken.

„Na, dann nicht." Schwungvoll drehte Bree sich um. „Oh, wen wir haben wir denn da? Haben wir ein Glück! Der Hausherr selbst bedient heute!" Bree strahlte und wandte sich an ihre Freundin. „Milla, darf ich vorstellen, Nicholas Bedford, der ..." Bree stutzte als sie Millas entgeisterten Gesichtsausdruck sah. Langsam drehte sie den Kopf und musterte Nick mit zusammengekniffenen Augen. „Das warst du!"

„Wie bitte?" Nick schüttelte sich. Er konnte kaum den Blick von Milla abwenden.

„Der Typ an der Bar in Belgien! Auf dem Festival! Das warst du!" Bree verschränkte die Arme vor der Brust. „Ihr kennt euch!"

„Also doch!", warf Max ein, der bisher schweigend danebengestanden hatte.

„So würde ich das nicht nennen", stellte Milla klar.

„Hi Milla", sagte Nick und lächelte.

„Guten Tag Nicholas Bedford, schön dich kennenzulernen", gab Milla zurück und betonte dabei jede Silbe.

Ihre Reaktion stachelte ihn an. Auch wenn es nicht ganz okay war, sie heimlich zu fotografieren, war er doch ehrlich zu ihr gewesen. Er wollte ihr die Bilder *wirklich* schenken. Abgesehen davon war sie diejenige, die immer wieder vor ihm davonrannte.

„Die Freude ist ganz meinerseits!" Er richtete sich zu seiner vollen Größe auf und grinste sie verschmitzt an. „Wie gefällt dir unser Sommerfest?"

„Es ist ganz nett." Milla verschränkte die Arme vor der Brust und ließ dabei fast ihren schweren Beutel von der Schulter rutschen.

„Zumindest die Auslagen scheinen dir gefallen zu haben."

Connor trat dicht an Bree heran und flüsterte: „Mir gefällt auch, was ich sehe", aber Bree tat, als hätte sie ihn nicht gehört.

„Ja und?", gab Milla bemüht gleichgültig zurück. Sein Lausbubenlächeln ließ ihre Beine zittern.

„Ich könnte dir noch mehr zeigen." Nicks blaue Augen blitzten auf. „Den Rest des Gartens oder das Haus."

„Nein danke, ich habe genug gesehen." Milla warf ihm einen finsteren Blick zu, ehe sie sich umdrehte und mit schnellen Schritten davonging.

Bree, die den Schlagabtausch wie alle anderen gebannt beobachtet hatte, schaute Nick ungläubig an.

„Ähm, ja. Bis später", murmelte sie noch, ehe sie ihrer Freundin hinterhereilte.

„Ha!", lachte Max und seine Rechte landete klatschend auf Nicks Schulter. „Das hast du ja ganz schön verbockt!"

Es gefiel ihm außerordentlich, dass Nick endlich mal eine Frau getroffen hatte, die ihm nicht sofort verfiel. Auch wenn Schadenfreude nicht besonders nett war, kostete er sie voll aus. Vor sich hin summend, stellte er sich wieder an den Grill.

„Wie schön, dass es dich amüsiert", brummte Nick und rieb sich verstohlen die Schulter.

„Also mir hat es auch gefallen." Breit grinsend war Matt mit Annie im Arm näher getreten. „Ich hätte nicht gedacht, dass ich den großen Frauenheld mal so tief fallen sehe."

„Musst du nicht arbeiten?" Nick funkelte ihn an.

„Ach, ein paar Minuten habe ich noch ..." Matt schaute verschmitzt grinsend auf die Uhr. „Aber ich glaube, ich küsse lieber noch mal meine tolle Freundin – die ist hübscher als du."

Annie stieß ihn an, bevor sie sich an Nick wandte.

„Sorry Nick, ich weiß auch nichts. Außer dass sie mit Bree da ist." Sie lächelte mitfühlend, bevor Matt sie an sich zog.

Poppy hatte in der Zwischenzeit eine Ameisenstraße entdeckt und beobachtete fasziniert, was die kleinen Tierchen alles wegschafften. Nick betrachtete die Kleine und traf eine Entscheidung. Entschlossen ging er über die Terrasse ins Haus.

***

„Warte doch mal!" Bree musste fast rennen, um Milla einzuholen. Sie hatte schon beinahe das Haus umrundet. „Milla! Jetzt warte endlich!"

Milla blieb stehen und holte tief Luft. Unmerklich führt sie nacheinander jeden Finger mit dem Daumen der rechten Hand zusammen und murmelte: „Frieden beginnt in mir." Diese Geste hatte sie schon so oft gemacht, dass sie sich augenblicklich entspannte.

„Was war das denn eben?", fragte Bree, als sie neben ihr ankam.

„Ach, nichts", wollte Milla abwiegeln, aber Bree stellte sich ihr in den Weg und stützte die Hände in die Hüften.

„Wir sind jetzt seit Monaten jeden Tag zusammen, und ich habe dich noch nie so patzig erlebt." Bree fixierte sie. „Was ist passiert?"

Milla ließ kurz die Schultern hängen. Der blöde Beutel rutschte herunter, sie konnte ihn gerade noch am Henkel festhalten, bevor er auf den Boden knallte. Noch einmal holte sie tief Luft.

„Er hat Fotos von mir."

„Ich denke, ihr kennt euch nicht?! Wieso hast du ihm dann Fotos von dir gegeben?" Bree zog die Nase kraus.

„So war das nicht." Milla hakte sich bei Bree ein und zog sie eilig weiter – auf einem Mal waren lauter Besucher um sie herum. „Er hat Fotos von mir auf seiner Kamera."

„Nicholas Bedford hat Fotos von dir gemacht?" Bree verstand immer noch nichts. „Wieso das denn? Hast du als Model für ihn gearbeitet?"

„Nein. Er hat mich heimlich fotografiert." Milla seufzte. So begriffsstutzig war ihre Freundin doch sonst nicht.

„Wie ... Heimlich? Hat er Nacktfotos?!"

„Nein! O mein Gott, du nun wieder!", rief Milla erschrocken aus. „Wobei ... Keine Ahnung." Seufzend ließ sie sich auf den Stufen des Säulenportals von Gracewood Hall nieder.

Bree setzte sich neben sie. „Und woher weißt du davon?"

„Ich habe sie gesehen", erklärte Milla, aber dann sah sie das Stirnrunzeln auf Brees Gesicht und beschloss die ganze Geschichte zu erzählen. „Es war auf dem Holi-Festival ..."

***

„Ich fasse das jetzt mal zusammen", Bree drehte sich zu Milla um und sah ihr ins Gesicht, „ihr trefft innerhalb von vier Monaten in drei verschiedenen Länder immer wieder zufällig aufeinander – allein das ist schon so wahnsinnig romantisch!" Bree klimperte mit den Wimpern.

„Na ja …", murmelte Milla. Irgendetwas in ihr sträubte sich.

„Noch dazu ist er Nicholas Bedford: reich, gutaussehend und unglaublich erfolgreich. Der Mann ist Sex auf zwei Beinen und er fotografiert dich heimlich. Anscheinend findet er dich heiß."

Milla schnaubte, aber Bree ignorierte sie und fuhr fort.

„Und jetzt bist du hier in seinem Zuhause und er findet dich immer noch sexy genug, um dich beinahe im Gartenschuppen zu küssen." Sie hob fragend ihre Hände in die Höhe. „Wo genau ist das Problem?"

„So gesehen …" Milla zuckte mit den Achseln. „Ich weiß auch nicht, warum ich so ungehalten auf ihn reagierte. Oder warum ich weggerannt bin. Wobei … doch, ich mag es nicht, wie ein Objekt behandelt zu werden. Als hätte ich keine eigene Meinung."

„Das war bestimmt ganz anders. Du interpretierst da zu viel rein", meinte Bree.

Milla machte eine wegwerfende Handbewegung.

„Ist ja auch egal. Ich habe jetzt sowieso keinen Nerv für eine Beziehung und Zeit erst recht nicht. Ich will die letzten Tage meiner Auszeit genießen, um dann meine ganze Energie in das Hotel zu stecken " rief sie aus.

„Wer redet denn von einer Beziehung …", warf Bree ein, aber Milla redete einfach weiter.

„Ich habe feste Pläne. Spätestens Weihnachten werde ich die ersten Gäste auf Blåbärskog begrüßen. Ich habe keine Zeit für einen Mann!" Milla war immer lauter geworden.

Bree fasste sie an der Hand.

„Und ich werde da sein. Ich freue mich schon sehr auf mein erstes schwedisches Weihnachtsfest." Sie lächelte Milla strahlend an. „Ich will dir weder einen Mann aufschwatzen noch dich von deinen Plänen abbringen. Du

99

sollst deine letzten Tage hier einfach nur unendlich genießen. Und wenn ein gewisser sexy Fotograf dazu beiträgt, deine Auszeit unvergesslich zu machen – warum nicht?!" Sie zwinkerte Milla zu. „Und wer sagt denn, dass *er* Interesse an einer Beziehung hat? Seit er erwachsen ist, war er noch nie länger als zehn Tage auf Gracewood. Nick ist immer unterwegs und dabei echt ein Netter. Ich habe noch nie irgendeine seiner Liebschaften klagen gehört. Alle schwärmen immer nur von ihm."

„Den letzten Teil ignoriere ich jetzt einfach." Milla schüttelte den Kopf, wenn auch schmunzelnd. „Ich will gar nicht wissen, wie viele Liebschaften er schon hatte."

„Ich bin mir sicher, dass du von all diesen Erfahrungen nur profitieren würdest", gab Bree lachend zurück.

„Na toll! Mal mir ruhig Bilder in den Kopf!" Milla kniff lachend die Augen zu.

„Wenn die sofort in dir auftauchen, dann ist das doch nur ein Zeichen dafür, dass du schon viel zu lange enthaltsam warst." Bree lachte ebenfalls. „Auf jeden Fall solltest du noch einmal mit ihm reden und dir die Fotos geben lassen."

„Du hast ja recht."

„Habe ich immer!", antwortete Bree selbstbewusst.

Milla lachte auf. „Ja, ist klar." Sie zog Bree an sich und umarmte sie. „Jedenfalls bin ich sehr froh, dass wir uns getroffen haben."

„Ja, ich auch." Bree drückte ihr einen Schmatzer auf. „Was hältst du davon, wenn wir jetzt zu meinen Eltern fahren und uns für heute Abend ordentlich stylen? Es sollen verschiedene Bands auftreten und da schadet es bestimmt nicht, großartig auszusehen." Bree stand schwungvoll auf und hielt Milla ihre Hand hin.

„Klingt toll", erwiderte Milla lächelnd.

Kapitel 8

„Mum, siehst du toll aus!" Claire staunte. So zurechtgemacht sah sie ihre Mutter selten.

„Findest du?" Nora drehte sich kritisch vor dem Spiegel. Sie trug einen kurzen schwarzen Rock und dazu eine schmal geschnittene Bluse. Ihre kastanienfarbenen Locken, die sie im Alltag meist zu einem wilden Haarknäuel zusammenband, trug sie heute offen und zeigte damit ihre ganze Pracht. Sie sah aus, als würde sie schon immer in einer Rockband singen.

Claire legte den Arm um sie.

„Du musst nicht aufgeregt sein, du kannst doch so toll singen!"

„Danke schön, mein Schatz." Nora sah ihre große Tochter, die ihr äußerlich so ähnlich war, gerührt an. Auch Claire hatte die Wikingergene ihres Großvaters geerbt.

„Mummy?" Ein wilder Blondschopf kam ins Zimmer gestürzt. „Mummy, dürfen wir aufbleiben und dir zuhören? Ja?"

„Na, klar!" Nora lachte und hob ihren Sohn schwungvoll hoch.

„Henry, sieht Mum nicht toll aus?", fragte Claire und der Fünfjährige nickte mit ernsthafter Miene.

„Ja, eure Mutter sieht großartig aus!" Timothy war dazugekommen und gab Nora einen Kuss. „Aber jetzt muss sie nach unten."

„Bis nachher, meine Süßen!" Nora küsste Tim und die Kinder und eilte mit einem strahlenden Lächeln hinaus.

***

„Wow! Da habt ihr ja ganz schön was auf die Beine gestellt", staunte Nick und betrachtete die Bühne, die am Ende der großen Rasenfläche aufgebaut worden war.

Dahinter begann auch schon der Wald. Zuerst als künstlich angelegtes Arboretum mit einer Sammlung verschiedener Bäume aus der ganzen Welt, bis er nach und nach in einen märchenhaften Mischwald überging.

„Das ist hauptsächlich Nigels Verdienst – es war seine Idee, Musiker nach Gracewood zu holen", erklärte Arthur.

„Wo ist er überhaupt? Ich habe meinen großen Bruder den ganzen Tag noch nicht gesehen." Nick schaute sich suchend um.

„Er hängt seit heute früh am Telefon. Diese Braut macht ihm wirklich zu schaffen. Jetzt will sie das ganze Konzept für die Feier umwerfen und ist wohl auch nicht mehr davon abzubringen." Arthur seufzte.

„Wann ist die Feier denn?"

„Nächstes Wochenende", antwortete Arthur ergeben.

Nick lachte laut auf.

„Na dann hat er es ja zumindest bald geschafft."

Arthur schenkte ihm ein schiefes Lächeln.

„Ich werde mal nach ihm sehen. Er hat bestimmt noch nichts Richtiges gegessen. Soll ich ihm deine positive Sicht der Dinge ausrichten oder möchtest du ihm das selbst sagen?"

Nick lachte noch mehr.

„Das darfst du gern selbst entscheiden."

Arthur machte nur eine wegwerfende Handbewegung und ging.

Nick schaute ihm hinterher und entdeckte dabei Milla. Sie stand im rotgoldenen Licht der Abendsonne. Ihr blondes Haar, das sie zu einem Kranz um ihren Kopf geflochten hatte, strahlte wie ein Heiligenschein. Nicks Herz rutschte ihm unvermittelt in die Hose und er begann trotz der leichten Abendbrise zu schwitzen. Zwar hatte er gehofft sie noch einmal zu sehen, aber jetzt krampfte der Gedanke, sie könnte ihm ernsthaft böse sein, wie ein Geschwür in seinem Bauch.

Langsam ging er auf sie zu. Sie hatte ihn noch nicht entdeckt und so hatte er Gelegenheit sie genau zu betrachten. Sie hatte sich umgezogen, trug statt der kurzen Shorts und dem einfachen Shirt vom Nachmittag nun weiße Jeans, eine bunt bestickte Tunika und Sandalen mit bunten Riemen. Ein paar vorwitzige Strähnen umspielten ihr Gesicht – sie waren zu kurz, um sie hinters Ohr zu klemmen. Er sah, wie Milla es dennoch ein paarmal versuchte. Er hatte noch nie etwas Schöneres gesehen.

Mitten in der Bewegung hielt sie inne. Sie hatte ihn entdeckt. Ihr hübsches Gesicht verschloss sich und sie verschränkte die Arme, doch er hatte ohnehin nicht wirklich damit gerechnet, dass sie es ihm leicht machen würde. Das hier war seine vielleicht allerletzte Chance, die durfte er nicht verspielen. Noch zwei Schritte, dann stand er vor ihr.

„Hier. Sie sind alle drauf." Nervös hielt er ihr einen USB-Stick hin.

„Okay." Sie nahm den Stick. „Und die Kopien auf deinem Rechner und der Kamera?", hakte sie nach.

„Selbstverständlich gelöscht." Er sah sie offen an. „Hör zu, ich bin kein irrer Stalker oder so was, und ich kann verstehen, dass du sauer bist. Deswegen wollte ich dir etwas vorschlagen ... quasi als Entschuldigung dafür, dass ich dich erschreckt habe."

Milla zog skeptisch die Augenbrauen hoch.

„Und was?" Sie hatte wieder die Arme verschränkt.

Eigentlich hatte er sich wirklich zurückhalten und sich entschuldigen wollen, aber ihre spröde Haltung reizte ihn ungemein. In Indien war sie so viel offener gewesen.

„Du bist doch Yogalehrerin. Du kannst morgen früh hier auf dem Fest eine Stunde geben."

„Das soll deine Entschuldigung sein? Dass ich arbeite?" Milla sah aus, als wäre sie sich nicht sicher, ob sie sich verhört hätte.

„Ja, damit hast du die Möglichkeit, an diesem wundervollen Ort hier richtig viele Menschen zu unterrichten und gleichzeitig deine Reisekasse aufzubessern." Nick lächelte wieder sein Lausbubenlächeln. „Ganz zu schweigen von der großartigen Erfahrung!"

„Aha." Milla nickte wissend. „Du weißt aber schon, dass das keine richtige Entschuldigung ist, oder?"

„Wenn ich jetzt mit Blumen und Pralinen vor dir stehen würde, dann würdest du mich erst recht für einen Psycho halten", gab er zurück und sah, dass ihre Mundwinkel kurz zuckten. Das war ihm Bestätigung genug.

„Okay, und woher werden genug Leute davon erfahren? Das ist schließlich ganz schön spontan." Kaum merklich schmolz ihr Widerstand.

„Warts ab!" Er zwinkerte ihr zu und weg war er.

„Hey! Was soll ...", rief sie ihm hinterher, aber er war schon im Getümmel verschwunden – allmählich hatte sich der Platz vor der Bühne gefüllt.

Abwarten? Was sollte sie denn abwarten? Milla sah sich suchend um und drehte dabei unschlüssig den USB-Stick in ihren Händen. Irgendwie wurde sie nicht schlau aus diesem Kerl. Sie hatte keine Blumen erwartet, aber doch zumindest eine richtige Entschuldigung. Und eine Erklärung. Stattdessen bot er ihr einen Job an. Milla schnaubte. Der Typ hatte echt Nerven ... oder hatte ihm die Segnung auf dem Holi-Festival nicht gefallen?

Milla, jetzt werd nicht albern!, rief sie sich zur Ordnung. *Konzentrier dich aufs Wesentliche!* Sie schüttelte den Kopf. Genau das war das Problem – es fiel ihr schwer, sich zu konzentrieren, wenn er sie mit diesem Lächeln ansah. Dann begannen ihre Beine zu zittern und ihr Herz setzte kurz aus, bevor es in einem unregelmäßigen Rhythmus weiterstolperte. Das passierte ihr immer wieder, dabei hatte sie doch wirklich wichtigere Dinge, um die sie sich kümmern musste und auch wollte.

„Hallo Leute!", ertönte es durch die Lautsprecher und unterbrach damit ihre Gedanken. „Wow! Ihr seht toll aus!"

Überrascht sah sie zur Bühne. Dort oben stand er, mit dem Mikro in der Hand und einem selbstbewussten Lächeln auf den Lippen. Vielleicht stimmte es ja, was Bree gesagt hatte, fuhr es Milla durch den Kopf. Vielleicht interpretierte sie die ganze Situation ja vollkommen falsch.

„Ich freue mich sehr, euch zum diesjährigen Sommerfest auf Gracewood Hall begrüßen zu dürfen!", rief er und die Leute klatschten.

„Willkommen daheim!", schallte es Nick entgegen.

„Ich freue mich auch, dich zu sehen, Brian!" Nick winkte. „Bevor die Bands gleich loslegen, wollte ich noch eine Ankündigung loswerden." Er machte eine bedeutungsvolle Pause.

„Du wirst heiraten!", rief Brian dazwischen und das Publikum hielt gespannt den Atem an.

Milla sah sich staunend um, anscheinend hatte Bree nicht übertrieben – einige der umstehenden jungen Frauen rissen erschrocken die Augen auf. Rasch sah sie zu Nick. Der wollte zu einer Erwiderung ansetzen, ließ aber das Mikro dann noch einmal sinken, weil er so lachen musste. Dieses Bild ging ihr durch und durch. Ob sie wollte oder nicht, Millas ganzer Körper vibrierte bei seinem Anblick.

Oh! Mein! Gott! Bree hat recht!, durchfuhr es sie. Wie gut, dass er nicht mehr direkt vor ihr stand, sonst hätte sie sich womöglich wie eine ausgehungerte Raubkatze auf ihn gestürzt. Ihr ganzer Ärger war plötzlich wie weggeblasen. Sie senkte den Blick. Mit geballten Fäusten versuchte sie tief einzuatmen, um ihre Selbstbeherrschung wiederzufinden.

„Du wirst der Erste sein, der es erfährt, Brian, versprochen!" Nick hatte sich wieder gefangen. „Aber noch ist es nicht so weit. Dennoch wollte ich eine talentierte junge Frau vorstellen, die etwas ganz Besonderes für euch vorbereitet hat!", fuhr Nick fröhlich fort. „Kommst du mal bitte hoch, Milla?"

Milla erschrak. Sie konnte jetzt unmöglich zu ihm gehen. Ein Scheinwerfer fuhr suchend durch die Menge und Milla sah keine andere Möglichkeit, als sich in Bewegung zu setzen.

Der Lichtkegel erfasste sie und Nick rief: „Da ist sie ja! Einen Applaus für Milla, bitte!"

Die Menge applaudierte eher verhalten, von ein paar bewundernden Pfiffe abgesehen.

Milla vermutete stark, dass dieser Brian dahintersteckte, und erklomm die Stufen zur Bühne. Unsicher ging sie auf den breit grinsenden Nick zu. Es war zwar nicht das erste Mal, dass sie vor Publikum stand, aber normalerweise trug sie dabei ein formelles Kostüm und war besser vorbereitet – und vor allem nicht scharf auf den Mann neben ihr.

Nick trat dicht an sie heran. Millas Herz setzte einen Moment aus, dafür zog es gewaltig in ihrer Mitte. Ihr war, als würden Flammen ausschlagen. Erschrocken blickte sie an sich herunter. Das Blut rauschte so laut in ihren Ohren, dass sie seine Frage nicht gehört hatte, obwohl er ganz nah bei ihr stand.

„Wie ist dein Nachname?", wiederholte er.

Milla schüttelte sich.

„Sjögren", antwortete sie.

„Wie ihr wisst, bin ich in der ganzen Welt unterwegs", wandte sich Nick wieder an die Menge. „In Indien hatte ich das Glück, den großen Guru Swami Kulmant Ji kennenzulernen. Außerdem habe ich dort auch die wundervolle Milla getroffen, die bei ihm persönlich in die hohe Kunst des Yoga eingewiesen wurde, und ich konnte sie davon überzeugen, uns morgen früh um 9 Uhr eine Stunde ihrer knappen Zeit zu schenken und uns zu unterrichten!"

Milla versuchte zu lächeln. Sie spürte seine Nähe noch immer überdeutlich, aber seine maßlosen Übertreibungen halfen ihr, in die Wirklichkeit zurückzufinden.

„Wieso denn früh? Da muss ich meinen Schönheitsschlaf halten!" Wieder war es Brian, der etwas zu sagen hatte.

„Brian, mein Lieber, versuch es ruhig mal! Das mit dem Schönheitsschlaf scheint nicht besonders gut zu funktionieren ..."

Das Publikum lachte und Brian grinste schief.

„Also, Leute, nehmt diese einmalige Gelegenheit wahr! Tut etwas für euren inneren Frieden und bringt eure Yogamatte mit! Für nur zwanzig Pfund wird Milla euch glücklicher, gesünder und schlanker machen, und das in nur einer Stunde!"

Die Leute lachten.

„Ich könnte Vorher-Nachher-Fotos machen!"

Wieder lachte die Menge, und auch Milla musste grinsen. Wenn die Stimmung bei ihrer Yogastunde nur halb so gelöst war, wie jetzt, würde es wundervoll werden.

„Dee?", sprach Nick die Frau an, mit der Milla sich heute Nachmittag am Stand mit den Armbändern unterhalten hatte, und die jetzt ganz vorne stand. „Sagst du deinen Freunden Bescheid?"

Dee hob lächelnd ihr Handy.

„Schon geschehen!"

„Great! Noch mal einen großen Applaus für Milla Sjögren!", rief Nick und zwinkerte ihr zu. „Danke! Genießt euren Abend! Ihr seid toll!"

Nick gab einem Roadie das Mikro und ging mit ihr von der Bühne. Er war mehr als zufrieden. Es war Liz' Idee gewesen, Milla eine Stunde halten zu lassen. Sie hatte ihn vorhin damit überrascht, als er die Fotos auf den Stick gezogen und sie sich dabei noch einmal angesehen hatte. Sie hatten lange miteinander gesprochen.

„Und, was sagst du?", fragte er Milla, sobald sie unten waren.

„Dass du maßlos übertrieben hast." Milla trat einen Schritt zurück.

„Aber das weiß doch keiner", sagte er leise und kam ihr dabei wieder ganz nah.

Sie wollte etwas erwidern, aber auf einmal stand eine ziemlich aufgedonnerte Frau neben ihnen.

„Nicholas!", rief sie aus und zog die erste Silbe unnötig in die Länge. „Wie schön, dich zu sehen! Du hast dich aber auch gar nicht verändert!"

Überrascht drehte Nick sich um.

„Betty, hallo. Was für eine Überraschung."

Milla schaute von einem zum anderen. Er schien sich nicht besonders darüber zu freuen, sie zu sehen. Dennoch beugte er sich vor, um Bettina McCarthy einen Kuss auf die Wange zu hauchen. Die legte ihm die Hand auf die Schulter und drehte ihn so, dass er auf einmal mit dem Rücken zu Milla stand.

„Ach herrje, so hat mich ja schon ewig keiner mehr genannt!" Sie lachte affektiert auf und trat noch einen Schritt näher an ihn heran. „Das darfst auch nur du, der alten Zeiten wegen", schnurrte sie und gewährte Nick einen Einblick in ihr üppiges Dekolleté.

Zugegeben sie hatte eine tolle Figur, dennoch wurde Milla kurz übel. Sie hatte nicht geglaubt, dass es überhaupt noch Frauen gab, die sich so anbiederten.

„Normalerweise mache ich nur Pilates, aber weil du es bist, werde ich morgen eine Ausnahme machen." Diese Frau redete ohne Punkt und Komma. „Dr. Mercer hält zwar nichts von diesen Modeerscheinungen, aber was er nicht weiß, macht ihn nicht heiß." Sie klimperte übertrieben mit ihren Wimpern.

Nick befreite sich mit einem Ruck und trat zurück.

„Da hast du etwas falsch verstanden, Bettina. Milla wird die Stunde halten, nicht ich." Er stellte sich wieder dicht neben Milla. „Sie ist eine absolute Koryphäe in der jahrtausendealten Tradition des Yoga. Aber wenn dein …

Arzt", er spuckte das Wort regelrecht aus, „dir davon abrät, solltest du dich daran halten. Wir wollen doch nicht, dass du dich verletzt."

Bettina stutzte einen Moment. Das Gespräch verlief anscheinend nicht so, wie sie es sich vorgestellt hatte.

„Betty!" In diesem Moment trat eine junge, hübsche Frau mit einem strahlenden Lächeln zu ihnen. „Dein Mann sucht dich schon überall. Die Kinder sind müde."

„Äh, ja." Bettina war nur kurz anzusehen, dass ihr das gar nicht passte. Dann setzte sie ein falsches Lächeln auf. „Da kann man nichts machen. Ich werde gebraucht. Wir sehen uns, Nicholas", flötete sie und warf ihm einen bedeutungsvollen Blick zu, ehe sie verschwand.

Nick schüttelte sich kurz, bevor er Liz dankbar anlächelte.

„Das war genau der richtige Augenblick. Danke!"

„Kein Problem. Sie gefällt sich so gut in der Rolle der treusorgenden Mutter, da hatte sie gar keine andere Chance als zu gehen. Sonst wäre doch ihr Ruf ruiniert!" Liz lachte, dann wandte sie sich an Milla.

„Hi, ich bin Liz." Sie lächelte Milla an und ihre kornblumenblauen Augen blitzten auf.

„Hallo, freut mich, dich kennenzulernen." Milla war verwirrt. Bei Nick gaben sich gutaussehende Frauen offenbar die Klinke in die Hand. War das immer so? „Wer war das eben?"

„Die Dorfschreckschraube", antwortete Nick schnell.

Liz warf ihm einen fragenden Blick zu und entschied sich spontan, Milla einzuweihen. Sie wusste noch zu gut, wie es war, wenn alle Bescheid wussten, nur man selbst nicht.

„Und Nicks erste große Liebe und Freundin."

„Was?", rief Milla überrascht aus.

„Sie war nicht meine große Liebe!", stellte Nick klar. Er sah nicht so aus, als würde er sich über Liz' Kommentar freuen.

„Das ist ein Ding, nicht wahr?", gluckste Liz vergnügt.

„Und früher war sie auch nicht so", fügte er verteidigend hinzu.

„Dazu kann ich nichts sagen, da war ich noch nicht hier." Liz zuckte mit den Achseln. „Aber wir waren doch alle mal jung und dumm." Sie klopfte ihm freundschaftlich auf den Rücken. „Mach dir nichts draus."

Bevor einer etwas sagen konnte, kam Max auf die drei zu.

„Da bist du ja! Die Leute fragen mich schon, wo meine Verlobte steckt!" Er nahm Liz in den Arm und küsste sie stürmisch.

„Das ist Max, der beste Freund meines Bruders. Wir sind praktisch miteinander aufgewachsen. Liz ist eine gute Freundin von mir und seine Verlobte", erklärte Nick Milla leise.

Milla musterte das verliebte Paar. Sie waren das genaue Gegenteil voneinander. Er war groß und hatte dunkles Haar, sie war eher klein und genauso blond wie Milla.

„Hattest du mit ihr auch mal was?" Milla erschrak. Hatte sie das wirklich laut gefragt? Wie peinlich!

Doch Nick lachte nur.

„Nein, nie. Wir sind eher wie Geschwister." Bevor er weitersprechen konnte, begann die erste Band zu spielen und jegliche Unterhaltung scheiterte an der Lautstärke der Musik. Sie standen viel zu nah an den Boxen. Max gab Milla noch die Hand und dann gingen die vier ein Stück weiter den Rasen hinauf, um einen besseren Blick auf die Bühne zu haben.

***

„Hey Schatz ..." Arthur betrat leise Nigels Arbeitszimmer. „Wie gehts dir?"

Nigel schaute mit müden Augen von den Papieren auf, die er überall auf dem Boden verteilt hatte.

„Frag nicht."

„Ich habe dir was mitgebracht." Arthur holte einen Picknickkorb hinter seinem Rücken hervor. Er hatte einen freudigen Ausruf erwartet, aber selbst dazu war Nigel zu kaputt.

Brautzilla Mindy Miller wurde ihrem Ruf mehr als gerecht, doch Arthur schluckte seine Meinung herunter. Was Nigel jetzt brauchte, waren seine Liebe und Unterstützung. Daher setzte er sich zu ihm auf den Boden und fragte: „Also, wie ist der Plan? Wobei kann ich dir helfen?"

„Sie hat eine komplette Kehrtwende gemacht. Alles Extravagante ist gestrichen – keine Seidenzelte mehr, keine Lilien, kein Gold und es kommt nur noch die Hälfte aller Gäste, den Rest hat sie ausgeladen. Das muss man sich mal vorstellen! Überhaupt ist sie wie ausgewechselt, sie sagt plötzlich bitte und danke und übernimmt selbst Aufgaben. Ich könnte glatt den Hut vor ihr ziehen."

Arthur runzelte die Stirn. Mindy Miller hatte sich monatelang wie eine Diva benommen und nun sollte sie Verantwortung übernehmen?!

„Ich würde es selbst nicht glauben, wenn ich es nicht erlebt hätte. Keine Ahnung, was da passiert ist." Nigel winkte ab. „Der Plan ist wie folgt: Sie will eine romantische Landhochzeit mit Kornblumen, Gräsern und Strohballen. Die Farben sind Blau, Rosa, Weiß. Rosemary Davis weiß schon Bescheid. Sie ist so ein Genie, hat quasi innerhalb einer halben Stunde den Brautstrauß und sämtlichen Blumenschmuck neu entworfen. Das Essen war auch kein Problem – wir werden grillen; stell dir das mal vor! Das Aufwendigste ist jetzt der neue Sitzplan und die ganzen Lieferanten zu kontaktieren, um ihnen abzusagen." Nigel zeigte auf ein Klemmbrett mit verschiedenen Zetteln.

„Das übernehme ich", erklärte Arthur und griff danach. „Aber zuerst brauchst du eine Pause. Komm mit!" Er stand auf und zog Nigel zu sich hoch.

„Wohin? Ich kann jetzt nicht weg!"

„Doch, kannst du", widersprach Arthur. Zärtlich nahm er Nigel in die Arme. „Schatz, das rennt dir alles nicht weg. Für heute hast du genug getan."

„Aber ich will das erledigt haben!" Nigel lehnte sich an ihn.

„Wir erledigen das auch, nur nicht mehr heute." Er gab Nigel einen Kuss. „Du erreichst jetzt sowieso niemanden mehr – erstens ist es schon spät und zweitens ist Wochenende." Arthur reichte Nigel sein Smartphone. „Schalte es aus. Meinetwegen schreib Mindy noch eine Nachricht, dass alles läuft und du dich morgen meldest, aber jetzt gehen wir beide erst schwimmen, dann essen wir was und dann geht's ab ins Bett", bestimmte Arthur.

Nigel grinste.

„Irgendwie macht es mich an, wenn du so entschieden bist."

„Tatsächlich?! Und ich dachte, du bist erschöpft", gab Arthur schmunzelnd zurück.

„*So* erschöpft nun auch nicht." Nigel zwinkerte ihm zu, während er in Windeseile eine Nachricht in sein Handy tippte und es dann einfach ausschaltete. „Mir ist auf einmal so heiß. Ich glaube, ich brauche dringend eine Abkühlung." Er grinste süffisant und warf Arthur einen bedeutungsvollen Blick zu.

***

„Was willst du trinken?" Nick wies auf die Bar, die am Rand aufgebaut war. Liz und Max waren ihnen irgendwie abhandengekommen. Er war nicht böse darum.

„Äh, nichts, danke." Milla wandte sich um.

„Warte! Wo willst du denn hin? Der Abend hat doch gerade erst angefangen." Sie konnte doch jetzt nicht gehen!

„Ich habe eine Yogastunde vorzubereiten", erinnerte sie ihn und lächelte. Dieses Lächeln schmolz das klumpige Geschwür in seinem Bauch endgültig weg.

„Ich kann dir helfen", bot er spontan an. „Ich mache das seit Jahren."

„Was? Frauen helfen?", fragte sie und ihre Augen blitzten vergnügt auf.

„Nein!" Verwirrt schüttelte Nick den Kopf. „Yoga meine ich – ich mache seit Jahren Yoga."

„Echt?" Unwillkürlich huschte ihr Blick über seinen Körper.

„Hör zu, ich hole uns etwas zu trinken und dann setzen wir uns in den Salon und planen deine Stunde." Er missdeutete ihren Blick und fügte hastig hinzu. „Wir können uns auch in den großen Saal setzen, direkt an die Terrassentür. Du kannst auch Bree Bescheid sagen. Milla, du musst echt keine Sorgen haben, dass ich ..."

„Ist gut", unterbrach sie ihn. Sie hatte längst entschieden, dass sie nichts von ihm zu befürchten hatte, eher im Gegenteil. Wieder lächelte sie. Sie konnte gar nicht mehr aufhören damit. „Ich hätte gern etwas Kaltes zu trinken, aber ohne Alkohol."

„Gut, ich bin gleich wieder da." Er wollte schon gehen, da drehte er sich noch einmal um. „Aber nicht weggehen!"

„Ich bleibe genau hier stehen." Milla lachte.

„Gut. Bis gleich." Mit großen Schritten entfernte er sich. Je eher er die Getränke hatte, desto schneller wäre er wieder bei ihr. Darauf, dass er sich auch etwas aus der Küche von Mrs. Cuthbert hätte holen können, kam er vor lauter Euphorie gar nicht.

„Milla!" Kaum war Nick gegangen, stürzte Bree auf sie zu. „Ihr seht toll zusammen aus! Ich wusste es! War das seine Idee mit der Yogastunde?" Sie plapperte ohne Punkt und Komma. „Das ist *so* cool! Das hast du dir doch immer gewünscht! Ich habe schon meinen ganzen Freunden geschrieben und es auch im Netz geteilt, damit möglichst viele Leute kommen! Ich freu mich so für dich!" Sie schien nicht wirklich eine Reaktion von Milla zu erwarten. „Viel

Spaß noch! Wir sehen uns später." Bree stellte sich auf die Zehenspitzen und drückte Milla einen Schmatzer auf. „Tu nichts, was ich nicht auch tun würde!", erklärte sie augenzwinkernd und hüpfte ausgelassen davon.

„Du hast einen Knall!", rief Milla ihr lachend hinterher.

„Und du liebst mich dafür!", erwiderte Bree gut gelaunt und verschwand in der Menge.

„Bist du so weit?", fragte Nick. Er hatte einen ganzen Krug selbst gemachter Limonade und zwei Gläser besorgt.

Milla nickte.

„Dann folgen Sie mir bitte, Mylady!" Er deutete einen Diener an und wies Richtung Herrenhaus. In diesem Moment leuchteten auf der Terrasse verschiedene Lichterketten, die in den mediterranen Kübelpflanzen versteckt waren, auf. Milla fühlte sich wie in einem dieser romantischen Filme, die ihre *Mamma* immer so gern gesehen hatte. Wenn sie sie jetzt nur sehen könnte ... Sie würde sich so für sie freuen. Seit sie begonnen hatte, ihrem Herzen zu folgen, schmerzten Gedanken an ihre Mutter nicht mehr so sehr. Im Gegenteil, Milla hatte das Gefühl, sie wäre ihr dadurch nur noch näher. Sie lächelte Nick strahlend an und folgte ihm.

***

„Okay, wer ist diese Frau, und was hat sie mit meinem kleinen Bruder gemacht?", wollte Nora wissen. Fragend schaute sie Liz an. Bis zu ihrem Auftritt war noch genug Zeit für eine Schorle und einen Plausch.

„Sie ist die Eine!" Liz lachte.

„Bist du sicher?" Nora sah zu Max, der neben ihnen stand und nickte.

„Ziemlich", antwortete Liz. „Er weiß es nur noch nicht ... und sie auch nicht."

„Du hättest die beiden heute Nachmittag erleben sollen!"
Max grinste bei der Erinnerung an das Wortgefecht.

„Nie bin ich in den spannenden Momenten dabei ..."
Nora guckte enttäuscht. „Okay, aber wer ist sie?"

Max überlegte.

„Wenn ich das richtig verstanden habe, ist sie eine
Freundin von Annies Freundin."

„Und woher kennt Nick sie? Der hat doch mit Annie an
sich gar nichts zu tun."

„Sie haben sich in Belgien getroffen", warf Liz ein.

„Was?", fragte Nora.

„Woher weißt du das?" Tim war zu ihnen getreten. Er
umarmte seine Frau von hinten. In dem kurzen Rock sah
ihr Hintern einfach verboten gut aus!

Liz verdrehte die Augen.

„Weil er es mir erzählt hat, natürlich." Sie musste schon
wieder lachen, als sie die fragenden Gesichter sah.

„Jetzt lass dir doch nicht alles aus der Nase ziehen!",
drängte Nora ungeduldig. „Ich habe keine Zeit für eine
lange Frage-Antwort-Runde!"

„Ist das nicht ein bisschen ... indiskret?"

„*Liz!*", riefen Nora, Tim und Max wie aus einem Munde.

„Ist ja gut." Liz hob die Hände. „Ich erzähle euch ja
schon was ich weiß, aber viel ist es nicht."

Kapitel 9

„Glaubst du wirklich, dass ich das so machen kann?", fragte Milla unsicher. Sie hatten sich in den großzügigen Salon gesetzt, weil die Musik von draußen sie hier nicht stören konnte. Mit seinen gemütlichen Sofas und Sesseln war er zudem der erklärte Lieblingsraum der ganzen Familie. Die zarten Pastelltöne betonten das heimelige Gefühl noch. Hier trafen sie sich, um gemütlich beieinanderzusitzen, zu reden, zu lachen und zur Teatime.

„Na klar, der Sonnengruß ist doch ein Klassiker." Nick lächelte sie aufmunternd an. „Außerdem hast du in deiner Abfolge noch zusätzliche Asanas."

„Ich habe einfach Bedenken, dass es den Leuten zu langweilig wird."

„Das verstehe ich, aber du musst dir keine Sorgen machen. Es gibt hier keine riesengroße Yogacommunity. Warte, ich habe eine Idee." Nick griff nach seinem Smartphone und begann zu tippen. „Liz und ich könnten dich ja unterstützen. Einer von uns macht die Abfolge mit den einfachen Übungen und der andere zeigt die schwierigeren Variationen."

Milla traute ihren Ohren nicht.

„Das wäre wundervoll! Aber würde Liz da mitmachen?" Es hätte ihr viel bedeutet und würde dann genauso professionell aussehen, wie die Videos im Internet, die sie so mochte.

„Bestimmt – sie liebt Yoga mindestens genauso wie ich." Er griff nach ihrer Hand und wieder durchfuhr es sie wie ein Blitz. „Vertrau mir."

Milla konnte sich nicht rühren, und sie wollte es auch nicht, denn sie hatte Angst, wenn sie sich auch nur einen Millimeter bewegte, würde sie ihm nicht mehr gegenübersitzen, sondern auf ihm liegen. In ihrer Mitte begann es zu brodeln und sie brauchte ihre ganze Körperbeherrschung, um nicht laut aufzustöhnen.

Auch Nick hatte die Veränderung gespürt – er wusste nur nicht, wieso sie so auf ihn reagierte. Sie saß da wie ein verschrecktes Kaninchen und starrte ihn mit großen Augen an. Es sah so aus, als würde sich, zum ersten Mal in seinem Leben, ein anderer Mensch in seiner Gegenwart nicht pudelwohl fühlen. Nick schluckte und ließ Millas Hand los. Er wusste nicht, was er sagen sollte. Der Benachrichtigungston seines Handys beendete sein Dilemma, und er sah erleichtert auf's Display.

„Es ist Liz, sie hat zugesagt!", freute er sich.

Milla atmete hörbar aus.

„Das ist wundervoll!" Sie nickte mehrmals. „Einfach großartig! Vielen Dank! Ich freu mich!" Allmählich fing sie sich wieder. „Oh, das ist so aufregend!" Dann strahlte sie ihn an. „Danke, Nick ... für deine Hilfe und die Möglichkeit."

Nick war wie geblendet. Wo kam denn dieses Lächeln auf einmal her? Diese Frau gab ihm wirklich Rätsel auf.

„Gern geschehen", antwortete er und ärgerte sich über sich selbst. Er war auch schon mal eloquenter gewesen. Er räusperte sich. „Dann sind wir hier fertig, oder?"

„Ja, ich denke schon. Du hattest wirklich recht – zu zweit waren wir viel schneller. Am liebsten würde ich mit der Stunde sofort loslegen."

„Ach was", Nick stand auf. „Jetzt lass uns erst mal zu den anderen gehen und der Musik lauschen. Der laue Sommerabend ist viel zu schön, um ihn nicht zu genießen."

Milla lachte, auch erleichtert darüber, dass die Stimmung zwischen ihnen wieder lockerer war.

„Stimmt. Selbst nach dem vielen guten Wetter in Asien ist es für mich immer noch etwas Besonderes." Entspannt lief sie neben ihm her. „Die Winter in Schweden sind manchmal ganz schön lang."

„Erzähl mir von Schweden! Ich war ... Oh, das ist meine Schwester!", rief Nick überrascht, als sie auf die Terrasse

117

traten. „Mir hat gar keiner erzählt, dass sie heute singen wird." Begeistert stieß Nick einen lauten Pfiff aus.

„Wow! Diese Rockröhre ist deine Schwester?", staunte Milla.

„Ja, das sind Mutters Südstaatengene", erklärte Nick stolz. „Ich habe sie ewig nicht mehr singen gehört." Er strahlte Milla an, ergriff spontan ihre Hand und begann sie über den Rasen zu wirbeln.

Milla lachte laut auf und legte alle Zurückhaltung ab. Tanzend stießen sie auf Max, Liz, Tim und die Kinder. Es machte überhaupt nichts, dass sie den Anfang des Konzerts verpasst hatten, und als die Band Songs bekannter Rockgrößen wie Tina Turner, Kim Wilde und den Stones anstimmte, erreichte die ausgelassene Stimmung ihren Höhepunkt. So etwas hatte Milla noch nie erlebt. Selbst Nicks Eltern, die überraschend jung wirkten, gesellten sich zu ihnen und jubelten ihrer Tochter zu. Jeder tanzte mit jedem, alle sangen lauthals mit, und wenn der Text nicht stimmte, war das vollkommen egal. Es war wie eine übergroße, laute Familienfeier. Milla fand es großartig, so etwas hatte sie sich als Kind immer gewünscht. Nicks Familie und Freunde hatten sie einfach so in ihrer Mitte akzeptiert, ohne dass sie irgendetwas dafür getan hatte.

Als die letzten Takte der letzten Zugabe verklungen waren, brandete minutenlang Applaus auf und nicht nur die Band war klatschnass geschwitzt.

Vivien und Richard wollten zu ihrer Tochter eilen, um ihr zu dem gelungenen Auftritt zu gratulieren, wurden aber von zahlreichen Gästen aufgehalten, die ihnen versicherten, dass das diesjährige Sommerfest schon jetzt das Beste aller Zeiten war.

Milla stand ein wenig abseits und nahm diesen Moment mit seiner besonderen Energie in ihr Herz auf. Sie war erfüllt von Dankbarkeit darüber, dass sie einen so besonderen Abend hatte erleben dürfen; im Kreis von Menschen, die sich wirklich und wahrhaftig liebten und keine Scheu hatten, dies auch zu zeigen. Menschen, die keine Mauern um sich herum errichtet hatten.

Nach Monaten des Reisens auf der Suche nach dem Sinn und Zweck des Lebens heilte dieser Moment die Wunde in ihrem Herzen, die durch den Tod ihrer Mutter hineingerissen wurde. Die Erkenntnis, dass es möglich war, ein Leben zu führen, von dem sie kaum gewagt hatte zu träumen, und das sie sich nun Stück für Stück erschuf, erfüllte sie mit Frieden und unvorstellbarem Glück. Es war schon fast zu viel. Tränen sammelten sich in Millas Augen und begannen unkontrolliert über ihr Gesicht zu strömen. Froh um die Dunkelheit trat sie einen Schritt zurück.

„Alles okay?", fragte Nick leise. Er stand ganz nah bei ihr.

Früher hätte sie sich geschämt, dass jemand sie so emotional sah. Selbst auf der Beerdigung ihrer Mutter hatte sie nicht geweint. Erst später, als sie allein gewesen war, waren die Tränen in Sturzbächen geflossen. Diese Scheu, Gefühle zu zeigen, war eines der Dinge, die jetzt anders waren. Sie nickte.

„Es ging mir nie besser." Trotz ihrer schniefenden Stimme spürten beide, dass sie die Wahrheit sagte. Intuitiv ergriff sie seine Hand und lächelte. „Danke!"

Wenn sie lächelte war es, als würde sie von innen heraus leuchten. Er konnte gar nicht anders als zurückzulächeln. Und just in dem Moment, als er dachte, er hätte es geschafft und einen Zugang zu ihr gefunden, zog sie ihre Hand ruckartig zurück. Er blinzelte verwirrt. Er hatte doch nichts gemacht!?

Sein Lächeln durchfuhr Milla wie ein Blitz. Sie zog so schnell ihre Hand zurück, als hätte sie sich verbrannt. Und sie brannte ja auch, innerlich, und zwar lichterloh. Die Lust sandte eine rotglühende Feuerbrunst aus ihrem Zentrum, dass sie an sich hinabsah, um sich zu vergewissern, dass sie nicht wirklich in Flammen stand. Sie begehrte ihn auf eine wahnwitzige Weise, dass sie sich beinahe vor sich selbst schämte. Für eine Millisekunde fragte sie sich, ob ihr da ihre Erziehung oder die Gesellschaft eine Wertevorstellung in den Kopf gesetzt hatte, und schüttelte unwillkürlich den Kopf. Sie hob den Blick und sah sein Unverständnis. Es tat ihr leid, ihn so erschrocken zu sehen, aber wie sollte sie ihm ihr Verhalten erklären, ohne nicht wie eine verrückte Nymphomanin dazustehen.

Er öffnete schon den Mund, um sie zu fragen, was los war, da ertönte die Stimme seiner Schwester, die sich endlich zu ihrer Familie durchgekämpft hatte. Im gleichen Augenblick hörten sie Bree nach Milla rufen. Nick zuckte erschrocken zusammen, er hatte die anderen völlig ausgeblendet. Milla hingegen schien erleichtert und hielt nach ihrer Freundin Ausschau. Er wurde verdammt noch mal nicht schlau aus dieser Frau!

„Ist mir heiß!" Nora fächelte sich mit der Hand Luft zu. „Schatz, kannst du die Kinder ins Bett bringen? Ich bin viel zu aufgedreht dafür." Nora sprach so laut, als würde sie sich selbst nicht hören. „Am liebsten würde ich jetzt schwimmen gehen." Nora sah Liz fragend an.

„Au ja, das ist eine gute Idee!", freute die sich.

Max trat mit Lilly auf dem Arm an ihre Seite.

„Viel Spaß, und schwimm nicht zu weit raus!" Er gab ihr einen leichten Kuss. „Ich freu mich schon, wenn du dann ganz erfrischt zurückkommst", flüsterte er und zwinkerte ihr zu.

„Du Nimmersatt." Schmunzelnd küsste sie ihn.

„Du kriegst sie ja wieder!" Nora griff bestimmt nach Liz' Arm.

Max schnaubte, während Liz lachte und ihm einen verliebten Blick zuwarf.

„Was ist eigentlich mit Annie?", fiel ihr ein.

„Matt und sie sind schon los. Sie hat irgendwas von Kopfschmerzen gemurmelt", erklärte Bree, die die Gruppe eben erreicht hatte.

„Die Arme, hoffentlich geht es ihr morgen besser", sagte Liz.

„Bestimmt." Nora trat neben Milla. „Dann kommst eben du mit!", bestimmte sie.

„Ich?" Milla war völlig überrumpelt. „Wir kennen uns doch gar nicht ... Und was ist mit Bree?"

„Dann ist das die perfekte Gelegenheit, uns kennenzulernen", meinte Nora.

„Nora ... Bitte", sagte Nick. „Du musst nicht mitgehen, wenn du nicht willst", erklärte er Milla.

„Keine Angst, Bruderherz. Ich will nur schwimmen gehen. Ich fresse sie schon nicht auf." In Noras Stimme schwang ein amüsierter Unterton mit. „Außerdem kommt Bree auch mit." Sie klimperte übertrieben mit den Wimpern. „Sind dir das genug Aufpasser?"

„Ha-ha ..." Dass sie immer noch die große Schwester raushängen lassen musste! Nick sah Milla fragend an.

Sie schenkte ihm ein beruhigendes Lächeln. Schwimmen war eine hervorragende Idee – sie brauchte dringend eine Abkühlung, um ihre Hormone wieder unter Kontrolle zu bekommen. Wenn sie jetzt mit ihm allein wäre, würde das Feuer in ihr die Oberhand gewinnen und sie hatte noch nicht für sich geklärt, ob sie mit den Konsequenzen einer solch übereilten Entscheidung leben wollte.

„Schwimmen klingt großartig. Vielen Dank für die Einladung."

„Na, dann ist ja alles geklärt." Zufrieden hakte sich Nora bei Liz unter und scheuchte Milla und Bree mit zügigen Schritten in Richtung Schwimmteich.

Nick sah ihnen perplex hinterher. Nicht dass er konkret geplant hatte, wie der Rest des Abends verlaufen sollte, aber auf eine unbestimmte Art und Weise fühlte er sich betrogen.

„Was hältst du von einem Absacker im Salon in ungefähr zehn Minuten?", fragte sein Schwager mitfühlend.

Blinzelnd wandte sich Nick um. Tim hatte einen fast eingeschlafenen Henry auf dem Arm und eine sehr müde

Claire an seiner Seite. Dahinter erkannte er Maxwell, der seine Tochter hochgehoben hatte und heftig nickte.

„Klar, warum nicht?!" Gemeinsam mit den Männern machte sich Nick ergeben auf den Weg ins Haus und hielt ihnen die verschiedenen Türen auf. In der Halle angekommen, gab er ihnen ein Zeichen, dass er im Herrensalon auf sie warten würde.

Die maskuline Atmosphäre des Raums tröstete ihn augenblicklich. Wie gern würde er jetzt mit Milla im Schutz der Dunkelheit in die Sterne schauen oder so ... Aber er wusste, dass es nichts gebracht hätte sich seiner Schwester in den Weg zu stellen. Mit ihrem Dickkopf hatten sich ihre Eltern jahrelang auseinandergesetzt und eher selten gewonnen. Er hoffte nur inständig, sie zog nicht irgendeine Große-Schwester-Nummer ab oder erzählte Milla irgendwelche peinlichen Anekdoten aus seiner Jugend. Stöhnend öffnete er den schottischen Whiskey und schenkte drei Gläser ein. Als ihm der Geruch in die Nase strömte, knurrte sein Magen empört auf. Das Letzte, was er gegessen hatte, war eine Bratwurst gewesen, und die auch nur halb. Entschlossen lief er nach nebenan in die Küche. Mrs. Cuthbert hatte bestimmt irgendwelche Köstlichkeiten im Kühlschrank.

***

Kaum waren sie ums Haus herumgelaufen und hinter die dichte Eibenhecke getreten, war es auf einmal stockfinster.

„Shit!" Nora blieb abrupt stehen. „Von euch hat nicht zufällig jemand eine Taschenlampe dabei?"

„In welchem Jahrhundert lebst du denn?!", fragte Liz und leuchtete ihr mit dem Smartphone ins Gesicht.

„Und wie alt bist du?", fragte Nora zurück und hielt sich die Hand vor die Augen. „Zwölf? Leuchte uns lieber den Weg!"

Bree, die ebenfalls ihr Handy gezückt hatte, kicherte.

„Wo ist denn *dein* Handy?", fragte Liz Nora und setzte sich wieder in Bewegung

„Oben." Sie wedelte mit der Hand Richtung Herrenhaus.

Milla war in Gedanken noch bei Nick. Wie er sie angesehen hatte ... Sein Blick löste nicht nur heißes Verlangen in ihr aus – ihr Verstand hoffte, dass es nicht das war, wonach es ausgesehen hatte, während Bauch, Herz und Haut beim Gedanken an ihn jubelten. Milla war so durcheinander, dass sie kaum auf den Weg achtete und prompt über ihre eigenen Füße stolperte.

„Na, hast du zu tief ins Glas geschaut?", fragte Bree kichernd und bot ihr den Arm an. Entweder hatte die dem Alkohol selbst ordentlich zugesprochen oder sie fand die Situation zu aufregend. Sie wurde dann immer besonders albern.

„Na klar, du kennst mich doch", gab Milla trocken zurück und erntete ein erneutes Kichern von Bree.

Schließlich hatten sie ihr Ziel erreicht, aber mehr als Umrisse sah Milla nicht, denn Bree leuchtete nur eine unscheinbare Holztür an.

„Einen Augenblick, Ladys." Nora öffnete die Tür und verschwand.

Keine Sekunde später leuchteten verschiedene Laternen auf und Milla sah sich staunend um. Auch Bree stand der Mund offen. Die Holztür gehörte zu einem Bungalow, an den sich eine Holzterrasse anschloss, die sich an einen Schwimmteich schmiegte. Der Teich war so natürlich geformt, dass man nicht auf die Idee kam, er wäre angelegt worden. Am Ufer standen verschieden große Kugelleuchten, deren sanftes Licht sich im Wasser spiegelte. Zusammen mit den in den Boden der Terrasse eingelassenen Spots gab es gerade genug Licht, um sich orientieren zu können. Einen Arm voller Handtücher trat Nora wieder heraus.

„Seht mal, was ich gefunden habe!" Sie schwenkte eine Flasche Prosecco über ihrem Kopf.

Liz stöhnte.

„Jedes Mal, wenn ich mit dir feiere, tut es mir hinterher leid."

„Du kannst sehr gern das Teichwasser trinken, meine Süße." Nora klimperte mit den Wimpern und Liz musste lachen. „Ich habe schließlich guten Grund zu feiern!"

„Du warst wirklich toll! Ich weiß nicht, was du beruflich machst, aber das solltest du an den Nagel hängen und stattdessen nur noch singen", erklärte Bree enthusiastisch.

„Ja, du warst großartig", pflichtete Milla ihr bei.

„Das sage ich ihr schon, seit ich sie zum ersten Mal singen gehört habe", rief Liz aus.

„Ach was", winkte Nora ab. „Ich weiß ja nicht, wie es euch geht, aber ich muss dringend raus aus den Klamotten!" Sie begann sich aus ihrem engen Rock und der Bluse zu schälen.

„Au ja!" Bree tat es ihr gleich und stand kurze Zeit später nur noch in Unterwäsche da.

„Steht da ‚Rockstars only' auf deinem Höschen?", fragte Liz mit großen Augen.

„Was? Dreh dich mal!" Nora fasste Bree am Arm und zog sie ins Licht. „Wie cool ist das denn?!"

„Das ist aber doch im übertragenen Sinne gemeint, oder?" Liz zog fragend die Augenbrauen hoch.

„Wer weiß?!" Bree grinste frech.

„Dir ist schon klar, dass der jetzt mir gehört? Quasi als Eintrittskarte." Nora streckte fordernd die Hand aus.

„Baby, so gut kennen wir uns nun auch noch nicht", gab Bree mit rauchiger Stimme zurück und alle lachten.

„Sie hat noch einen auf dem ‚Queen of fucking everything' steht", warf Milla ein, während sie sich ebenfalls auszog.

Nora stöhnte.

„Warum wusste ich nicht, dass es so etwas überhaupt gibt?!" Sie warf Liz einen gespielt vorwurfsvollen Blick zu.

„Guck mich nicht so an – ich bin jetzt verlobt", gab Liz lachend zurück. „Ich blogge nicht mehr über den Lifestyle von Singlefrauen."

„Aber du solltest doch zumindest davon wissen und mir dann von den coolen Sachen erzählen." Nora zwinkerte Liz zu, dann wandte sie sich an Milla. „Und du?"

„Ich blogge nicht und ich bin auch nicht verlobt, und wie du siehst, trage ich nur Dessous aus Seide", erklärte Milla schlagfertig und wies auf ihren knappen, aber bequemen Baumwollslip.

Nora lachte laut auf.

„Schön, dass du Humor hast. Ohne den kommst du in dieser Familie nicht weit."

„Was soll das denn hei..." Weiter kam Milla nicht, denn da hatte Nora sie bereits ins Wasser geschubst. „Ich dachte, wir wollten schwimmen!", rief Nora übermütig und sprang zu der prustenden Milla in den Teich.

***

„Das ging ja schnell", staunte Nick. Er kam gerade aus der Küche und balancierte mehrere Teller in seinen Händen. Außerdem hatte er sich eine Schüssel Salat unter den Arm geklemmt. Normalerweise wartete er immer gefühlte Stunden auf die anderen, wenn sie ihre Kinder ins Bett brachten.

„Lilly hat ja draußen schon fast geschlafen, also musste ich sie nur noch ins Bett legen." Max nahm ihm einen der Teller ab.

„Mmmh, sieht das gut aus!", murmelte er mit vollem Mund.

„In der Küche ist noch mehr, du kannst dir sehr gern was holen."

Max grinste.

„Danke, das reicht mir erst mal." Mit dem Teller in der Hand ließ er sich auf das große Sofa fallen.

Nick reichte ihm gerade sein Glas, als die Tür aufging und Tim hereintrat.

„Da komme ich ja genau im richtigen Moment, und was zu essen gibt es auch!" Interessiert betrachtete er das Angebot. Nick hatte Käse, Wurst, Brot und sogar ein Glas Mixed Pickles mitgebracht.

„Ja, und in der Küche gibt es noch mehr", betonte Nick.

Tim sah verwundert hoch.

„Ach, du wolltest auch was essen?"

„Ha-ha, seid ihr wieder lustig heute ...", murrte Nick und schnappte sich ein Brot. „Ich habe seit Stunden nichts gegessen." Mit der Salatschüssel auf den Schoß setzte er sich nun ebenfalls und begann zu essen.

Max und Tim wechselten einen bedeutungsvollen Blick.

„Jetzt erzähl mal, wer ist die Kleine?", fiel Max mit der Tür ins Haus.

„Ich habe sie doch vorgestellt", versuchte Nick Zeit zu schinden. Er konnte und wollte nicht zugeben, dass er sie selbst kaum kannte – schließlich wusste er so wenig über sie, dass er eigentlich gar nicht über sie sprechen wollte.

„Okay, dann fragen wir gern präziser", begann Tim. „Wann und wo hast du sie kennengelernt?"

„Und warum hast du mehrere Tage allein auf meiner Couch geschlafen?", ergänzte Max, „wenn du augenscheinlich jemanden hast ..."

„Ihr könnt so präzise fragen wie ihr wollt – ich werde nichts erzählen, denn es geht euch gar nichts an."

„Netter Versuch." Max klatschte halbherzig in die Hände. „Du glaubst doch nicht, dass wir uns damit abspeisen lassen?! Sie ist mehr als nur eine deiner Liebschaften. Du weißt das, wir wissen das und die ganze Grafschaft ebenfalls. Immerhin hast du sie allen vorgestellt."

Tim nickte bekräftigend. Er war zu beschäftigt mit essen und Max sagte ohnehin genau das, was er dachte.

„Mann, ihr nervt!" Nick guckte ärgerlich von einem zum anderen. „Da ist nichts!" Missmutig biss er vom Brot ab, bevor er sich wieder seinem Salat zuwandte.

Max und Tim sahen sich an und nickten.

„Das ist wirklich schade! So eine Yogamaus ist echt ..." Max ließ den Satz bewusst offen. „Also ich würde mir das nicht entgehen lassen, wenn ich du wäre."

„Hm ...", überlegte Tim. „Vielleicht sollte ich Nora dieses Yogawochenende spendieren, von dem sie mir erzählt hat."

Max lachte.

„Du hast jetzt eine Sängerin zur Frau. Ich glaube nicht, dass sie diejenige von euch beiden ist, die Yoga und Entspannung braucht."

„Ach, jetzt bin ich dran, ja?", fragte Tim entrüstet.

„Meine Frau geht nicht mit einer Rockband auf Tour", gab Max feixend zurück. „Vielleicht solltest du die Esserei sein lassen und es bisschen mehr Sport treiben." Er streckte den Arm aus und wollte Tim in den Bauch kneifen.

„Pfoten weg!" Tim versuchte Max mit dem Teller abzuwehren. „Soweit ich weiß, ist meine Ehe heute nicht das Thema!"

„Aber Nick erzählt ja nichts von seiner heißen Schwedin", gab Max gut gelaunt zurück. „Vielleicht kennt er sie einfach noch nicht ausreichend, wer weiß? Ich habe jedenfalls genug gesehen."

„Wie bitte?" Nick sprang auf. „Was soll das heißen?"

„Bleib cool und setz dich wieder." Max lehnte sich entspannt zurück. Er genoss es, Nick ein wenig zu foppen. Schließlich hatte der dasselbe mit ihm gemacht, als er dabei gewesen war, sich in Liz zu verlieben. „Du bist scharf auf sie, aber sie will dich nicht. Ich weiß nicht, was du getan hast, aber es sieht nicht gut für dich aus."

„Vielen Dank für diese ausgesprochen aufmunternde Analyse", gab Nick sarkastisch zurück. Verdrießlich lief er hin und her.

„Mach dir nichts draus", tröstete Max. „Irgendwann scheitern wir alle mal." Er hob sein Glas in Nicks Richtung. „Ach, wenn du schon stehst, kannst du uns noch mal einschenken!"

„Aber gern doch." Mit einem übertriebenen Grienen hielt Nick ihm die Flasche hin. „Ich geh hoch", ließ er die beiden dann wissen und stürmte aus dem Raum.

„Vergiss nicht, deine Meditation zu machen!", rief Max ihm hinterher. „Mir scheint, etwas Entspannung könnte dir guttun!"

***

Wohin nun? Unschlüssig blieb Nick mitten in der dämmrigen Halle stehen. Neben der Eingangstür brannte nur die kleine Lampe auf dem Tischchen, auf dem sie immer die Post abgelegten. Ihm war schon klar, dass Max ihn nur deshalb so gefoppt hatte, weil er an Weihnachten dasselbe mit ihm getan hatte – das war nun die Retourkutsche. Dass es ihn so wurmte, lag auch eher daran, dass Max treffsicher in all den offenen Wunden gebohrt hatte, die ihn selbst unablässig beschäftigten. Nick seufzte. Am liebsten wäre er jetzt zu ihr gegangen. Ihr Gespräch vorhin war viel zu kurz gewesen, er wollte unbedingt noch mehr erfahren. Okay, gut, er wollte *alles* von ihr wissen. Sie faszinierte ihn, hatte es vom ersten Augenblick an getan. Jemandem wie Milla war er noch nie begegnet, obwohl er schon viel herumgekommen war und viele Menschen kennengelernt hatte. Sie hatte Ähnlichkeit mit Liz und war doch ganz anders, und damit meinte er nicht ihre blonden Haare und dass ihre Augen unterschiedliche Farben hatten. Milla hatte Mut und stellte sich den Dingen – das hatte er vorhin auf der Bühne gemerkt. Und ihre Lebensfreude hatte er erlebt, als sie miteinander getanzt hatten. Aber anders als Liz war Milla ruhiger, sie schien sich Zeit zu nehmen, ehe sie etwas tat ... als gäbe es noch eine Facette an ihr gab, die tiefer ging.

Es fuchste ihn, dass sie so nah war und er trotzdem nicht zu ihr konnte und er ertappte sich bei dem kindischen Gedanken, dass es doch reichlich unfair war, dass seine Schwester jetzt die Chance dazu hatte und er nicht. Nick schüttelte sich. Solch egoistische Gedanken wollte er gar nicht haben. Entschlossen lief er auf die Treppe zu. Kleine LEDs flammten auf und beleuchteten seinen Weg. Er gönnte Milla den schönen Abend mit den Mädels von ganzem Herzen und schließlich morgen war ein neuer Tag. Dann bekäme er sicher seine Chance.

**

„So, jetzt erzähl mal! Woher kennst du meinen kleinen Bruder?", fragte Nora unvermittelt und reichte Milla die Notfallpralinen, die sie in einem der Schränke gefunden hatte. Nach dem erfrischenden Bad entspannten sie in Handtücher gewickelt auf den Liegenstühlen der Terrasse und genossen die wundervolle Sommernacht. Die Grillen zirpten und irgendwo schrie ein Käuzchen.

„Ähm ..." Milla wurde sofort rot.

„Schätzchen, das muss dir doch nicht peinlich sein. Wir sind alle erwachsen." Nora zwinkerte ihr zu. „Es ist nur so, dass Nick seine Eroberungen normalerweise nicht mit nach Hause bringt. Deswegen sind wir alle furchtbar neugierig."

„Nora!", rief Liz aus.

„Was denn?!" Nora zuckte unschuldig mit den Achseln. „Ist doch so!"

„Ich bin nicht ...", begann Milla und verhaspelte sich. „Wir sind nicht ... zusammen." Sie wusste nicht, wo sie anfangen sollte. Sie hatte keine Erfahrung mit Geschwistern und wusste nicht, was Nora hören wollte. „Wir kennen uns eigentlich gar nicht."

Nora zog die Stirn kraus.

„Und wieso kündigt er dich dann auf der Bühne so an?"

Milla holte tief Luft.

„Wir haben uns bei seinem letzten Job, auf dem Festival in Belgien, getroffen und heute hier wiedergesehen. Ganz zufällig." Die Begegnung in Kalkutta war so besonders, dass sie nicht jedem davon erzählen wollte. Sie warf Bree einen bedeutungsvollen Blick zu.

Bree zwinkerte zurück. Sie ahnte genau wie die anderen, dass aus Milla und Nick mehr werden konnte. Wenn Milla nichts vom Holi-Festival erzählen wollte, dann war das ihre Entscheidung ... was aber nicht hieß, dass sie sie nicht ein wenig aufziehen konnte.

„Das verstehe ich nicht ... Und da hast du ihm erzählt, dass du Yogalehrerin bist, oder wie?", fragte Nora nach.

Jetzt war es an Milla, mit den Schultern zu zucken.

„Nicht wirklich. Bevor die Unterhaltung richtig in Gang kommen konnte, kam jemand um die Ecke geflitzt und hat mich quasi entführt." Sie warf einen gespielt vorwurfsvollen Blick zu Bree.

„Ich wollte mit dir tanzen, schließlich waren wir da, um zu feiern", erklärte Bree und fügte mit einem treuherzigen Blick hinzu. „Hier auf Gracewood lässt es sich doch viel schöner reden. Und wo lernt man einen Mann besser kennen als in seiner Heimat, im Kreis seiner Familie ..."

„Bree!" Milla richtete sich auf. „Wie oft soll ich dir noch sagen, dass ich keinen Mann brauche?! Ich habe Pläne!"

Sie hatte kaum ausgesprochen, da prustete Liz los. Sie warf den Kopf in den Nacken und ihre blauen Augen blitzen vor Vergnügen. Nora war dankbar, dass sich die Schlafzimmer der Kinder auf der anderen Seite des Hauses befanden, so laut lachte Liz. Und sie konnte sich gar nicht mehr beruhigen. Tränen liefen aus den Augenwinkeln, sie stand kurz davor, Schluckauf zu bekommen.

Während Bree sich munter grinsend noch ein Glas einschenkte, wandte sich Milla entschuldigend zu Nora.

„Sorry, das geht nicht gegen deinen Bruder."

Aber Nora winkte nur lässig ab. Allmählich bekam Liz doch wieder Luft.

„O Mann!" Wieder lachte sie kurz auf. „Du kannst es nicht wissen, aber genau dieselben Gedanken hatte ich vor ein paar Monaten auch noch!"

Milla runzelte die Stirn. Sie verstand gar nichts.

„Ich bin letztes Weihnachten hergekommen, mit dem festen Vorsatz, mich jetzt endgültig von Männern fernzuhalten und mich nur noch meiner Karriere zu widmen." Sie kicherte. „Ich hatte von allen Männern so die Schnauze voll!"

„Und jetzt bist du verlobt", stellte Milla amüsiert fest.

Liz hob ihre Hand, sodass die Steine funkelten.

„Nicht nur das – sie ist auch noch Stiefmutter", ergänzte Nora. „Aber lasst uns jetzt bitte nicht über Kinder sprechen."

„Ich liebe Kinder!", brach es aus Milla heraus. „Ich kann es kaum erwarten, eigene zu haben."

„Ohne Mann wirst du darauf aber lange warten müssen", bemerkte Bree trocken und alle lachten.

„Ha-ha! Vielen Dank für den Hinweis!" Millas Augen blitzten.

„Gern geschehen. Dafür hast du mich doch", gab Bree gut gelaunt zurück.

Nora warf Liz einen fragenden Blick zu, die zuckte aber nur schmunzelnd mit den Achseln.

Allmählich wurde das Gelächter am Schwimmteich leiser. Sie hatten noch eine weitere Flasche Prosecco gefunden und geleert, die Pralinen waren ebenfalls verschwunden. Der feucht-fröhliche Mädelsabend war der krönende Abschluss eines tollen Tages gewesen.

„O Gott, ich glaube, ich bin zu betrunken, um nach Hause zu fahren", bekundete Bree matt und ließ den Kopf hängen.

„Ich bin auch so müde, ich könnte auf der Stelle einschlafen." Milla gähnte.

„Dann macht das doch. Drinnen sind Liegen und Decken. Und Liz weckt euch morgen früh zum Yoga", bot Nora an.

„Ach, tut sie das?", fragte Liz mit hochgezogener Augenbraue.

Nora tätschelte ihr Knie.

„Ich könnte auch Henry schicken, der hat aber noch keinen Führerschein und kann sie daher nicht nach Hause fahren."

„Wenn es keiner weggefahren hat, steht das Auto meiner *Mum* noch hier. Sie hat es mir geliehen." Jetzt gähnte auch Bree herzhaft.

„Dann ist das ja geklärt." Nora stand entschlossen auf, jetzt war auch sie bereit fürs Bett. „Meldet euch morgen früh, solltet ihr doch noch jemanden brauchen, der euch fährt."

„Ja, geht dann am besten in die Küche zu Mrs. Cuthbert", riet Liz. „Ich freue mich schon auf morgen." Sie lächelte ihr strahlendes Lächeln und umarmte die beiden spontan. „Es war so schön! Gute Nacht!"

„Gute Nacht", murmelte Bree und ging betont langsam über die Terrasse nach drinnen.

„Das fanden wir auch. *God natt* und vielen Dank noch mal." Milla lächelte ebenfalls. Sie stand müde auf, streckte sich und stand plötzlich im Dunkeln.

Offenbar hatte Bree den Lichtschalter gefunden. Nach einem Moment völliger Finsternis, blitzten nach und nach immer mehr Sterne auf. Milla seufzte vor Glück. Wie wunderschön das aussah! Überhaupt hatte sie hier auf Gracewood Hall nur wunderschöne Dinge gesehen. Auch die Menschen waren so herzlich – nicht nur die Bedfords und ihre Freunde, auch Brees Familie hatte sie unglaublich liebevoll willkommen geheißen. Sie fühlte sich so gut aufgehoben wie schon lange nicht mehr. Regelrecht heimisch, als würde sie dazugehören. Sie schüttelte den Kopf. *Was für ein Unsinn!* Sie gehörte nicht dazu, sondern war nur zu Besuch hier und würde bald wieder abreisen.

Milla seufzte wieder und gab sich selbst ein Versprechen. Sie würde die Zeit hier im Herzen bewahren und nie vergessen. Hier auf Gracewood Hall im schönen Kent war sie herzlich aufgenommen worden, ohne dafür irgendetwas gemacht zu haben. Hier hatte sie erfahren, dass es möglich war, eine große, liebende Familie zu haben – und sie würde irgendwann ebenfalls eine bekommen. Das fühlte sie in ihrem Herzen. Ein wenig übermütig zwinkerte sie den Sternen zu und die Sterne blinkten zurück, als wollten sie ihr sagen: „Na klar – das ist längst beschlossene Sache!" Milla holte noch einmal tief Luft und ging dann müde, aber vollkommen mit sich und der Welt im Einklang, hinein.

Kapitel 10

Millas Handywecker klingelte sehr früh und obwohl die Nacht kurz gewesen war, war sie sofort hellwach. Ein Lächeln bereitete sich auf ihrem Gesicht aus. Heute würde sie unterrichten! Sie würde mit anderen Menschen das teilen, was sie so sehr liebte und was ihr ganzes Leben verändert hatte. Milla atmete bewusst tief ein und aus, versorgte jede Körperzelle mit Sauerstoff, bis es sie überall kribbelte – genau so wie sie es in ihrer Ausbildung gelernt hatte. Dann sprang sie von der Liege; bereit, den Tag zu starten.

Ihr Blick fiel auf Bree oder vielmehr auf das Deckenknäuel, unter dem sie Bree vermutete. Das war etwas, das ihr unbegreiflich war. Selbst in den heißesten Nächten in Asien hatte sich Bree derart unter Laken und Decken eingegraben. Milla selbst wäre dabei vermutlich nach spätestens drei Minuten erstickt oder vor Hitze gestorben. Vorsichtig berührte sie Bree an der Schulter, oder zumindest hoffte sie, dass es die Schulter war. Bree grunzte nur und zog sich noch mehr Decke über den Kopf. Wie viele hatte sie sich überhaupt genommen? Egal, sie würde jetzt erst mal duschen und es dann noch einmal versuchen.

***

Es war ein so wundervoller Morgen, dass Mrs. Cuthbert den Frühstückstisch am liebsten auf der Terrasse gedeckt hätte. Aber demnächst würden die Aussteller eintrudeln, und dann säßen die Bedfords wie auf dem Präsentierteller, also öffnete sie lediglich alle Fenster des Blauen Salons. Die Sonne schien bereits in den Frühstücksraum, aber noch war die Luft frisch und klar. Ein leises Lüftchen regte sich, das das Versprechen eines weiteren warmen Sommertages mit sich brachte. Draußen vor den Fenstern summten die

Hummeln und Bienen unablässig in den blühenden Rosensträuchern. Ab und zu wehte der Rosenduft in den Raum und Mrs. Cuthbert summte selbstvergessen eine kleine Melodie, während sie Teller und Besteck verteilte.

***

„Bree, wach auf. Wir müssen zu dir nach Hause und unsere Sachen holen." Fix und fertig angezogen, die kleine Tasche vom vorigen Abend umgehängt und das Handy in der Hand schüttelte Milla erneut Brees Schulter. Diesmal war sie sich sicher, dass es die Schulter war, denn auf der anderen Seite des Bettes war ein Fuß aufgetaucht. Aber mehr bekam sie von ihrer Freundin nicht zu sehen.

„Bree! Wirklich! Ich brauche mein Zeug!" Milla hatte das Wispern aufgegeben und sprach nun ganz normal. „Hast du vergessen, dass ich heute eine Stunde geben soll?"

Brees Antwort war ein undeutliches Knurren, das von „LassmichinRuhe" bis „GibmireineMinute" alles hätte bedeuten können.

Milla richtete sich auf und überlegte. Viel Zeit hatte sie nicht mehr – schließlich wollte sie zeigen, dass sie ein Profi war, und Profis kamen nicht zu spät zu ihrer eigenen Veranstaltung. Sie sah auf Bree hinab, die schon wieder wie ein Stein schlief, und traf eine Entscheidung. Suchend sah Milla sich um. Dort auf dem Sideboard lag Brees Tasche. Ohne zu zögern ging sie hinüber, kramte die Schlüssel heraus und machte sich entschlossen auf den Weg. Dann würde sie eben selbst schnell zu Brees Eltern fahren und ihre Sachen holen. Wozu jemanden fragen?! Sie wäre ja blitzschnell wieder hier. Außerdem hatten alle anderen bestimmt genug zu tun. Das Smartphone in der Hand, schickte sie Bree eine Sprachnachricht.

„Guten Morgen, meine Süße! Ich wollte dir nur sagen, ich borge mir das Auto. Wir sehen uns dann."

Gleich darauf lief sie auch schon mit langen Schritten am Herrenhaus vorbei. Bree hatte gestern im Schatten der Bäume, irgendwo in der Einfahrt geparkt. Jetzt war der kleine rote Honda das einzige Auto weit und breit. Gut gelaunt öffnete Milla schon von weitem die Zentralverriegelung, riss schwungvoll die Tür auf, pfefferte ihre Tasche in den Wagen und schwang sich auf den Sitz ... wo sie ungläubig sitzen blieb.

Bin ich blöd!

Milla schloss kurz die Augen, als könnte sie ihre eigene Dämlichkeit so ausblenden und die aufkommende Panik gleich mit. Sie hatte den Linksverkehr vergessen!

„Bleib cool, Milla! Millionen Menschen fahren so, da schaffst du das auch!", motivierte sie sich selbst, während sie den Platz wechselte. „Außerdem ist so früh am Sonntagmorgen bestimmt noch niemand unterwegs. Du wirst sehen, das klappt alles hervorragend." Sie atmete noch einmal tief ein und versuchte sich die Strecke, die Bree gestern gefahren war, ins Gedächtnis zu rufen. Sie war sich ziemlich sicher, es ohne Navi hinzukriegen – es war nicht weit gewesen. Aufmunternd zwinkerte sie sich selbst im Rückspiegel zu, schaute sich alle Hebel und Schalter noch einmal ganz genau an und startete den Motor.

***

„Guten Morgen Mrs. Cuthbert, haben Sie Milla gesehen?" Bepackt mit seiner Kamera und einer Sporttasche, in der so viele Yogamatten verstaut waren, dass sie schwer auf seiner Schulter hing, betrat Nick die Küche. Im Lauf der Jahre waren einige Matten zusammen-gekommen – er hatte sich ein paarmal eine kaufen müssen, weil er seine hier vergessen hatte, und außerdem hatte er immer die Hoffnung gehabt, seine Familie für diesen Sport zu begeistern.

„Welche Milla?", fragte Mrs. Cuthbert verwundert und drehte sich um. „Nicholas, wie siehst du denn aus?! Du solltest wirklich mehr schlafen! Du wirst auch nicht jünger!"

Der Küchenwecker klingelte und erinnerte die Haushälterin daran, dass die Brötchen fertig waren. Nick schloss kurz die Augen und ließ die Tasche von der Schulter gleiten. Er hatte geschlafen, auch lange genug, nur eben nicht entspannt. Wieder einmal hatte er merkwürdige Träume gehabt.

„Danke für die Erinnerung, Mrs. Cuthbert", gab er spöttisch zurück.

Mrs. Cuthbert schnaubte nur.

„Jaja, immer muss ich dieselbe Unterhaltung mit euch jungen Leuten führen ...", murmelte sie in den Backofen.

Nick schnappte sich einen großen Becher und goss sich Tee ein.

„Haben Sie noch Zitrone, und ist Liz schon wach oder Nora?" Er hoffte inständig, nach einer großen Tasse Tee würde er sich nicht nur besser fühlen, sondern auch so aussehen. Er musste Milla ja nicht gerade wie ein Zombie unter die Augen treten.

„Ja, dort ist welche." Mrs. Cuthbert deutete auf eines der Frühstückstabletts, die auf dem Küchentisch bereitstanden. „Ich habe beide noch nicht gesehen. Kann ich ihnen etwas ausrichten?"

„Nein danke, nicht nötig." Nick nahm Tasche und Teebecher und wandte sich zur Tür.

„Frühstückst du nicht mit?", wunderte sich Mrs. Cuthbert.

„Später. Nach der Yogastunde. Sie heben mir doch sicher etwas von ihren Leckerbissen auf?!" Nick zwinkerte ihr verschmitzt zu und verschwand.

Mrs. Cuthbert blieb verwirrt zurück. Auch ihre Nacht war wegen Noras grandiosem Auftritt kürzer als sonst gewesen. Aber wer war diese Milla und seit wann brauchte

Nicholas für sein Yoga mehrere Matten? Sie schüttelte den Kopf, um sich wieder zu konzentrieren. Sie würde es erfahren, vielleicht schon beim Frühstück.

***

Draußen traf Nick auf Liz, die sich ebenfalls in Yogakleidung und mit ihrer Matte auf den Weg zur Bühne gemacht hatte. Sie sah beneidenswert frisch aus.

„Guten Morgen!" Gutgelaunt lief sie auf ihn zu und gab ihm einen Kuss auf die Wange. „Ach du meine Güte, hast du schlecht geschlafen? Nick, ich habe dich noch nie so fertig gesehen."

„Jetzt fang du nicht auch noch an", seufzte er. „Hast du Milla gesehen?"

Liz schüttelte den Kopf.

„Ich war im Bungalow, aber da war nur eine schlafende Bree."

Nick fuhr mit aufgerissenen Augen herum und kleckerte dabei mit seinem Tee.

„Was? Wieso sollte sie *dort* sein? Und jetzt ist sie weg?"

„Entspann dich, Nick." Liz legte beruhigend ihre Hand auf seinen Arm. „Bree und sie waren gestern Nacht zu müde, um noch zu Brees Eltern zu fahren, also haben sie auf den Ruheliegen geschlafen. Milla wird früh aufgewacht sein und jetzt ihr Zeug holen."

„Verdammt! Wenn ich das gewusst hätte, hätte ich sie doch gefahren!" Er fuhr sich nervös durchs Haar. „Sie kennt sich doch hier überhaupt nicht aus, und dann auch noch der Linksverkehr!"

Liz sah ihn mitfühlend an.

„Milla ist erwachsen, Nick. Sie kriegt das schon hin. So schlimm ist das Fahren auf der falschen Seite nun auch nicht." Sie lächelte verschmitzt. „Außerdem ist so früh bestimmt niemand unterwegs."

„Ja, aber damit auch niemand, den sie nach dem Weg fragen könnte", brummte er missmutig.

Liz musste lachen.

„Ich bin mir sicher, sie kann ihr Smartphone benutzen und sich den Weg weisen lassen." Aufmunternd stupste sie ihn an. „Komm, wir bereiten alles vor."

„Du hast recht, sorry." Er setzte sich wieder in Bewegung und trottete auf die Bühne zu.

„Du hast sie ganz schön gern, nicht wahr?", hakte Liz vorsichtig nach.

Eine Million Gedanken schossen ihm augenblicklich durch den Kopf. Er wollte es leugnen und gleichzeitig wissen, ob man es ihm wirklich so sehr anmerkte.

„Ich kenne sie ja kaum ...", wandte er ein und zuckte gleich darauf hilflos mit den Achseln. Diese Widersprüchlichkeit trieb ihn schon die ganze Zeit um. Er hatte schon mit Stewardessen mehr gesprochen als mit Milla, und dennoch ... „Ja", sagte er schlicht und entschied sich damit für die Wahrheit.

Schließlich war es Liz, die ihn gefragt hatte. Ihre Freundschaft hatte von Anfang an ehrliche Gespräche über Gefühle und Träume vertragen. Liz nickte.

„Das kann ich verstehen. Sie hat etwas an sich, dass man unbedingt Zeit mit ihr verbringen möchte. Irgendwie spürt man, dass sie viel von der Welt weiß und ist gespannt auf ihre Meinung."

Nick erleichterte es ungemein, dass es Liz ähnlich ging.

„Worüber habt ihr euch denn gestern noch unterhalten?"

„Bree und sie haben von ihrer Reise erzählt. Du weißt doch, Nora lechzt ja auch immer nach deinen Reiseberichten." Liz zwinkerte Nick zu.

„Und nach deinen nicht?", fragte er schmunzelnd zurück.

„Doch klar, aber meine Reisen sind ja oft von meinen Auftraggebern organisiert und daher nicht immer aufregend." Liz zuckte mit den Achseln.

„Und was haben sie genau erzählt?", führte Nick auf das eigentliche Thema zurück.

Liz erklomm lachend die Bühne. „Ich werde dir jetzt bestimmt nicht ihre ganze Reise wiedergeben. Danach kannst du sie selbst fragen!"

Nick schwieg und stellte seine Tasche mit einem unzufriedenen Gesichtsausdruck ab. Liz trat zu ihm und legte die Hand auf seinen Arm.

„Aber so viel verrate ich dir: Während Bree am liebsten von einem Shoppingtrip zur nächsten Party reist und zwischendurch immer wieder gearbeitet hat, um ihre Reise zu finanzieren, standen für Milla Land, Kultur und Geschichte im Vordergrund." Liz hob die Hände. „Bitte nicht falsch verstehen, Bree ist toll! Lustig, kreativ, wild. Aber Milla hat Tiefe." Liz lächelte. „Deswegen bin ich auch so neugierig auf ein Gespräch mit ihr allein."

„Du spürst es also auch!", rief Nick freudig aus und seine Stimme rutschte höher. Er begann zu strahlen, als hätte jemand ein Licht in ihm angeknipst. Verlegen räusperte er sich. „Lass uns loslegen. Wir müssen die Musikanlage in Gang bekommen und das Mikro finden."

Liz ging das Herz auf. Nick war verliebt. Mit einem warmen Lächeln auf den Lippen nickte sie.

***

„Guten Morgen Mildred!", begrüßte Richard die Haushälterin und bewunderte den reich gedeckten Frühstückstisch, auf den die Morgensonne muntere Flecken warf. „Sie haben sich mal wieder selbst übertroffen."

„Ach was ..." Mrs. Cuthbert winkte nur ab. „Das ist doch nichts Besonderes, und jetzt im Sommer geht es doch sowieso viel schneller ..."

„Stell dein Licht nicht so unter den Scheffel, Mildred!", warf Vivien ein, die eben den Blauen Salon betrat. „Du hast dir viel zu viel Mühe gemacht, dafür, dass wir gerade unser Sommerfest feiern." Sie deutete auf die frisch gebackenen Brötchen und die verschiedenen Obstsorten.

„Alle brauchen Kraft für den Tag", entgegnete Mrs. Cuthbert schlicht und schenkte Tee ein.

„Stimmt auch wieder", gab Richard zurück. „Vor allem nach dem langen Abend gestern."

„Ja, ich muss schon sagen, Nora nach so vielen Jahren wieder einmal singen zu hören, war etwas ganz Besonderes." Mrs. Cuthbert bekam ganz rote Wangen. „Es ist ein wenig albern, aber ich bin tatsächlich richtig stolz auf sie."

Vivien lächelte sie warm an.

„Ich finde das gar nicht albern. Du hast sie genauso aufgezogen wie wir, und wir sind auch unheimlich stolz auf sie." Sie warf einen liebevollen Blick auf Richard, der sich bereits ein Brötchen schmierte.

„Das stimmt. Und wir freuen uns sehr darüber, dass sie in Tim einen Mann hat, der sie darin unterstützt", fügte er hinzu.

„Ja, leider ist das immer noch nicht selbstverständlich." Vivien seufzte nur kurz, dann lächelte sie wieder. „Sind alle Picknickkörbe fertig für die Versteigerung?"

„Ja, sind sie. Walter und Matthew holen sie nachher hoch. Wir haben sie in den Keller gestellt, weil es dort kühler ist. Annie kommt gleich und hilft mir. Die frischen Sachen haben wir in den alten Eiskeller gebracht." Mrs. Cuthbert warf noch einen letzten prüfenden Blick auf den Tisch. „Ich mache mich dann wieder an die Arbeit."

In diesem Augenblick stürmten eine rothaarige und eine schwarzhaarige Fee sowie ein blonder Ritter den Frühstücksraum.

„Guten Morgen!", riefen Henry, Claire und Lilly wie aus einem Mund.

„Wow! Ihr seid ja schon geschminkt und verkleidet!",
staunte Vivien. „Lasst euch mal genau ansehen!" Sie drehte
die Kinder ins rechte Licht.

Auf Mrs. Cuthberts Gesicht stahl sich ein kleines
Lächeln. Wenn die drei Kleinen auf Gracewood waren,
erinnerte sie das immer an alte Zeiten. Sie eilte mit
schnellen Schritten hinaus – der Tag war noch jung und sie
hatte noch viel zu tun.

***

Milla hatte es geschafft und war ohne Blessuren bei den
Sullivans angekommen. Dort hatte sie sich umgezogen,
schnell alles eingepackt und war wohlbehalten und vor
allem rechtzeitig wieder auf Gracewood Hall eingetroffen.
Zwar hatte sie sich auf dem Hinweg einmal verfahren und
musste dann recht umständlich über das Impressum von
Brees halbherzig geführtem Reiseblog die Adresse ihrer
Freundin herausfinden, um sich vom Internet die richtige
Strecke verraten zu lassen, aber wenn man davon und von
den tausend Toden, die sie jedes Mal gestorben war, wenn
ihr ein Auto auf den engen Landstraßen entgegenkam,
absah, war es genau so easy peasy gewesen, wie sie es sich
vorgestellt hatte.

Nachdem sie den Wagen geparkt hatte, saß sie unendlich
erleichtert und stolz wie Oskar in Mrs. Sullivans Auto.
Verstohlen wischte sie sich den Schweiß von der Stirn und
schnupperte an ihren Achseln – ihr Deo hielt, was es
versprach. Milla atmete noch einmal tief durch, dann stieg
sie entschlossen aus dem Wagen. Ihre Beine zitterten
immer noch leicht, aber mit jedem Schritt, den sie Richtung
Bühne lief, fühlte sie sich ein wenig leichter.

Nick eilte ihr entgegen. Erst jetzt, wo er sah, dass es ihr
gutging, merkte er, wie angespannt er gewesen war. Sein
Blick wanderte über ihren Körper. Auch wenn sie bisher in

Shorts und Top nicht gerade verhüllt gewesen war – ihr Yogaoutfit ließ keine Kurve aus. Nick schluckte.

„*Hejhej!*" Sie strahlte ihn an.

Er sah ein wenig verstrubbelt aus, aber das machte ihn nur noch attraktiver.

„Da bist du ja!" Er lächelte und verkniff sich die Frage nach ihrem Befinden, denn er sah ja, dass es ihr offenbar gutging. „Hast du alles?"

„Ich hoffe." Milla lachte und ihre Augen blitzten vergnügt. „Wenn ich noch mal hin- und herfahre, dann komme ich zu spät."

„Und das wollen wir ja nicht", bestätigte er.

Gemeinsam liefen sie zur Bühne und Milla studierte dabei die Umgebung.

„Hast du so was schon mal gemacht?", fragte er, um die Unterhaltung nicht einschlafen zu lassen. Er wollte sie doch unbedingt besser kennenlernen und sie schien gerade recht entspannt zu sein.

„Was? Autofahren?", fragte sie abgelenkt. „Natürlich habe ich einen Führerschein, sonst hätte ich mir den Wagen doch nie ausgeliehen."

„Ich meinte den Linksverkehr", stellte Nick richtig.

„Achso ..." Milla lachte wieder und schüttelte den Kopf. „Nein, das war tatsächlich das erste Mal. Aber es war eine wundervolle Übung, wieder ins Vertrauen zu gehen."

„Und das Auto lebt auch noch?", fragte er frech.

„Entschuldige mal?!" Milla stupste ihn an. „Wäre ich sonst so gut drauf?"

„Was weiß ich, ich kenne dich ja kaum."

„Was nicht ist, kann ja noch werden", erwiderte Milla prompt und erschrak gleich darauf. Hatte sie das wirklich gerade gesagt? Es war ihr so rausgerutscht. Nicht dass er das falsch verstand. Ihr fiel der Moment vom gestrigen Abend wieder ein, als er sie so intensiv angesehen hatte, und sie musste schlucken.

Aber Nick antwortete mit einem aufrichtigen Lächeln.

„Das wäre wirklich schön."

Und da war es wieder: das Kribbeln, das ihren ganzen Körper in Aufruhr versetzte und sie total unsicher werden ließ. Warum musste ihr das mit ihren 28 Jahren immer noch so gehen? Sämtliche Souveränität war verschwunden.

„Kommt ihr? Wir müssen Milla noch verkabeln!", rief Liz und entband Milla damit von einer Antwort.

„Wir sind schon unterwegs", antwortete Nick. Das würde sein Tag werden, er wusste es! Sie hatte bestimmt nur gezögert, weil sie sich auch an die Besonderheit des gestrigen Abends erinnert hatte – da war er sich ganz sicher.

Milla probierte ein Lächeln und legte grübelnd die letzten Meter zurück. Sie fragte sich, ob er ihre plötzliche Unsicherheit wohl bemerkt hatte. Aber warum war ihr das eigentlich wichtig? In ein paar Tagen wäre sie doch ohnehin wieder in Schweden in ihrem Büro und dann auf der Baustelle von Blårbärskog. Liz umarmte sie freudestrahlend.

„Guten Morgen! Ich freue mich schon so sehr auf deine Yogastunde!", rief sie überschwänglich. „Und wie es aussieht, bin ich da nicht die Einzige." Sie deutete zum Herrenhaus, wo gerade eine Gruppe von bestimmt zwanzig Leuten gleichzeitig um die Ecke bog und auf den Platz vor der Bühne zusteuerte.

„Was?" Milla löste sich aus der Umarmung und staunte. „Gott sei Dank ...", seufzte sie. „Ich hatte schon Sorge, es kommt keiner."

„Wie bitte?!" Liz lachte auf. „Du wirst sehen: Das ist erst der Anfang. Nachdem Nick dich gestern angekündigt hat, würde es mich nicht wundern, wenn die halbe Grafschaft kommt."

„Wieso das denn?" Milla fuhr zu Liz herum.

„Er ist Nicholas Bedford", antwortete Liz, als wäre damit alles gesagt.

Milla zog die Augenbrauen hoch.

„Ich dachte, dieses Klassendenken gäbe es nicht mehr."

„Standesdünkel wird es immer und überall geben. Ich meinte eher, dass Nick ein ausgesprochen einnehmendes Wesen hat. Viele mögen ihn und außerdem hat er den exotischsten Ruf von allen Bedfords", erklärte Liz und fügte lachend hinzu: „An Nigels Homosexualität haben sie sich schon gewöhnt."

„Wer ist Nigel?", wunderte sich Milla, aber Liz hatte eine Bekannte entdeckt und sich bereits abgewandt.

„Mein großer Bruder. Er hat vor ein paar Jahren zusammen mit seinem Lebensgefährten Arthur Gracewoods Leitung übernommen." Nick war zu ihr getreten, ein Headsetmikro in der Hand. „Hier, setz mal auf!" Er blieb dicht vor ihr stehen, um das kleine Mikrofon zurechtzurücken.

Milla bekam eine Gänsehaut, als seine Fingerkuppen ihre Wange berührten. Sie schloss die Augen. So viel Nähe war sie nicht gewohnt. Aber anstatt Abstand zu gewinnen, drängte sich ihr seine Anwesenheit nur noch mehr auf. Plötzlich konnte sie ihn nicht mehr nur fühlen, sondern auch riechen. Sein Duft war eine köstliche Mischung aus der exotischen Frische seines Deos und einer herben Schwere von Sandelholz, die ihren Körper in Flammen setzte.

„Passt das?", fragte er leise.

Milla wackelte kurz mit dem Kopf und nickte dann.

„Ja." Es war mehr ein Krächzen als ein tatsächliches Wort, doch er schien es nicht zu bemerken.

„Gut, dann dreh dich bitte um." Er steckte den Sender an den Bund ihrer Hose. „Stört das? Sonst müssen wir uns etwas einfallen lassen. "

Milla biss sich auf die Lippen, um nicht laut aufzustöhnen. Für eine Sekunde stellte sie sich vor, wie sich seine Hände auf ihrem Körper anfühlten und trat dann eilig einen Schritt zur Seite. Mit aller Macht verscheuchte sie den Gedanken und übergab wieder ihrem Verstand das

Oberkommando. Hormone waren ja eine feine Sache, und sie war froh, dass ihr Körper offenbar gesund und munter war, aber jetzt war der denkbar schlechteste Augenblick, um über den Sohn des Hauses herzufallen. Sie atmete tief ein und hob schwungvoll die Arme, ließ ihren Oberkörper nach vorn fallen und machte einen tiefen Ausfallschritt. Die jahrelang praktizierte Bewegungsabfolge der Übungen half ihr, das Feuer in ihrem Innern auf ein sanftes Glühen zu reduzieren. Lächelnd schaute sie zu Nick auf und schüttelte den Kopf. Schnell stand sie wieder auf.

„Es sitzt perfekt."

„Prima. Dann fehlt jetzt nur noch der Soundcheck, und dann können wir auch schon bald anfangen." Wenn sie ihn so anlächelte, mit ihren geheimnisvollen Meeresaugen, dann musste Nick all seine Konzentration aufbringen, um sich weiter normal zu bewegen. Am allerliebsten wäre er einfach nur stehen geblieben, um sie anzustarren ... oder eben was anderes. Etwas steifbeinig ging er zur Anlage im hinteren Teil der Bühne. Er war ja gewiss kein Kind von Traurigkeit, aber eine so starke körperliche Anziehung hatte er schon lange nicht mehr gespürt oder eigentlich sogar noch nie. Er wollte sie ganz und gar, gestand er sich ein. Egal, wie die Umstände waren.

Milla staunte, Liz hatte recht behalten, mittlerweile saßen bestimmt schon 50 Menschen auf ihren eigenen oder ausgeliehenen Yogamatten und von hinten kam noch weitere. Nick hatte alle begrüßt und kam jetzt auf sie zu. Liz schoss noch ein paar Fotos.

„Alles okay bei dir?" Er sprang behände auf die Bühne.

Milla nickte.

„Ja, alles gut. Wir fangen gleich an, nicht wahr?"

„Ja." Er lächelte. „Soll ich die Leute begrüßen oder machst du das?"

„Das mache ich." Sie lächelte zurück. „Aber danke für das Angebot."

„Gut, dann schalte ich jetzt das Mikro an und starte die Musik nach der Begrüßung", sagte er und lief nach hinten.

Milla atmete tief durch, ehe sie ein Knistern und Rauschen hörte. Es war ihr Atem, der durch das Mikro verstärkt wurde.

„Guten Morgen!", sagte sie und lächelte dem Publikum entgegen. „Ich freue mich so sehr, dass ihr heute alle so früh aufgestanden seid! Vor allem nach der tollen Party gestern Abend."

Das Publikum klatschte. Sie sah frohe, muntere Gesichter genauso wie zurückhaltende und konzentrierte.

„Mein Name ist Milla Sjögren und heute ist ein Tag voller Premieren." Milla hatte beschlossen, den Gästen ein wenig von sich zu erzählen, um das Eis zu brechen. „Ja, tatsächlich. Heute wird nicht nur zum ersten Mal Yoga hier auf Gracewood Hall unterrichtet, heute bin ich auch zum allerersten Mal im Linksverkehr gefahren. Ganz alleine!" Es gab ein paar Lacher. „Das Auto lebt übrigens auch noch", fügte sie trocken hinzu, und wieder lachten ein paar Leute. „Daher bin ich der festen Überzeugung, dass unsere heutige Yogaeinheit unter einem guten Stern steht." Milla lächelte noch ein wenig breiter. „Die wundervolle Liz und auch Nick werden heute mit uns trainieren. Liz wird die Übungen für die Fortgeschrittenen machen und an Nick orientieren sich bitte alle, die noch nicht so viel Erfahrung haben." Milla hatte jeweils auf ihre beiden Mitstreiter, die sich rechts und links neben ihr aufgebaut hatten, gezeigt. „Ich werde zwischendurch rumgehen und schauen, ob jemand von euch Unterstützung braucht. Aber jetzt fangen wir direkt an."

Wieder klatschte das Publikum, dann wurde es still und leise Musik setzte ein. Nick hatte sich für einen arrangierten Mix aus Naturgeräuschen und elektronischer Musik entschieden, dessen Tempo sich zur Mitte hin etwas steigern und dann in einer Schlussentspannung münden würde.

„Wir beginnen im Sitzen", sagte Milla mit ihrer ruhigen Yogalehrerinnenstimme. „Atme tief ein, um anzukommen."

***

Bree saß auf den Stufen der Terrasse und schaute Milla und den anderen zu, als Nora sie entdeckte.

„Guten Morgen", sagte Nora leise.

Bree drehte sich lächelnd zu ihr um und stand auf. „Guten Morgen."

„Warum machst du nicht mit?" Nora nickte zu den Yogis.

„Ich bin zu zappelig für Yoga", gab Bree schmunzelnd zurück. „Noch mal danke, dass wir hier schlafen durften."

„Kein Problem. Ich hoffe, ihr konntet gut schlafen. Die Liegen sind ja eigentlich nicht dafür gedacht."

„Wenn du wüsstest, wie und wo wir in den letzten Monaten überall geschlafen haben." Bree lachte auf. „Ich habe die Handtücher und Decken übrigens in die Waschmaschine gesteckt."

„Das hättest du nicht tun brauchen, aber danke." Nora hoffte, dass sie nicht vergessen würde, sie aus der Maschine zu nehmen. „Hast du Hunger? Der Frühstückstisch ist noch gedeckt."

„Ein echtes englisches Frühstück auf Gracewood Hall? Wie könnte ich da Nein sagen?!", freute sich Bree.

„Na, dann – folge mir!" Nora machte eine einladende Handbewegung und lief nach einem letzten Blick zur Bühne ins Haus.

Bree war noch nie im Herrenhaus gewesen. Durch die Terrassentüren betraten sie einen großen Saal, der durch seine zartgrüne Seidentapete mit den eingewebten Blumenranken an einen lichten Frühlingsmorgen erinnerte. In dessen Mitte stand der größte Esstisch, den Bree je gesehen hatte – er schien gar kein Ende zu nehmen. Durch fast deckenhohe Schiebetüren betraten sie ein gigantisches Wohnzimmer, in dem mehrere Sessel, Sofas und sogar ein Flügel Platz fanden. In Brees Kopf tauchte das Wort Salon auf; so nannte man einen solchen Raum wohl. Dass er trotzdem gemütlich wirkte, lag an den zarten Pastellfarben und den persönlichen Gegenständen. Nora lief so zügig durch die Räume, dass Bree kaum hinterherkam.

Schließlich betraten sie, ebenfalls durch Schiebetüren, einen deutlich kleinen Raum, der augenscheinlich als Esszimmer diente. Am Tisch saßen nur noch Nigel und Arthur.

„Bree, kennst du meinen Bruder Nigel?", fragte Nora und wandte sich halb um.

„Nicht persönlich, nein." Bree trat einen Schritt näher und reichte Nigel die Hand. „Guten Morgen und schön, dich kennenzulernen."

„Guten Morgen Bree." Nigel schaute auffordernd zu seiner Schwester.

„Bree ist ..." Nora überlegte, wie sie Bree am besten vorstellen sollte.

„Bree Sullivan, ich bin eine reisende Friseurin, die endlich wieder in der Heimat ist und trotzdem heute in eurem Poolhaus übernachtet hat. Also ist die Reise scheinbar doch noch nicht zu Ende."

Lachend stand Arthur auf und reichte Bree die Hand.

„Na dann herzlich willkommen auf Gracewood Hall. Ich bin Arthur Hayes."

Bree strahlte. Sie fühlte sich ein bisschen wie in einem dieser Teeniefilme, in denen das hässliche Entlein erstmals auf die coolen Kids trifft.

„Ich weiß, wer du bist. Hallo!"

„Ich hoffe, du hast gut geschlafen. Was möchtest du trinken? Tee? Kaffee?" Arthur deutete auf das Frühstücksbüffet. „Bitte bedien dich – es ist genug von allem da."

„Und Nora kann uns währenddessen erzählen, wie es dazu gekommen ist, dass du in unserem Poolhaus übernachtet hast", schlug Nigel vor und erntete für diese unverschämte Bemerkung einen warnenden Blick von seiner Schwester.

Bree war kurz zusammengezuckt.

„Ich meine, weil wir doch genügend Schlafzimmer im Haus haben!", beeilte er sich zu sagen. „Bitte entschuldige, Bree, so war das nicht gemeint. Ich bin aktuell etwas gestresst."

„Schon okay, das kenne ich." Bree zuckte mit den Achseln.

„Das erzählen wir gleich", entschied Nora. „Vorher will ich noch wissen, weswegen ihr meinen Auftritt verpasst habt und wo die Kinder und Tim sind!"

„Die Kids waren fertig und wollten schwimmen, weil das Wetter so gut ist, und weil nachher alle mit dem Sommerfest beschäftigt sein werden, ist Tim mit ihnen rübergegangen", erklärte Arthur.

„Er ist so toll ..." Nora seufzte verliebt auf, dann guckte sie streng von einem zum anderen. „Also? Wo wart ihr?"

„Keine Sorge, Schwesterchen. Wir haben dich gehört", erklärte Nigel und trank gelassen einen Schluck Tee.

„Du warst toll!", beeilte sich Arthur zu sagen. „Wirklich toll! Du hast den Leuten ganz schön eingeheizt!"

„Danke", antwortete Nora. „Langsam frage ich mich, ob ich wirklich wissen will, wo ihr wart und was ihr getan habt." Sie zog die Augenbrauen hoch.

Bree unterdrückte ein Kichern. Mit einem leeren Teller in der Hand stand sie da und konnte den Blick nicht von den dreien abwenden.

„Dann hör auf zu fragen", flötete Nigel und schenkte seiner Schwester ein zuckersüßes Lächeln. „Ich frage dich ja auch nicht, wie dein Abend zu Ende gegangen ist."

„Doch, hast du."

„Nein, niemals! Igitt!" Nigel schüttelte sich.

Mit einem überlegenen Lächeln griff Nora nach einem Stück Wassermelone.

„Ach so, und ich dachte, du wolltest wissen, wieso Bree hier geschlafen hat."

„Schwesterherz! Das wusste ich ja gar nicht! Da tun sich ja ganz neue Einblicke auf!", rief Nigel mit einem spöttischen Lächeln aus.

„Was?" Nora guckte erschrocken. „Nein! Niemals!" Sie warf einen entschuldigenden Blick zu Bree, die eine abwehrende Geste machte und verzückt lächelte.

Das Gespräch wurde immer interessanter.

„Bist du sicher? Es passt alles so wunderbar zusammen, schließlich bist du jetzt in einem gewissen Alter." Nora schnappte empört nach Luft, aber Nigel ließ sie nicht zu Wort kommen. „Warum sonst sollte eine Wildfremde in unserem *Poolhaus* schlafen?!", hakte er nach.

„Das kann ich dir erklären", sagte Liz, die soeben den Blauen Salon betrat.

„Ich muss allerdings gestehen, dass ich Nigels Geschichte durchaus prickelnd finde!", erklärte Max, der direkt hinter Liz stand.

„Ihr seid unmöglich!", rief Nora aus.

„Ach, gehen dir wieder die Argumente aus, Schwesterchen?" Nick kam breit lächelnd dazu und schob eine strahlende Milla in den Frühstücksraum.

„Entschuldigung", Nora drehte sich zu ihrem kleinen Bruder um „wer hat dich gefragt?!"

Nick gab ihr einen Kuss auf die Wange.

„Guten Morgen, beste Sängerin der Welt!", flüsterte er.

„Ich sag ja: unmöglich!" Nora schmunzelte.

Nigel schaute verdutzt auf Milla, die ein wenig unsicher im Türrahmen stehen geblieben war, dann auf Bree und wieder zurück. Er warf theatralisch die Arme in die Höhe.

„Na toll! Da gehe ich *einmal* früh schlafen und dann passiert das hier!"

Liz setzte sich zu ihm und legte ihm den Arm um die Schulter.

„Sei nicht traurig. Wir erzählen dir ja alles."

Während Liz begann, Nigel und Arthur in Kenntnis zu setzen, trat Bree auf Milla zu und umarmte sie.

„Guten Morgen, du warst toll! Es sah so wunderschön aus, wie alle deine Bewegungen nachgemacht haben! Ich habe nur lächelnde Gesichter gesehen."

„Guten Morgen, und danke schön!" Milla strahlte. Nach der Schlussentspannung war eine ältere Dame auf sie zugekommen und hatte sie für ihre schöne Stimme gelobt. Dieses Lob hatte eine ganze neue Saite in ihr zum Klingen gebracht. Über ihre Stimme hatte sie sich noch nie Gedanken gemacht, sie hatte sie ja einfach und benutzte sie tagtäglich. Überhaupt war es so viel anders, Lob zu bekommen, weil sie anderen geholfen hatte. Das waren auch immer die schönsten Erlebnisse im Hotel: wenn sie dazu beigetragen hatte, dass die Gäste eine gute Zeit hatten.

„Ja, sie war großartig!", bestätigte Nick. „Milla ist ein Naturtalent! Das sind übrigens Nigel, mein Bruder, und Arthur, sein Freund."

„Übertreib nicht so." Milla lächelte erst Nick an und wandte sich dann an die anderen. „Hallo, vielen Dank, dass ich hier sein darf!"

Nigel winkte nonchalant ab, während Arthur aufstand und Milla die Hand reichte.

„Es freut uns sehr, dass du hier bist."

„Und Nick übertreibt nicht", mischte sich nun auch Liz ein. „Ich habe schon bei vielen verschiedenen Yogalehrern Unterricht gehabt, und *du*", sie zeigte auf Milla, „hast eine ganz große Zukunft vor dir!"

Milla lachte verlegen und ihre türkisgrünen Augen strahlten. Es war, als schwebte sie ein Stück über den Boden. Dann begann sie plötzlich in ihrer Tasche zu kramen.

„Hier, dein Schlüssel."

Bree bekam große Augen.

„Du bist mit dem Auto meiner Mutter gefahren?"

„Mach dir keine Sorgen. Es ist alles okay."

„Milla, Bree, bitte nehmt euch vom Frühstück, was ihr mögt. Es ist genug für alle da", warf Nick in diesem Moment ein, um Bree abzulenken.

„Ich hole noch Tee, die Kanne ist leer", verkündete Max, der sich gerade einen hatte einschenken wollen. „Möchte sonst noch jemand etwas aus der Küche?"

„Nein danke, Max", antwortete Nick.

„Und was haben die Teilnehmer gesagt? Wie viele waren überhaupt da?", erkundigte sich jetzt Arthur und nahm damit den Gesprächsfaden wieder auf.

„Es waren bestimmt 60 Leute, und ich habe nur Gutes gehört", antwortete Nick. „Alle Freunde von Dee und deren Bekannte, viele aus dem Ort und ein paar junge Leute, die ich nicht kenne."

„Die kamen von mir. Ich hatte es auf Instagram geteilt ", warf Bree ein.

„Genau wie ich. Und alle waren begeistert", bestätigte Liz und Milla nickte.

„Ich würde sagen, dann werden wir das als festen Programmpunkt für die künftigen Sommerfeste etablieren." Arthur warf Nigel einen Blick zu, der begeistert nickte.

„Was machst du nächstes Jahr im Juli?", fragte der sofort.

Milla lachte.

„Hoffentlich Gäste in meiner Pension bewirten."

„Du hast eine eigene Pension? Wo ist die?", hakte Nigel sofort nach.

Milla schmunzelte und setzte sich endlich hin.

„Noch hab ich sie nicht, aber ich arbeite dran." Nigels Gesicht hellte sich auf, er wollte etwas sagen, da fügte Milla hinzu: „Sie wird in Schweden sein."

Prompt zog er eine Schnute.

„Schade! Also für uns, nicht für dich", fügte er schnell hinzu.

Milla winkte ab. In diesem Moment kam Max aus der Küche zurück und schenkte allen Tee ein.

Während Milla von ihren Plänen erzählte, hatte Nora ihren Bruder angesehen. Eine ganze Reihe von Emotionen war über sein Gesicht gehuscht. Neugier, Freude und schließlich Ernüchterung – das hatte ihren Beschützerinstinkt geweckt. Irgendwie musste es doch eine Möglichkeit geben, dass die zwei sich besser kennenlernen konnten.

„Was willst du heute machen?" Fragend sah Bree ihre Freundin an und schob sich ein Stück Melone in den Mund.

„Ich dachte, du genießt mit deiner Familie das Sommerfest und ich schaue mich ein wenig allein um. Du hast sie alle so lange nicht gesehen." Milla nahm einen Schluck Tee. Das Frühstücksangebot war so reichlich, dass sie sich noch nicht für etwas Essbares hatte entscheiden können.

„Bist du sicher? Die können auch noch ein bisschen warten." Bree wollte nicht, dass Milla sich ausgeschlossen fühlte.

„Ganz sicher! Ich finde schon eine Beschäftigung." Milla nickte aufmunternd.

Da bekam Nora plötzlich eine Eingebung.

„Milla, hast du Lust uns zu helfen? Nigel und Arthur müssen sich leider um etwas anderes kümmern, und dann würde die Schnitzeljagd ausfallen."

„Nora, sie kennt sich hier doch gar nicht aus", warf Nick ein. Eigentlich hatte er Milla vorschlagen wollen, ans Meer zu fahren, aber seine Schwester war ihm mit ihrer Idee zuvorgekommen.

„Na, dann macht ihr das am besten gemeinsam." Nora freute sich sichtlich.

Nur Nigel hatte den entschlossenen Unterton in ihrer Stimme bemerkt und das Gespräch der drei aufmerksam beobachtet. Doch bevor er loslachen und sich damit verraten konnte, trat Nora ihm auf den Fuß und warf ihm einen warnenden Blick zu. Nick war hin- und hergerissen. Einerseits wäre er dann zwar mit Milla zusammen, aber andererseits wäre noch ein Haufen Kinder dabei und womöglich auch ein paar Eltern. So hatte er sich den Tag eigentlich nicht vorgestellt.

„Aber sie hat doch heute schon gearbeitet", startete er einen weiteren Versuch, Nora von ihrer Idee abzubringen.

„Eine Schnitzeljagd?", fragte Milla. „Für die Kinder?"

„Ja, jetzt früh legen wir die Schnitzel aus, dann führen wir später die Kinder durch den Wald, und zum Schluss gibt es ein großes Picknick", erklärte Nick ergeben.

„Klar helfe ich! Ich bin gern im Wald." Millas Augen begannen zu strahlen. „Aber nur, wenn es dir recht ist." Fragend sah sie ihn an. Ein wenig Zeit in der Natur war genau das, was ihr noch zu ihrem Glück fehlte ... außer vielleicht ein Ausflug zur Steilküste. Das wäre die absolute Krönung und der perfekte Abschluss ihrer Auszeit.

Nick nickte lächelnd. Eigentlich war es doch egal, was sie taten – Hauptsache, sie waren zusammen, und die Schnitzeljagd würde ja auch nicht den ganzen Tag dauern.

„Sehr gern! Ich freue mich über deine Gesellschaft. Außerdem werden wir es im Wald schön kühl haben." Er warf seiner Schwester einen stechenden Blick zu. „Im Gegensatz zu manch anderen."

„Fein!", freute sich Milla. Und nun wusste sie auch endlich, was sie essen wollte und trat ans Büffet, mit einer feixenden Bree im Schlepptau. Milla schaute ihre Freundin an.

„Ich will nichts hören", flüsterte sie.

„Ich hole mir doch nur etwas Obst", beteuerte Bree unschuldig, aber ihre Augen blitzten vor Vergnügen.

Nick fixierte seine älteren Geschwister, er wusste genau, was sie vorhatten. Aber er war schon groß, er konnte sich allein um sein Liebesleben kümmern. Sein stechender Blick kümmerte die beiden jedoch überhaupt nicht, ganz im

Gegenteil. Selbstzufrieden grinsten sie ihn an. Er verspürte das dringende Bedürfnis, ihnen die Zunge rauszustrecken, ließ es aber bleiben. Das wäre dann doch zu kindisch gewesen. Wenigstens taten Max und Liz netterweise so, als hätten sie nichts mitbekommen.

„Milla?" Er wandte sich zu ihr um. In diesen Yogaklamotten sah sie einfach zum Anbeißen aus. Mühsam konzentrierte er sich.

Ihren Namen aus seinem Mund zu hören jagte ihr einen Schauer durch den Körper und unwillkürlich schob sich der Anblick seines kraftvollen Körpers vor ihr inneres Auge. Während der Yogastunde, hatte sie ihn ganz gut ausblenden können, aber jetzt fiel es ihr wieder ein.

„Wir treffen uns in einer halben Stunde auf der Terrasse. Reicht dir das?" Ihm war der Appetit vergangen.

Milla nickte.

„Ja, klar."

„Gut, dann bis nachher." Er nickte ihr zu und schon war er verschwunden.

Kapitel 11

Milla folgte Nick, der einen großen Sack Sägespäne geschultert hatte, in die kühle Stille des Waldes. Die Blätter rauschten sanft im Wind und Lichtflecken tanzten auf dem Weg. Nach und nach begannen auch die Vögel zu zwitschern, immer wieder begleitet vom Hämmern eines Spechts.

Aufmerksam sah Milla sich um. Der Wald um Gracewood Hall war kein urwüchsiger Wald, wie sie es aus ihrer Heimat kannte. Er wirkte beinahe so aufgeräumt wie ein Stadtpark. Milla gluckste leise, aber Nick hörte es dennoch.

„Gefällt es dir?", fragte er und drehte sich zu ihr um.

Milla musste schmunzeln.

„Ja, sehr. Aber der hier ist ganz anders als die Wälder bei mir zu Hause."

„Erzähl mir von Schweden", bat er.

„Warst du noch nie dort?" Milla wunderte sich. Sie hatte gedacht, er wäre schon überall gewesen.

„Doch, aber erzähl mir trotzdem davon ... bitte."

„Okay, wenn du mir dann erzählst, wo du warst."

Er blieb stehen und legte seine Hand aufs Herz.

„Indianerehrenwort!"

Millas Lächeln verbreiterte sich.

„Also, ich lebe und arbeite in Malmö, das ist diese tolle Stadt direkt am Öresund. Ich liebe die Ostsee und das kulturelle Leben in der Stadt, hab fast mein ganzes Leben dort verbracht." Milla holte tief Luft. „Aber mein Herz gehört einem kleinen Fleckchen Erde im Småland. Meine Eltern waren nur einmal mit mir dort, in den Ferien. Tatsächlich in einem dieser falunroten Holzhäuser. Es gehörte einer älteren Dame, die es an Feriengäste vermietete. Hinter dem Haus lief man über eine wilde Wiese, durch einen kleinen Wald, und dann stand man plötzlich am Ufer des schönsten Sees in ganz Schweden."

157

Sie sah ihn an, beinahe entschuldigend. „Es klingt wie ein Klischee, ich weiß, aber es waren die schönsten Ferien, die ich je hatte."

„Nein, gar nicht", widersprach Nick.

„Mein Vater ist im Hotelgewerbe und wir sind in den Ferien immer in andere Hotels gereist. Er liebt das, weißt du. Er hat sie sich angesehen, hat sie regelrecht studiert. Er ist beinahe besessen davon, was ein gutes Hotel ausmacht."

Milla schwieg einen Moment. Dann lachte sie verlegen auf. „Ich sollte dir doch von Schweden erzählen, nicht von meinem Vater."

„Kein Problem. Ich habe auch einen Vater", erwiderte Nick.

„Ja, aber deiner scheint sehr entspannt zu sein. Ich meine ..." Milla suchte nach den richtigen Worten. „Ihr Kinder scheint euer Leben nach eigenen Maßstäben zu führen."

„Stimmt. Aber es wäre auch merkwürdig, wenn es anders wäre." Nick zwinkerte ihr zu. „Mein Dad hat eine Amerikanerin geheiratet. Heimlich!"

Milla musste lachen.

„Also hat er sich selbst gegen die Erwartungen seiner Familie gestellt", erkannte sie.

„Ganz genau." Nick schnipste mit den Fingern. „Da wäre es doch sehr merkwürdig, wenn er von uns etwas anderes verlangen würde."

„Und wenn es doch passiert, erinnert ihn eure Mutter daran", riet sie.

„Du kennst dich aus."

„Ich habe nur geraten." Milla zuckte mit den Achseln.

„So, und jetzt rate ich", verkündete Nick. „Deine Pension soll ein falunrotes Holzhaus mit Wildblumenwiese und See werden."

Sie lachte.

„Das war ja nicht schwer zu erraten! Aber ja, du hast recht. Ich möchte kein großes, schickes Hotel, sondern etwas mit Herz. Familiär. Wo es nach Zimtschnecken duftet, wenn ich welche für die Gäste gebacken habe."

„Das klingt schön." Nick sah sie von der Seite an. Er konnte das Beschriebene bereits vor sich sehen: wie sie im Sommer barfuß über den Holzfußboden ihrer Veranda lief und den Gästen Kaffee und Zimtschnecken servierte. Dann stutzte er. „Aber wie passt Yoga da rein?"

„Mit Yoga fing alles an." Sie senkte den Blick und kickte einen Stein vor sich her. „Als meine Mutter irgendwann so krank wurde, dass sie nicht mehr in ihre Yogastunde gehen konnte, bin ich für sie hin. Sie hatte mich darum gebeten. Ich dachte erst es sei totaler Quatsch und fragte mich, was ich da soll. Aber sie war so krank und sie wünschte es sich so und dann bin ich doch in den Kurs gegangen, zu all ihren Freundinnen. Aber anstatt mich zu bemitleiden oder mir tausend Fragen zu stellen, haben wir nur zusammen Yoga geübt." Ihre Stimme schwankte ein klein wenig. Sie holte tief Luft und fuhr fort. „Nach der ersten Stunde habe ich nur dagesessen und geheult. Wie ein kleines Kind. Zum ersten Mal seit der Diagnose, übrigens. Endlich konnte es raus. Und weißt du, was diese großartigen Frauen getan haben? Sie haben einen Kreis gebildet und mich in ihre Mitte genommen. Hand in Hand haben sie dagesessen und mich weinen lassen. Bis ich endlich wieder atmen konnte. Ich meine, so *richtig* atmen. Es war, als hätte ich seit Monaten die Luft angehalten. Danach bin ich jede Woche hingegangen. Ich wurde regelrecht süchtig danach." Milla schaute auf und sah ihn an. „Das habe ich noch nie jemandem erzählt."

Nick nahm wortlos ihre Hand und drückte sie.

„Danke", sagte er schlicht.

Diesmal zuckte sie nicht zusammen, und es fuhr auch kein Blitz durch sie hindurch. Seine Hand fühlte sich einfach nur vertraut an und sie war dankbar dafür. Dann fiel ihr etwas ein.

„Sollten wir nicht Spuren legen?"

159

„Ach, Mist!" Er schaute sich um und musste lachen. „Sorry, jetzt müssen wir wohl noch mal zurücklaufen." Verwundert fasste er sich an den Hinterkopf und wieder lächelte er dieses Lächeln, das ihre Knie weich werden ließ.

„Na dann los!", rief sie und rannte mit ihren langen Beinen lachend davon, dass ihre blonden Haare nur so flogen.

***

Sie hatten sich zum Schluss richtig beeilen müssen, um rechtzeitig fertig zu sein, aber es hatte sich gelohnt. Lauter glückliche Kinder umringten Nick und Milla und zählten noch einmal die Highlights der Route auf. Milla strahlte mindestens genauso sehr wie die Kleinen und Nick genoss es, sie ansehen zu können. Sie hatte eine ganz besondere Art an sich, die Kinder wie magisch anzog. Wahrscheinlich spürten sie einfach die Liebe, die sie ihnen entgegenbrachte. Als hätte sie seinen Blick gespürt, schaute sie ihn an, und er wusste, dass er diesen Blick in seinem ganzen Leben nicht vergessen würde.

Nach und nach verabschiedeten sich die Kinder und stoben zurück zu ihren Eltern. Langsam schlenderte Nick auf Milla zu.

„Wenn du nächstes Jahr nicht hier auftauchst, brichst du vermutlich eine ganze Reihe von Herzen", bemerkte er leichthin.

„O nein!" Milla legte sich die Hände auf die Brust. „Sag, doch so was nicht!"

„Besonders für den kleinen Rothaarigen bist du die schönste Frau, die er je gesehen hat – das hat er mir selbst gesagt." Er nickte vielsagend.

„Nicholas, hör sofort auf damit! Sonst bricht mein Herz auch noch!"

„Du sagst Nicholas zu mir?!" Mit einem feinen Lächeln trat er noch einen Schritt näher.

„Ja!", rief sie aus, irgendwo zwischen Lachen und Bedauern. „Damit du merkst, dass ich es ernst meine!"

„Oh, ich meine es auch ernst." Wieder kam er einen Schritt näher. „Du wirst eine Reihe Herzen brechen, wenn du nächstes Jahr nicht hier bist ...", wiederholte er leise. Sein Blick war trotz des locker-leichten Tonfalls ernst. Er sah sie unverwandt an und Millas Herz setzte einen Moment aus, als hätte es einen Schlag verpasst und galoppierte im Nächsten direkt los, als wollte es ihn wieder aufholen.

„Wieso nur glaube ich dir das nicht?", fragte sie und staunte selbst, wie leicht ihr das von den Lippen gegangen war.

„Ich kann es dir gern beweisen!" Da war es wieder, sein Lausbubenlächeln.

Obwohl es ihre Knie weich werden ließ, konnte sie es besser ertragen als diesen ernsten Blick.

„Tatsächlich? Und wie?" Herausfordernd stützte sie die Arme in die Hüften. Das Geplänkel machte ihr immer mehr Spaß. Die Frage, warum er sie heimlich fotografiert hatte, war längst nicht mehr wichtig. Sie hatte ihn im Kreis seiner Familie und Freunde erlebt, und das war alles, was zählte.

„Ich zeige dir meinen absoluten Lieblingsplatz hier in meiner Heimat. Den kennt niemand sonst", versprach er ihr und schaute dabei so offenherzig, dass in ihrem Bauch eine Million Schmetterlinge zum Leben erwachten.

„Wann?" Herausfordernd lächelte sie ihn an. Die Schmetterlinge flatterten nun so wild, dass sie das Gefühl hatte, sie würde gleich mit abheben. Es ließ sie übermütig werden.

„Jetzt sofort, wenn du möchtest." Nick strahlte, als stünde er kurz davor, den Hauptgewinn zu ziehen.

Sie sagte leichthin „Okay", aber in ihr brach ein Vulkan wahrer Lebensfreude aus. Kunterbuntes Glitzerkonfetti schwebte auf die Schmetterlinge hinab und tanzte mit ihnen einen bunten Reigen.

161

Mehr brauchte er nicht zu hören.

„Super, ich bin in fünf Minuten wieder da! Rühr dich nicht vom Fleck!"

***

Mit großen Schritten stürmte er in die Küche und steckte den Kopf in den Kühlschrank.

„Mrs. Cuthbert, haben Sie noch einen Picknickkorb für mich?"

„Für dich und Milla?", hakte sie nach.

„Ja, und haben Sie noch ..." Langsam drehte er sich zu der Haushälterin um. „Woher wissen Sie denn das schon wieder?!"

Mrs. Cuthbert schmunzelte.

„Du weißt doch: Es gibt nichts, das ich nicht weiß."

Nick lachte auf, dann fiel ihm wieder ein, dass er sich beeilen wollte.

„Also das Picknick ...", begann er, aber Mrs. Cuthbert unterbrach ihn.

„Ich mache dir einen Korb zurecht. Geh und hol dir deine Kamera", wies sie ihn an.

„Danke, Sie sind ein Schatz!" Nick drückte ihr einen Kuss auf die Wange und rannte schon raus und die vielen Stufen hinauf bis in sein Reich unter dem Dach. Weit weg von den anderen, in den ehemaligen Dienstbotenzimmern, hatte es ihm schon als Teenager so gut gefallen, dass seine Eltern schließlich irgendwann zugestimmt haben und ihm ein Loft hatten daraus machen lassen. Er nahm immer drei Stufen auf einmal, wollte keine Zeit verlieren. Zusätzlich zur Kamera nahm er noch Geld und seinen Führerschein mit und überlegte, während er die Treppe wieder hinunterrannte, wessen Auto er sich ausleihen sollte.

Vor dem Schlüsselkasten im Vestibül entschied er sich spontan für Nigels kleinen Flitzer. Sein großer Bruder hatte das neueste Auto, und da wo er mit Milla hinwollte, konnte er die Familienkutschen der anderen nicht gebrauchen, und der Range Rover seines Vaters sah zu sehr nach englischem Landadel aus.

Nur Augenblicke später stand er wieder neben Mrs. Cuthbert in der Küche. Ohne aufzusehen sagte sie: „Unten in der Waschküche sind frische Handtücher und eine saubere Picknickdecke. Ich nehme an, du willst an den Strand."

Nick wunderte sich gar nicht mehr, dass sie das wusste. Stattdessen rief er beim Gehen über seine Schulter hinweg: „Können Sie Nigel sagen, dass ich mir sein Auto geliehen habe?"

Mrs. Cuthbert kontrollierte noch einmal den Inhalt des Korbes. Als sie hörte, dass er die Kellertreppe wieder hochkam, antwortete sie ihm: „Ja, das mache ich." Dann wies sie auf den Korb. „Da drin sind Tomaten, Baguette, Cheddar, Trauben und Melone, zwei von Annies Dips, Muffins, selbst gemachter Eistee und meine Speziallimonade." Sie wusste, dass Nick nicht viel Fleisch aß, und hatte deshalb auf den kalten Bratenaufschnitt verzichtet. „Reicht dir das?"

„Dicke! Vielen Dank!" Er drückte sie herzlich an sich, legte die Handtücher über den Korb – auf die Decke hatte er verzichtet – und war genauso schnell verschwunden wie er gekommen war. Er nahm seine Mutter und Nora kaum wahr, als er an ihnen vorbei stürmte.

***

„Dein Plan scheint ja wunderbar zu funktionieren", bemerkte Vivien trocken und betrat die Küche.

„Sieht ganz so aus", bestätigte Nora zufrieden.

„Hätte ich mir gleich denken können, dass du da deine Finger im Spiel hast!", rief Mrs. Cuthbert aus. „Irgendwann verbrennst du sie dir!"

„Niemals – ich weiß genau, wer füreinander bestimmt ist und wer nicht." Nora ließ sich auf einen der Stühle fallen. „Außerdem habe ich nur dafür gesorgt, dass sie Zeit miteinander verbringen. Was sie daraus machen, ist dann ihre Sache."

„Aber will sie nicht zurück nach Schweden? Zu ihrer Familie?", überlegte Mrs. Cuthbert.

„Na ja, es ist ja nicht so, als wenn Nick sesshaft wäre", entgegnete Vivien und setzte sich ebenfalls.

„Genau das meine ich. Er reist so viel umher ... Nicht jede Ehe hält so etwas aus", spann Mrs. Cuthbert den Faden weiter.

„Ach was, die beiden finden einen Weg", entgegnete Vivien optimistisch.

„Sehen Sie, Mrs. Cuthbert, Mum ist ganz meiner Meinung", freute sich Nora.

„Sie ist die Eine, ich spüre das", erklärte Vivien und nickte bekräftigend.

„Hast du denn länger mit ihr gesprochen?", wollte Mrs. Cuthbert wissen.

„Das war gar nötig nicht, ich sehe es in seinen Augen", gab Vivien zurück und Nora entfuhr ein „Ha! Ich wusste es!".

Vivien seufzte innerlich. Nun wurde also auch ihr Jüngster endgültig groß. Dann schob sie die aufkommende Melancholie energisch beiseite.

„Mal sehen, wann die beiden das selbst herausfinden." Sie zwinkerte Nora verschmitzt zu und wandte sich dann an Mrs. Cuthbert.

***

Millas Herz machte einen kleinen Hüpfer, als sie sah, in welchem Tempo Nick aus dem Haus stürzte und sich hektisch um sich selbst drehte, weil er sie suchte. Im nächsten Augenblick sah er sie und lief mit schnellen

Schritten auf sie zu. Die Schmetterlinge in ihrem Bauch bewarfen sich gegenseitig mit dem Konfetti, das zwischenzeitlich auf den Boden gefallen war.

Schon stand er so freudestrahlend vor ihr, dass seine grünen Augen nur so blitzten.

„Hast du alles, was du brauchst?", fragte er und deutete auf ihre Tasche, die sie geholt hatte.

Es lag eine so selbstverständliche Aufmerksamkeit in seiner Frage, dass ihr in diesem Moment klar wurde, dass sie ihn nicht nur sexy fand, sondern ihn auch mochte. Sie genoss seine Gegenwart. Bei ihm hatte sie nicht das Gefühl, sich irgendwie geben zu müssen, sondern einfach sein zu dürfen, wie sie war.

„Ich bin startklar!" Milla wippte auf und ab.

„Na dann – auf gehts!" Nick zeigte in Richtung des Küchengartens und setzte sich in Bewegung.

„Was ist denn in dem Korb?" Sie hoffte, dass der Inhalt Aufschluss über ihr Ziel geben würde. Irgendwie hatte sie im Gefühl, dass er ihr nicht verraten würde, wohin es ging.

„Lauter Köstlichkeiten von Mrs. Cuthbert und Annie." Nick drehte sich zu ihr und wackelte mit den Augenbrauen.

„Du willst es mir nicht verraten?", erkundigte sie sich.

Er schüttelte entschieden den Kopf.

„Nö!"

„Aber Vorfreude ist doch die schönste Freude!", wandte sie ein.

„Glaub mir, du kannst dich auch auf das Essen freuen, wenn du nicht weißt, was genau in dem Korb ist", versicherte er ihr. „Ich habe noch nie erlebt, dass irgendetwas nicht geschmeckt hat, was von den beiden kam. Wir müssen hier lang!" Hinter dem Küchengarten bog Nick links ab.

Milla runzelte die Stirn, irgendwie hatte sie gedacht, sie würden mit dem Auto wegfahren, statt auf dem Gelände zu bleiben.

„Außerdem ist es so viel lustiger", fügte er hinzu.

„Und was ist, wenn ich keine Überraschungen mag?",
hakte sie nach und schaute sich möglichst unauffällig um,
wohin sie denn nun gingen.

„Dann wirst du mir wohl vertrauen müssen." Nick drehte
sich erneut zu ihr und lief rückwärts weiter. „Kannst du
das?", fragte er herausfordernd.

Milla zog eine Grimasse.

„Es sieht ganz danach aus, nicht wahr?!"

Schließlich verbreiterte sich der Weg und weitete sich zu
einem Platz, auf dem mehrere Doppelgaragen und Autos
standen. Sie würden also doch wegfahren. Nick ging zu
einem silbernen Kleinwagen und öffnete schwungvoll die
Beifahrertür.

„Mylady?" Er deutete eine Verbeugung an und Milla
schnaubte, musste aber insgeheim zugeben, dass ihr seine
Albernheit gefiel.

Es nahm den ernsten Themen die Schwere und würde
ihr etwas geben, woran sie sich erinnern konnte, wenn sich
zu Hause mal wieder die Düsternis ausbreitete. Nick
verstaute den Picknickkorb auf der Rückbank, bevor er sich
in den kleinen Wagen faltete.

„Wessen Wagen klauen wir gerade?"

„Wieso denkst du, dass das nicht mein Auto ist?"

Milla deutete auf seine Knie, die beinahe das Lenkrad
berührten, obwohl er den Sitz schon anders eingestellt
hatte.

„Es ist dir zu klein."

„Aber es ist ein Elektrofahrzeug", hielt er dagegen.

„Die gibt es auch in anderen Größen."

Nick zog eine Augenbraue hoch.

„Gut, zu wissen, dass es dir auf die Größe ankommt",
bemerkte er trocken und Milla lachte laut auf.

„Dir etwa nicht?", gab sie schlagfertig zurück und
drückte mit einem vielsagenden Lächeln ihren Brustkorb
raus. Nicht, dass dieses Manöver einen großen Unterschied
gemacht hätte. Ihre Figur war eher lang und dünn, aber es

verfehlte seine Wirkung nicht. Zufrieden registrierte sie, wie sein Blick einen Moment an ihrem Ausschnitt hängenblieb.

Er räusperte sich und startete den Wagen.

„Also um mal eins klarzustellen: Das Stehlen habe ich vor langer Zeit aufgegeben, es ist zu ..." Er suchte nach dem richtigen Wort.

„Kriminell?", warf sie behilflich ein.

„Ich wollte ‚wenig lukrativ' sagen, aber danke, kriminell trifft es auch." Seine Mundwinkel zuckten amüsiert. „Wir *leihen* uns Nigels Wagen."

„Aha", bemerkte Milla trocken und sah aus dem Fenster. Insgeheim staunte sie jedoch. Die Männer, die sie kannte, hätten sich wohl eher den Range Rover, der direkt daneben gestanden hatte, geliehen. Nick fuhr langsam, er wollte nicht unnötig viel Staub im trockenen Wald aufwirbeln.

„Weiß er das?", nahm sie den Faden wieder auf.

„Er wird es erfahren", gab Nick gutgelaunt zurück und Milla lachte wieder. „Ich habe Mrs. Cuthbert Bescheid gegeben."

Sie fuhren in einem Bogen durch den Wald und trafen kurz vor dem imposanten Eingangstor auf die offizielle Zufahrt von Gracewood Hall. Es war wirklich wunderschön hier.

„Da du mir sicher nicht verraten willst, wo wir hinfahren", begann Milla das Gespräch und sah ihn nicken, „finde ich es nur gerecht, wenn du mir erzählst, wie es war, hier aufzuwachsen, und warum du Fotograf geworden bist."

„Ich soll dir also meine ganze Lebensgeschichte erzählen?", stellte er amüsiert fest.

„Hängt davon ab, wie unterhaltsam sie ist", konterte sie. „Und natürlich davon, wie lange wir unterwegs sein werden." Entspannt kickte sie ihre Sandalen von den Füßen und machte es sich bequem. Dieser Mann hatte etwas an sich, das das Zusammensein leicht machte. Heute wunderte sie sich über sich selbst, dass sie gestern Vormittag so

167

heftig reagiert hatte, was wirklich schade war, wie sie nun feststellte. Sie würde doch zu gern wissen, wie sich seine Lippen anfühlten. Heimlich sah sie ihn von der Seite an. In ihren Unterleib begann es zu rumoren. Nick blickte konzentriert auf die leere Straße, als müsste er überlegen, wo er mit seiner Erzählung beginnen sollte.

***

Er war mit ihr zur Steilküste gefahren. Der Anblick der weißen Kreidefelsen begeisterte ihn immer wieder. Wann immer er zu Hause war – ein Besuch der Küste musste sein.

„Es ist wunderschön ...", hauchte Milla. Es war das Erste, das sie sagte, seit sie den Wagen abgestellt hatten.

Er stellte sich neben sie.

„Als Kind habe ich mir immer vorgestellt, wie es ausgesehen haben muss, wenn feindliche Schiffe am Horizont auftauchten." In ihrer Nähe spürte er ein aufregendes Kribbeln am ganzen Körper.

„Und dann hast du wacker gegen Angreifer gekämpft und sie verjagt?", fragte Milla schmunzelnd.

„Was denkst du denn?", gab er leichthin zurück und sah sie an. Ihr blondes Haar wehte im Wind, der in der Hitze für etwas angenehmere Temperaturen sorgte. Sie war so wunderschön, wie sie dort stand. Es kostete ihn unendlich viel Energie, mit ihr zu sprechen und sie dabei nicht zu berühren. Zu viel Angst hatte er, dass sie dann wieder wegrennen oder, schlimmer noch, wieder wie ein verschrecktes Kaninchen erstarren könnte. Dabei lud ihre Haut ihn förmlich dazu ein, sie zu streicheln. Allein die Fahrt hierher war ihm unendlich lang vorgekommen. Er hatte Millas Anwesenheit so überdeutlich gespürt. Mit jedem Kilometer schien der Wagen kleiner zu werden – deswegen hatte er auch geredet wie ein Wasserfall, die

Worte waren nur aus ihm herausgesprudelt. Er hatte keine Ahnung mehr, was er alles erzählt hatte.

Milla sah auf das weite Meer hinaus, auf das stete Rollen der Wellen, und atmete tief ein und aus. Sie war schon oft am Meer gewesen und sie liebte es, weil es in seiner schieren Unendlichkeit die Dinge wieder in Relation brachte. Aber hier an der Steilküste zu stehen und auf das Meer hinabzuschauen ließ sie nicht nur ruhiger werden, sondern sich auch leichter fühlen. Ihr war, als müsste sie nur die Arme austrecken und könnte abheben, ganz mit dem endlosen Blau des Himmels verschmelzen und eins werden mit der grenzenlosen Liebe des Universums. Das Glück stieg in ihr auf wie Blubberblasen in einem Glas und wenn sie nicht sofort irgendetwas tat, würde sie überlaufen. Schwungvoll drehte sie sich zu Nick um.

„Fang mich!" Ihre türkisfarbenen Augen blitzen übermütig und schon war sie losgerannt.

Nick blinzelte verwirrt. Nur einen Augenblick später stand der Picknickkorb auf dem Boden und Nick rannte ihr hinterher. Der Wind trug ihr Lachen zu ihm und direkt in sein Herz. Kurz bedauerte er es, dieses Bild nicht fotografieren zu können, also ließ er ihr wenigstens einen kleinen Vorsprung, um ihre Lebensfreude ganz in sich aufzunehmen.

Zu laufen fühlte sich tatsächlich wie Fliegen an. Das Glücksgeblubber in Milla sprudelte immer weiter und sie musste lachen, um das Brodeln akustisch rauszulassen. All die Zweifel und Sorgen, die Trauer und der Schmerz der vergangenen Zeit waren in diesem Moment wie ausgelöscht. Tief in ihrem Herzen wusste sie, dass alles gut werden würde – sowohl die Beziehung zu ihrem Vater als auch ihr Traum von Blårbärskog und der einer großen Familie.

Eins ... zwei ... nach drei Schritten lag sie in seinen Armen.

„Ich hab dich", hauchte er an ihr Ohr und drehte sie zu sich um. Nick hielt sie sicher und fest, aber dennoch mit Respekt. Er lachte sie an und in seinem Blick lag ein Versprechen.

Mehr brauchte Milla nicht zu sehen. Sie wusste, dass er da sein würde, wenn sie es wollte, und es war ihr egal, woher sie das wusste. Sie wollte dieses Gefühl des Verbundenseins nicht dadurch kaputt machen, dass sie jetzt anfing, die Situation zu analysieren. Stattdessen legte sie die Arme um seinen Hals und zog ihn näher zu sich. Hier und jetzt, irgendwo zwischen Himmel und Erde, zwischen Vergangenheit und Zukunft, wollte sie ihm ganz nah sein.

Als Milla ihre Arme um Nick legte, schien all die Energie, die er verloren geglaubt hatte, zurückzukommen. Noch nie hatte er sich so angekommen gefühlt wie in diesem Moment. Er sah ihre leuchtenden Augen, die ihn vom ersten Moment an fasziniert hatten und gab sich dem Sog hin. Ihre Lippen fanden sich wie von selbst, aufregend neu und vertraut zugleich. Alles passte so perfekt, als wäre dieser Kuss seit dem Anbeginn der Zeit vorherbestimmt gewesen. Nichts war mehr von Bedeutung und selbst wenn die Spanische Armada am Horizont aufgetaucht wäre, es hätte Nick nicht gekümmert.

Mit allem hatte Milla gerechnet, nur nicht damit. Trotz des warmen Sommertags bekam sie eine Gänsehaut, die blitzschnell in eine unglaubliche Hitze umschlug, als Nick den Kuss vertiefte. Das Beben in ihrer Mitte breitete sich wellenförmig über ihren ganzen Körper aus. Jede ihrer Zellen vibrierte in einem tiefen, gleichbleibenden Ton. Wie gut, dass Nick sie festhielt. Sie war sich nicht sicher, ob ihre Beine sie noch getragen hätten.

„Hi ...", flüsterte er leise und lehnte seine Stirn gegen ihre. Er hatte keine Ahnung wie viel Zeit vergangen war oder was er sagen sollte, er sah sie nur an.

„*Hej* ...", flüsterte sie zurück und lächelte.

„Hast du Hunger? Wenn ja, hoffe ich sehr, dass unser Essen noch da ist, wo ich es zurückgelassen habe." Er bemerkte selbst, dass er plapperte – diesen Wesenszug kannte er gar nicht an sich.

„Ich habe keine Ahnung", gab sie zu. „Aber ich hoffe es." Sie schloss kurz die Augen. Es ergab überhaupt keinen Sinn, was sie da gerade gesagt hatte. Na ja, irgendwie schon, denn sie wusste wirklich nicht, ob sie etwas essen wollte. „Ich glaube, ich habe Durst."

„Ich auch." Er grinste. „Wollen wir mal nachsehen?"

„Okay."

Eigentlich wollte er gleich loslaufen, aber seine Lippen blieben noch einmal an ihren hängen. Er konnte sich einfach nicht von ihr lösen – und warum sollte er auch. Er nahm ihr Gesicht zwischen seine Hände, liebkoste ihre Wangen und fuhr küssend ihre Kinnlinie entlang.

Ein kleiner Seufzer schauderte durch ihren Körper. Es klang wie eine Einladung und Nick zog sie noch näher an sich. Er wollte nur noch sie, alles andere war unwichtig geworden. Als hätte sich sein Verstand kurzzeitig in den Urlaub verabschiedet und den Gefühlen die Leitung überlassen.

Milla war wie Wachs in seinen Händen, die Feministin in ihr schüttelte entsetzt den Kopf, aber sie gab ihr mit einem Klaps zu verstehen, dass sie verschwinden sollte. Schließlich war es nur ein Kuss! Aber wenn er sie jetzt ins Gras zöge, würde sie sich der Kraft, die sie durchströmte, hingeben und es genießen.

Plötzlich schoss ein kleiner brauner Blitz fröhlich bellend auf sie zu und holte beide in die Wirklichkeit zurück. Sie waren nicht allein, sondern auf einem öffentlichen Wanderweg. Die Nachmittagssonne schien auf sie herab und eine sanfte Brise wehte vom Meer her. Über ihnen schrien die Möwen und um sie herum kläffte aufgeregt ein Yorkshire Terrier. Milla und Nick sahen einander an und

171

lachten. Gleichzeitig beugten sie sich hinunter, um den süßen Störenfried zu streicheln.

„Wer bist du denn?", fragte Milla verzückt, als sich das braune Wollknäuel begeistert über die unerwartete Zuwendung auf den Rücken legte und sich den Bauch kraulen ließ. „Du bist ja niedlich! *Så söt!*", gurrte sie in ihrer Muttersprache und Nick lauschte fasziniert den fremden Worten.

„Ich hoffe, Twister hat Sie nicht erschreckt." Die Besitzerin des Kleinen tauchte neben ihnen auf, sie hatte eine Hundeleine über der Schulter hängen.

„Twister?", hakte Nick nach und konnte sein Grinsen nicht verstecken.

„Ja, er ist ein echter Wirbelwind", erklärte seine Besitzerin ergeben und lachte. „Mein Sohn hat den Namen ausgesucht."

„Er ist *so* süß!", erklärte Milla und kraulte ihn weiter. „Nicht wahr? Du bist ein ganz Süßer."

„Tut mir leid, wenn er Ihnen einen Schreck eingejagt hat", wiederholte die Besitzerin. „Komm, Twister, wir gehen weiter! Und Ihnen noch einen schönen Tag!"

„Das hat er nicht", erklärte Milla und stand auf.

Nick kämpfte noch immer gegen seine Heiterkeit an.

„Ihnen auch!", brachte er mühsam heraus.

„*Bye!*", rief Milla der Frau hinterher und gab Nick einen kleinen Klaps auf den Arm. Dabei hatte sie selbst Mühe, nicht schallend loszulachen. Beinahe hätte er sie schon wieder in seine Arme gezogen, da fiel ihm wieder ein, was sie ursprünglich vorhatten.

„Unser Korb!", rief er und rannte los. Nicht dass sich der kleine Wirbelsturm auf ihr Essen stürzte. Mit seinen langen Beinen überholte er die Spaziergängerin und ihren Hund, der sofort ein tolles Spiel witterte.

Milla hielt sich vor Lachen die Seiten. Es sah zu komisch aus, wie sich der große, kräftige Nick und der winzige Hund ein Wettrennen lieferten.

Kapitel 12

„Und Annie, wie lief dein erstes Sommerfest für dich?",
erkundigte sich Arthur, als er an ihrem Stand vorbeikam.
Er hatte mit Nigel alle offenen Punkte für Mindys und
Andrews Hochzeit aufgearbeitet und schlenderte nun über
die Festwiese. Es war spät am Nachmittag und langsam
gingen die ersten Besucher nach Hause – morgen war
schließlich Montag.

„Gut! Mein erstes Sommerfest als Selbstständige lief
richtig gut!" Annie strahlte und wies auf ihren fast leeren
Stand.

„Oh, ich sehe es. Das ist ja großartig, Annie!" Arthur
freute sich sehr für sie. „Du wirst sehen – bald hast du
deinen eigenen Laden und Angestellte."

„O Gott! Glaubst du wirklich?!" Annie legte sich die
Hände an den Kopf. „Das wäre so toll!"

„Ich *glaube* es nicht nur, ich weiß es." Er nickte ihr
aufmunternd zu.

„Das sage ich ihr auch immer", warf Matt ein, der
unbemerkt dazugekommen war. Er legte den Arm um
Annies Schultern und sie lehnte sich leicht an ihn. Sie war
richtig kaputt. Die Nacht war kurz gewesen und langsam
merkte sie das.

„Hallo Matt, bist du mit dem Ponyreiten fertig?", fragte
Arthur.

„Ja, die Tiere sind versorgt. Ich kann dann beim Abbau
helfen."

„Prima. Du weißt ja Bescheid. Ich muss Nigel suchen. Er
führt gerade Mindy und Andrew übers Gelände." Arthur
hob die Hand zum Abschied.

„Bis nachher!", rief Annie ihm hinterher. Leise sagte sie
zu Matt: „Der arme Nigel, diese Hochzeit verlangt ihm
einiges ab."

„Er wollte es so", erinnerte Matt sie und drehte sie zu
sich um. „Du siehst müde aus. Ich kann dich vertreten."

„Du bist lieb." Annie gab ihm einen Kuss. „Aber wenn ich mich jetzt hinsetze, stehe ich nicht mehr auf. Lass uns lieber pünktlich Schluss machen und früh ins Bett gehen."

„Sehr gern. Aber musst du nicht noch die Gerichte für morgen machen?"

„Ich habe etwas vorbereitet. Außerdem dachte ich mir, ich stehe morgen früh lieber eine halbe Stunde eher auf, als jetzt abends noch viel zu tun. Hast du Edward und Pops gesehen?"

„Sie waren vorhin bei mir – Poppy ist auf Brownie geritten. Sie sah so süß aus. Edward hat Fotos gemacht. Aber jetzt gerade? ... Ich weiß es ehrlich gesagt nicht." Matt sah sich suchend um. Annies Blick bemerkte er dabei nicht.

Sie war so dankbar, dass er in ihrem Leben war und sie bei allem unterstützte, und auch, dass er Edwards Anwesenheit tolerierte. Edward gab sich wirklich große Mühe, zu Poppy eine Beziehung aufzubauen. Dieses Wochenende hatte er sich sogar ein Zimmer in der Gegend genommen, um viel Zeit mit seiner kleinen Tochter verbringen und Annie den Rücken freizuhalten zu können. Momentan lief wirklich alles wie am Schnürchen, fast schon beunruhigend perfekt.

„Ah, da sind sie", riss Matt sie aus ihren Gedanken.

„Er spricht mit einer Frau ...", wunderte sich Annie. „Kennen die zwei sich? Was meinst du?"

Matt rutschte das Herz in die Hose. Annie hatte recht: Edward unterhielt sich angeregt mit einer umwerfenden Brünetten. Er wusste nicht, ob sie sich kannten, aber er wusste nur zu genau, wer Rebecca Hunter war. Matt schluckte mühsam. Er hatte Annie von Becks erzählt ... oder zumindest hatte er sie einmal kurz erwähnt.

„Ich habe keine Ahnung, ob er Becks kennt", presste er heraus und bemühte sich um einen sachlichen Tonfall.

Annies Blick schnellte zu ihm, dann wieder zurück auf die drei. Edward hatte Poppy auf dem Arm und lächelte Becks an. Dieses Lächeln kannte sie, und sie wusste um seine Wirkung – und auch Rebecca konnte sich dem augenscheinlich nicht entziehen.

„*Das* ist Becks?" Annie hörte die leichte Panik in ihrer Stimme selbst, aber sie konnte nichts dagegen tun. Diese Frau war unglaublich schön, groß, schlank, gut gekleidet und damit das komplette Gegenteil von ihr. Denn Annie war klein, irgendwann vor der Schwangerschaft mal zierlich gewesen und hatte meist irgendwelche Flecken auf ihrer Kleidung. Normalerweise machte ihr das alles nichts aus, aber mit diesem direkten Vergleich vor der Nase ...

„Schatz ..." Matt konnte Annies Gedanken förmlich von ihrer Stirn ablesen. Er gab ihr einen Kuss. „Ich liebe dich. Du bist die Frau meines Lebens und ich will nur dich", versicherte er ihr.

Annie ließ die Schultern sinken. Sie hatte gar nicht gemerkt, dass sie sie hochgezogen hatte.

„Sieht man mir das so deutlich an?", fragte sie leise.

„Mach dir keine Gedanken. Es ist alles gut." Matt lächelte. „Komm, wir gehen rüber und ich stelle dich vor. Dann haben wir es hinter uns und dann ist es auch nicht mehr komisch. Versprochen."

Annie sah ihn zweifelnd an, nickte dann aber doch. Wenn Matt mit Edward klar kam, dann würde sie doch wohl eine popelige Exfreundin verkraften. Sie lächelte und drehte sich entschlossen um.

„Mommy!", ertönte es prompt.

Die drei kamen genau auf ihren Stand zu und Poppy strahlte wie ein Honigkuchenpferd. Wieder hatte sie einen verschmierten Schokomund und war über und über mit Staub bedeckt. Annie wunderte sich, dass Edward sie so überhaupt hochgehoben hatte. Bis jetzt hatte er mit Dreck nicht so gut umgehen können. Dann wurde sie von Becks Anblick abgelenkt. Von nahem war sie noch schöner und dann lächelte sie auch noch unglaublich sympathisch. *O Gott! Ich mag sie!,* schoss es Annie noch durch den Kopf, ehe Poppy vom Arm ihres Vaters hüpfte und Annies Herz eine Sekunde stehen blieb.

„Poppy!", ertönte es erschrocken aus drei Mündern, aber Edward hatte sie rechtzeitig zu fassen bekommen und ihren „Flug" abgebremst.

„Mommy, ich Schokolade kriegen!", erklärte Princess Pops munter. „Eddie Poppy Schokolade kaufen!"

„Das ist toll, mein Schatz." Annie lief schnell wie der Blitz um den Tresen und nahm ihre Tochter in den Arm.

„Hey Becks", begrüßte Matt die beinahe erstarrte Rebecca. „Darf ich dir Annie vorstellen? Poppy kennst du ja schon."

Rebecca hatte Matt erst in letzter Sekunde wahrgenommen – zu sehr war sie von dem gut aussehenden Edward und dem Kind abgelenkt gewesen. Sie hatte in den letzten Wochen wie ein Besessene gearbeitet und wollte sich eigentlich nur kurz auf dem Sommerfest der Bedfords ablenken lassen, etwas Leckeres essen und dann weiterarbeiten. Sie hatte sich einzureden versucht, dass es ihr nichts ausmachen würde, wenn sie Matt treffen würde, aber nun ... Er hatte nicht nur eine supersüße Freundin mit tollen schwarzen Locken und leuchtend grünen Augen, nein, da war auch noch dieses niedliche Kind. O Gott! Wo war sie da nur hineingeraten?! Das letzte bisschen Selbstbeherrschung zusammenkratzend streckte sie die Hand aus.

„Hallo Annie, wie schön, dich kennenzulernen."

***

„Ich finde, langsam könntest du wieder aufhören zu lachen", brummte Nick. Sie waren hinunter zum Strand gelaufen, um dort zu picknicken.

„Sorry, aber es sah so lustig aus", gluckste Milla.

„Dann muss ich wohl andere Maßnahmen ergreifen, damit du das vergisst." Er richtete sich auf.

„Ach so? Und welche?", fragte sie kokett und klimperte mit den Wimpern. Sie hätte nicht gedacht, dass sie sich noch besser fühlen könnte, als in diesem Moment. Ihr Leben in Malmö war mit einem Mal unvorstellbar weit weg. Sie konnte sich nicht vorstellen, dass es jemals wieder so werden würde, wie es einmal war.

Zielstrebig räumte Nick die Gläser und Schüsseln zwischen ihnen beiseite.

„Was hast du vor?", fragte sie und beobachtete amüsiert jeden seiner Handgriffe.

„Dich auf andere Gedanken bringen", antwortete er vage und kam mit einem Funkeln in den Augen näher.

„Tatsächlich?" Milla genoss das Schäkern mit ihm. Es war geradezu perfekt. Mit ihm konnte sie Spaß haben und sich austoben, bevor sie wieder in die Wirklichkeit zurückkehrte und ihr neues Leben in Angriff nahm.

Nick kniete sich vor sie. Mit einem listigen Lächeln zog er Milla zu sich und küsste sie. Er musste sich konzentrieren, um sein Vorhaben nicht wieder zu vergessen, denn sie zu küssen war besonders. Die Ahnung, dass ihre gemeinsame Zeit mehr sein könnte als es momentan den Anschein hatte, schwelte am Rand seines Bewusstseins. Aber noch war er nicht bereit, diese Erkenntnis zuzulassen. Langsam und bemüht, sich nicht zu verraten, stand er mit ihr auf.

O Gott, kann dieser Mann küssen ..., war alles, was Milla währenddessen durch den Kopf ging. Dabei konnte sie besser abschalten als beim Yoga. *Vielleicht sollte er Stunden darin geben ...*, dachte sie .

Langsam hob er sie hoch und öffnete die Augen, um dann blitzschnell mit ihr ins Wasser zu rennen. Die Nordsee war trotz der warmen Außentemperaturen kalt, und Milla kreischte, wie er es gehofft hatte.

„Ah! Nicholas! Lass das!", rief sie – jedoch nicht, weil sie Angst vor dem kalten Wasser gehabt hätte, sondern weil sie immer noch Shorts und Top trug. Sie hatte ja nicht gewusst, dass sie schwimmen gehen würden. Nick lachte.

„Wie hast du mich genannt?" Probehalber, um sie zu foppen, hob er die Arme. Er würde sie nicht werfen, aber er konnte so tun als ob.

„Ich nenn dich gleich noch ganz anders, wenn du mich nicht wieder runterlässt!" Ihr Lachen nahm den Worten ihre Schärfe.

Wieder lockerte er seinen Griff, wieder schrie sie und klammerte sich an ihn.

„Das würde ich gerne hören." Er grinste frech. „Ich bin ganz Ohr."

„Nick, bitte!" Milla bemühte sich um einen ernsten Tonfall, stellte sich aber innerlich schon auf ein Platschen ein.

Doch Nicks Mimik änderte sich schlagartig.

„Hey … Ich lasse dich nicht fallen", versprach er ihr und hob sie noch ein Stück höher. Felsenfest stand er in den Wellen, die ihm gegen die Oberschenkel schlugen. Da war er wieder: dieser ernste Blick, der Milla direkt ins Herz traf. Tiefer als beide es in diesem Moment ahnten.

„Du willst nicht schwimmen?", erkundigte er sich, als er seiner Stimme wieder traute.

„Nicht in meinen einzigen Sachen, nein." Sie schüttelte den Kopf und lächelte dabei dieses eine Lächeln, das anders war und das sie nicht jedem schenkte. Er konnte es sich nicht erklären, aber es zeigte eine andere Milla. Die Echte, vermutete er.

„Okay." Er nickte und ging dann sicheren Schritts Richtung Strand.

Millas Herz pochte so laut, dass sie sich sicher war, er würde es hören. Woher kam bitte dieser Mann, der so anders war, als alle, die sie in ihrem bisherigen Leben getroffen hatte? Es war traurig, aber wahr: Nick schien der erste Mann in ihrem Leben zu sein, der sich wirklich für das interessierte, was sie sagte. Außerdem trug er sie so sicher, als wöge sie nichts, was definitiv nicht der Fall war, wie sie genau wusste. Auch wenn sie schlank und sportlich war, war sie doch fast so groß wie er. Ihre Gedanken begannen sich auf verschlungenen Wegen zu bewegen. Sie kniff kurz die Augen zusammen, um sich zu konzentrieren.

„Du kannst mich wieder absetzen ... Danke, meine ich, äh ..." Sie suchte nach den richtigen Worten. „Ich wollte nicht die Stimmung ..." Wieder brach sie ab. Es klang alles so blöd.

Am Wellenkamm blieb er stehen. Aber statt sie wieder hinzustellen, ließ er nur seine Arme sinken und küsste sie zärtlich. Mit seiner Leidenschaft hatte er sie bereits überrascht, aber seine Sanftmut ließ sie kapitulieren. Alle Mauern, die sie um sich herum errichtet hatte und die seit seinem ersten Lächeln bröckelten, stürzten nun ein. Sie zog ihn zu sich heran, gab sich ihm ganz hin. Sie konnte und wollte es nicht anders. Ja, vermutlich würde ihr diese Zeit mit ihm das Herz brechen, es in Stücke reißen und lauter Wunden zurücklassen, die noch in vielen Jahren schmerzten. Aber all das war ihr egal. Sie würde es bis zum Äußersten genießen, sich ihm ganz öffnen und die Nächte, die ihr hier noch blieben, mit ihm verbringen – egal, welche Konsequenzen es haben würde. Denn die Alternative – es nicht zu tun – kam ihr in diesem Augenblick unsäglich schmerzhafter vor.

Ohne den Kuss zu unterbrechen, stellte er sie langsam auf ihre eigenen Füße. Er bekam einfach nicht genug von dieser unglaublichen Frau. Sie zu küssen war nicht nur erregend, sondern auch wie ein Ankommen. Wie unglaublich musste es erst sein, mit ihr zu schlafen. Natürlich dachte er daran, mochte es noch so profan sein, aber es war ja nicht nur das. Milla war lustig, klug und einfühlsam. Noch nie hatte er eine Frau getroffen, die ihn auf so vielen verschiedenen Ebenen ansprach und die er dann auch noch begehrte ... und die augenscheinlich auch ihn begehrte. Diese Erkenntnis ließ ihn innehalten. Was gut war, wie ihm mit einem Mal bewusstwurde. Es hätte nicht viel gefehlt und sie wären doch noch im Wasser gelandet.

„Ich weiß ja nicht, wie es dir geht, aber mir ist ganz schön heiß", murmelte er.

„Ich denke auch, dass dir eine Abkühlung guttun würde", gab sie schmunzelnd zurück und rieb ihr Becken sacht an der Beule in seiner Hose.

„Ach? Und dir nicht?" Er zog sie wieder enger an sich und presste seine Erregung an ihre Scham.

Milla zog scharf den Atem ein.

„Mir sieht man die Hitze nicht an", erwiderte sie, um Leichtigkeit bemüht.

„Da täuschst du dich aber meine Liebe ..." Er begann, kleine Küsse hinter ihr Ohr zu hauchen.

Milla schloss genießerisch die Augen, als sein heißer Atem weiterwanderte und ihr eine Gänsehaut verursachte.

„Ich sehe genau, wovon du gerade träumst", hauchte er zwischen zwei Küssen. Seine Hand wanderte unter ihr Top und strich aufreizend langsam ihre Wirbelsäule entlang.

Milla erschauderte.

„Und ich will es auch ...", flüsterte Nick und knabberte an ihren Lippen. „Aber ich will dich ganz in Ruhe genießen, nicht dass uns wieder so ein Fellknäuel dabei stört." Er grinste und Milla musste lachen, als sich die Erinnerung an Twister wieder zwischen sie schob.

Nick nutze den Moment, zog T-Shirt und Shorts aus und warf die Kleidungsstücke achtlos hinter sie. Er stand immer noch so nah vor ihr, dass ihr die Präsenz seiner nackten Haut erneut eine Gänsehaut verursachte. Er zwinkerte ihr zu, drehte sich um und rannte ins Wasser. Ihr ganzer Körper vibrierte vor Erregung, und sein Anblick ließ sie sich auf die Unterlippe beißen. Gott, war er heiß! ... Und sie so scharf wie noch nie. Milla schüttelte den Kopf. Nick hatte recht: Sie brauchte dringend eine Abkühlung.

Kapitel 13

„Und, mein Schatz? Wie fandst du dein erstes Sommerfest auf Gracewood?" Max zog Liz auf seinen Schoß. Er hatte auf den Terrassenstufen gesessen und beobachtet, wie die Aussteller die letzten Kisten in ihre Wagen räumten, als Liz an ihm vorbeistürmen wollte.

„Es war wundervoll! Ich habe so tolle Fotos gemacht! Die Community ist hin und weg, dabei haben sie erst einen Bruchteil gesehen", schwärmte Liz. „Und stell dir vor! Ich habe Nigels Horrorbraut kennengelernt, nur dass sie jetzt gar nicht mehr furchterregend ist."

Max zog skeptisch eine Augenbraue hoch.

„Na ja, gut", lenkte Liz ein. „Es ist schon ganz schön verrückt, eine Woche vor der Feier alles umzuschmeißen und die Hälfte der Gäste wieder auszuladen, aber sie ist total nett. Sie möchte, dass ich an ihrem großen Tag die Fotos mache."

„Das ist nicht ein wenig exzentrisch, sondern total irre", stellte Max klar. „Auch wenn ich mich natürlich für dich freue, dass du einen neuen Auftrag bekommen hast." Er gab ihr einen Kuss.

„Ganz ehrlich? Ich finde es mutig von Mindy, sich zu trauen, zu ihren Werten zu stehen und das zu machen, was sie für richtig hält." Liz richtete sich ein wenig auf.

„Zumindest behält sie den Verlobten ...", bemerkte er trocken. Dann fiel ihm etwas ein. „Ich hoffe, unsere Hochzeit passt zu deinen Werten oder muss ich mir Sorgen machen?"

Liz lachte. „Du kannst ganz beruhigt sein, mein Schatz. Ich stehe zu meinen Wünschen und deine kenne ich auch."

„Ich wünsche mir nur, dass du für den Rest meines Lebens an meiner Seite bist", antwortete er leise und küsste sie wieder.

Entzückt legte sie die Arme um ihn. Immer wieder kamen ihm solche liebevollen Sätze ganz natürlich über die Lippen. Was hatte sie für ein Glück mit diesem Mann.

„Wo ist eigentlich Lilly?", fragte sie plötzlich. Sie hatte die Kleine schon eine Weile nicht mehr gesehen und ihr Herz begann schneller zu schlagen.

„Die Kinder pflückten im Obstgarten mit Mr. Cuthbert Beeren – eine feste Tradition am Sommerfest", erklärte er und drückte Liz an sich. Er hatte ihren besorgten Blick bemerkt. Sein Herz machte jedes Mal einen Hüpfer, wenn er sah, wie seine Tochter und seine Verlobte miteinander umgingen. Es war Liebe auf den ersten Blick gewesen. „Mach dich schon mal auf den tollsten Nachtisch aller Zeiten gefasst. Er wird dir den Abschied und die Heimfahrt versüßen", versprach Max mit leuchtenden Augen.

„Ich will noch gar nicht weg. Es war so ein schönes Wochenende ..." Liz kuschelte sich an ihn.

Die Sonne stand mittlerweile deutlich tiefer und die flirrende Hitze war einer angenehmen Sommerwärme gewichen.

„Dann bleibt doch noch." Richard stand auf einmal hinter ihnen, ein großes Glas von Mrs. Cuthberts Eistee in der Hand. „Ihr könnt doch auch morgen früh noch zurückfahren."

„Das ist eine gute Idee", meldete sich Vivien zu Wort. Auch sie hatte ein Glas Eistee dabei. „Dann können wir heute ganz in Ruhe gemeinsam zu Abend essen."

„Ich weiß nicht ... Ich habe noch so viel zu tun. Durch den Umzug ist einiges liegengeblieben", gab Max zu bedenken und Liz nickte zustimmend.

„Geht doch jetzt hoch und arbeitet bis zum Dinner. Dann könnt ihr immer noch entscheiden, was ihr machen wollt", schlug Vivien vor. „Wir passen auf Lilly auf."

„Hast du deinen Rechner mit?", wandte sich Liz an Max.

„Du kennst mich doch", gab er grinsend zu.

„Und was ist mit Nora und Tim?", wollte Liz wissen.

182

„Wir fahren heute spät abends. Die Kinder bleiben hier", erklärte Nora, die in diesem Moment ebenfalls mit einem Glas in der Hand auftauchte. „Diese Woche beginnt die Tour und Tim muss arbeiten."

„Wieso habt ihr alle das Gleiche zu trinken?" Liz sah sie fragend an. „Ist das was Besonderes?"

„Möchtest du auch etwas?", fragte Max.

„Ja, bitte!" Liz lächelte und rutschte von seinem Schoß.

Max gab ihr einen schnellen Kuss und ging mit großen Schritten nach drinnen.

„Also bleibt ihr?", erkundigte sich Richard.

„Ja, sieht ganz so aus." Liz strahlte. „Dann gehe ich ihm mal hinterher ... Aber ist es wirklich okay, wenn wir euch mit dem Chaos hier unten alleinlassen?"

„Wir haben es euch doch angeboten", erinnerte Richard, und Vivien ergänzte: „Wir haben euch gern hier."

***

„Wann fliegst du wieder zurück?", erkundigte sich Nick möglichst beiläufig. Millas Kopf lag auf seiner Schulter und er spielte mit ihren meerwasserfeuchten Haaren. Sie hatten sich nicht nur abgekühlt, sondern im Wasser getobt wie die Teenager, bis ihre Lippen ganz blau waren und sie bibberten. Nun lagen sie aneinander geschmiegt in der Sonne und wärmten sich wieder auf.

„Am Ende der Woche", antwortete sie leise. „Und du? Wann geht es für dich weiter?"

„Am Ende der Woche ..." Er musste widerwillig schmunzelnd. „Ich habe ein Shooting in Kapstadt."

„Freust du dich darauf?", wollte sie wissen.

„Ich liebe meinen Job. Ich komme viel herum, lerne tolle Menschen kennen. Würde ich in einem Büro arbeiten, hättest du mir keine pinke Farbe ins Gesicht malen können." Er grinste. „Ich wollte schon immer Pink tragen."

Milla gluckste.

„Ja, es stand dir ganz hervorragend."

„Als hätte ich es geahnt." Zufrieden gab er ihr einen Kuss auf die Schläfe. „Ich bin sehr froh, dass du dort warst", sagte er leise.

„Ich auch", antwortete sie.

„Jedenfalls habe ich danach ein paar Tage frei, bevor ich nach Berlin muss", nahm Nick den Faden wieder auf.

„Bitte tu das nicht!", unterbrach Milla ihn entschlossen und setzte sich auf.

„Was denn?" Nick runzelte die Stirn und tat es ihr gleich.

„Versprechungen machen, Pläne schmieden", erklärte sie und hob hilflos die Schultern.

„Denkst du, ich halte meine Versprechen nicht?" Es verletzte Nick, dass sie scheinbar direkt davon ausging. Es traf einen wunden Punkt. Das Blut begann schneller durch seine Adern zu rauschen.

„Nick, nein!", rief sie aus und berührte ihn sacht. „Ich glaube dir, dass du es wirklich willst! Aber ich ..." Sie stockte. Es tat ihr weh, es auszusprechen. „Ich könnte es nicht ertragen, wenn wir irgendwann immer weniger miteinander telefonieren, schreiben und uns sehen ... Wenn es langsam im Sande verläuft." Ihre Stimme wurde immer dringlicher: „Und das wird es. Unweigerlich. Eben weil der Alltag dazwischenkommt. Und die vielen Kilometer." Sie sah ihn beschwörend an.

Wie konnte sie da so sicher sein? Wie konnte sie es beenden, bevor es überhaupt begonnen hatte?! Er verstand es einfach nicht. Am liebsten wäre er aufgesprungen und hätte sie mitgerissen, damit sie aufhörte, solche Dinge zu sagen.

„Aber Milla, wir ..."

Sie ließ ihn nicht zu Wort kommen.

„Nick, bitte! Es ist mein Traum, diese Pension zu eröffnen. Ich könnte es mir nie verzeihen, wenn ich es nicht wenigstens versucht hätte. Und du? Du bist so frei wie der Wind ..." Ihre Stimme brach. Sie atmete hastig ein, musste es zu Ende bringen. „Das ist dein Traum. Wie könnte ich meinen leben und von dir verlangen, deinen aufzugeben?!" In ihren Augen begann es verdächtig zu glitzern und sie nahm seine fassungslose Miene wahr. Sie wollte ihn nicht verletzen, im Gegenteil. „Können wir bitte einfach die Tage genießen, die wir haben, ja?", sie flüsterte nun fast, weil sie ihrer Stimme nicht mehr traute.

Kaum hatte Milla ausgesprochen, da hielt er sie auch schon in seinen Armen. Er konnte es nicht ertragen, sie so traurig zu sehen.

„Sssch ... nicht weinen. Milla, Schatz, es ist doch alles gut", murmelte er beruhigend und streichelte ihr dabei über den Rücken. Sie versuchte Luft zu holen und verschluckte sich dabei an ihren Schluchzern. „Alles ist gut", murmelte er wieder und wieder. Und es war ja auch alles gut – richtig gut sogar, denn sie waren zusammen und er schwor sich, er würde alles tun, damit auch in Zukunft alles gut werden würde. Er wusste zwar noch nicht wie, aber das würde er schon noch herausfinden.

Als sich ihr Atem wieder beruhigt hatte, nahm er ihr Gesicht zwischen seine Hände und lächelte sie aufmunternd an.

„Wir machen das so, wie du möchtest, okay? Wir genießen unsere gemeinsame Zeit." Er nickte und küsste ihre Tränen weg. „Man soll doch ohnehin mehr im Hier und Jetzt leben", scherzte er und zwinkerte.

Milla musste lachen. Der ganze Druck, den sie gerade noch gefühlt hatte, verflüchtigte sich. Sie nickte.

„Ja, lass uns jeden Moment auskosten." Und wie um ihre Worte zu unterstreichen, knurrte ihr Magen laut und vernehmlich.

Kapitel 14

Der große Terrassentisch bog sich beinahe unter den Leckereien, die Mrs. Cuthbert wieder einmal gezaubert hatte. Knuspriges Brot, selbst gemachte Kräuterbutter, Tomaten und Gurken aus dem Garten, Wassermelonensalat mit Feta und Avocado und verschiedene Dips und Relishes standen bereit und warteten auf die Familie. Vivien und Nora hatten Tisch und Terrasse sommerlich dekoriert. Kleine Kräuter- und Blumensträuße sowie unzählige Windlichter in allen Formen und Größen bezeugten die Dekofreude der beiden Frauen. Nichts ließ mehr darauf schließen, dass noch vor ein paar Stunden Hunderte fremder Menschen über das Gelände gelaufen waren. Die Bedfords liebten beides gleichermaßen: große Feste ausrichten, aber auch das Zusammensein untereinander.

Liz hatte diese besondere Atmosphäre bei ihrem ersten Besuch im Dezember sofort gespürt, und heute konnte sie ihr Glück kaum fassen, dass diese Menschen ihre zweite Familie geworden waren.

Jetzt stand sie vor dem reich gedeckten Tisch und strahlte vor sich hin. Sie hatte in den letzten Stunden richtig viel geschafft. Der Fokus ihres Blogs hatte sich mit dem Umzug nach London etwas verschoben – einige Kooperationspartner hatten die Verträge nicht verlängert, neue waren dazugekommen und zusätzlich hatte sie plötzlich Tausende neue Projektideen im Kopf. Sie wusste gar nicht, womit sie zuerst anfangen sollte. Und dann waren da noch Max und Lilly. Sie hatte von jetzt auf gleich eine Familie bekommen, für die sie natürlich auch Zeit haben wollte. Max war großartig, wenn es um die Absprachen ihres gemeinsamen Lebens ging. Er war sehr darauf bedacht, sie in sein und Lillys Leben zu integrieren, ohne ihr zu viele Pflichten aufzubürden. Wenn sie überlegte, wie viele Stunden sie in den letzten Monaten geredet hatten ... Zu behaupten, dass diese Gespräche immer einfach waren, wäre gelogen, aber sie hatten Vertrauen zueinander, konnten miteinander lachen und sie beide wollten, dass sie zusammen mit Lilly glücklich waren. Liz seufzte, sie war wirklich ein Glückskind.

In diesem Moment kam jemand, dem sie mindestens genauso viel Glück wünschte. Sie hob lächelnd den Arm und winkte. Wenn sie sich eine Frau für Nick hätte aussuchen sollen, dann wäre es eine wie Milla gewesen. Sie passten nicht nur äußerlich gut zusammen, sie interessierten sich auch für die gleichen Dinge – das hatte Liz bei der Baderunde herausgehört. Gut, Nicks Entdeckerdrang war groß und Milla träumte von einem Heim mit Familie, aber Liz war überzeugt davon, dass sie das unter sich regeln würden. Seit sie ihre gemeinsame Geschichte kannte, war sie sogar davon überzeugt, dass sie füreinander bestimmt waren.

„Ihr kommt genau richtig!", rief sie ihnen entgegen und registrierte voller Freude, dass sie sich an den Händen hielten. „Das Abendessen ist fast fertig."

„So war das gedacht", antwortete Nick grinsend. „Ehrlich gesagt hatte ich schon Sorge, es könnte nicht fertig sein – Millas Magen knurrt wie ein ausgewachsener Löwe."

„Entschuldigung?! Und was ist mit dir?" Milla schaute überrascht zu ihm auf.

„Was soll mit mir sein? Ich bin schließlich ein Mann." Er zeigte ihr sein Lausbubenlächeln.

„'Macho' wolltest du wohl sagen", gab Milla schlagfertig zurück.

„*Wie* hast du mich genannt?" Gespielt streng sah er sie an und Milla ließ lachend einen Schwall schwedischer Worte auf ihn niederprasseln. Noch bevor sie fertig war, hatte er sie schon an zu sich gezogen und geküsst.

Liz wurde ganz warm ums Herz, als sie die beiden sah. Unauffällig zählte sie die gedeckten Teller. Sie reichten aus.

„Liz! Liz!" Lilly stürmte auf die Terrasse. „Du musst dir den Nachtisch ansehen, den wir gemacht haben! Oh, hallo Nick!" Sie blieb stehen und musterte das Paar. „Ist das deine Freundin?"

„Hallo Lilly, ja, das ist Milla", erklärte Nick. „Milla, das ist Lilly, die Tochter von Max."

„Hallo!" Lilly streckte Milla ihre Hand hin. „Liz wird meine Stiefmutter", erklärte sie und lächelte Liz freudestrahlend an.

„Komm, du Frechdachs, zeig mir deinen Nachtisch." Liz hob Lilly schwungvoll hoch und trug sie lachend Richtung Küche.

***

Langsam verabschiedete sich der Tag und je länger die Schatten wurden, desto lauter und lustiger ging es an der langen Tafel auf der Terrasse von Gracewood Hall zu. Längst standen nur noch Gläser verschiedenster Art auf dem Tisch, und selbst in der großen Glasschüssel waren nur noch Reste des beerigen Nachtischs, den die Kinder mit Mrs. Cuthbert zubereitet hatten.

Nick und Liz hatten ihre Kameras hervorgeholt und zeigten gerade die Bilder vom Sommerfest auf einer Leinwand.

Milla genoss das Schauspiel. Sie hatte Bedenken gehabt, was die Familie zu ihr oder schlimmer noch, *über* sie, sagen würde. Aber niemand hatte auch nur eine Augenbraue gelüpft, als Nick sich neben sie setzte und seinen Arm um sie legte – im Gegenteil. Alle hatten sie behandelt, als würde sie schon seit Jahren dazugehören. Am Abend zuvor hatte sie noch gedacht, die entspannte Stimmung hätte nur an der Musik gelegen. Aber anscheinend waren die Bedfords wirklich eine Familie, in der jeder dem anderen nur das Beste wünschte. Wenn sie es nicht selbst sehen würde, sie würde es nicht glauben.

„O mein Gott! Bin ich das etwa?!", rief Nigel auf einmal. „Ich kann doch unmöglich so fett geworden sein!"

„Na ja ...", druckste Liz herum. Sie war es, die ihn in einem ungünstigen Augenblick erwischt hatte. „Du bist mir ins Bild gelaufen."

Nigel wandte sich empört zu Arthur um und boxte ihm an den Arm.

„Wie konntest du das nur zulassen?!"

„Ach Schatz, du hattest so viel Stress wegen der Hochzeit und ..."

Doch Nigel ließ ihn nicht ausreden.

„Dann hättest du mit mir joggen gehen ..."

Den Rest des Satzes verstand Milla nicht mehr, denn der gesamte Tisch wieherte vor Lachen. Selbst Nigels Eltern lachten aus vollem Hals. Nick wischte sich Lachtränen aus den Augen und nicht einmal Arthur konnte sich ein Grinsen verkneifen.

„Ihr werdet euch noch umsehen! Ich kann das auch! So schwer kann es nicht sein!" Nigel schickte böse Blicke an jeden einzelnen und langte über den Tisch zur Kamera. „Das lösche ich als Allererstes! Sofort!"

„Wehe, du fasst meine Kamera an!" Liz sprang auf. „Wenn, dann mache ich das!"

„Wenn du wirklich damit anfangen willst", mischte sich Milla ein, „dann macht es mehr Sinn, du lässt es dir ausdrucken. Als Motivation." Alle schauten sie an.

„Ich soll mir das da", Nigel zeigte auf die Leinwand, „also an den Kühlschrank pinnen?!"

„Wenn du bisher wenig Sport gemacht hast, brauchst du eine Motivation." Milla zuckte mit den Achseln. „Irgendwas, das dich an dein Warum erinnert."

Arthur, der Milla gegenübersaß, schickte ihr ein lautloses „Danke" herüber, und Nigel öffnete den Mund, um etwas zu erwidern, schloss ihn dann aber sofort wieder. In seinem Kopf begann es sichtbar zu arbeiten. Langsam setzte er sich wieder hin.

„Aber wehe, du zeigst es irgendwem!" Er sah zu Liz.

„Natürlich nicht!" Sie lächelte.

„Es haben eh alle gesehen", meinte Timothy trocken, wofür er ein paar Lacher erntete, aber Nigel beachtete sie gar nicht.

Max lehnte sich derweil zu Nick.

„Sie ist toll. Vermassel es bloß nicht wieder", raunte er.

„Hab ich nicht vor", knurrte Nick leise zurück, bevor Max mit Lilly im Arm aufstand.

„Es ist spät, Schlafenszeit für alle unter ein Meter fünfzig!" Er hatte gemerkt, wie nicht nur Lilly auf seinem Schoß immer schwerer wurde, auch Henrys Augen wurden langsam immer kleiner.

Claire hatte sich kurz hoffnungsvoll aufgerichtet und war dann sofort wieder zusammengesunken. So ein Mist – da fehlten einige Zentimeter. Sie war zwar groß für ihr Alter, aber so groß nun auch noch nicht.

Max lächelte ihr zu.

„Deine Zeit kommt schon noch."

„Gute Nacht, meine kleine Elfe", flüsterte Liz Lilly ins Ohr und gab ihr einen Kuss.

Auch Nora und Tim standen auf.

„Komm, Süße, ich bring dich hoch." Nora nahm ihre Tochter an die Hand und folgte den anderen nach oben.

„Möchte jemand noch etwas trinken?", fragte Arthur.

„Haben wir nicht noch was von Mildreds Eistee?", überlegte Vivien laut.

Während die anderen debattierten, ob es sich lohnte, jetzt noch eine Bowle anzusetzen, lehnte sich Nick zu Milla.

„Wie geht es dir?", fragte er leise. Ihr die ganze Zeit so nahe zu sein und sie dennoch nicht überall berühren zu können, zerrte langsam an seinen Nerven.

„Mir gehts gut. Du hast eine tolle Familie." Milla lächelte ihn warm an. „Tolle Fotos, übrigens!" Sie war wirklich beeindruckt – nicht nur von seinem und Liz' Talent, sondern auch davon, wie viel Herzblut sie in ihre Arbeit steckten. Überhaupt liebten alle Anwesenden das, was sie taten, das hatte sie an dem Fest gesehen. Hier auf Gracewood gab es keine Work-Life-Balance, auf die geachtet werden musste. Diese Menschen lebten ihr gesamtes Leben als eins. Sie trennten Leben und Arbeit nicht voneinander.

Millas Vater arbeitete auch viel, aber seine Art und Weise, dies zu tun, unterschied sich elementar von der der Bedfords. Bei ihm war es, als gäbe es für ihn nichts anderes auf der Welt. Und seit ihre *Mamma* gestorben war, fiel ihr auf, dass ihr Vater nicht auf ein Ziel zu, sondern viel mehr vor etwas wegrannte.

„Danke! Ich hatte aber auch großartige Motive", antwortete Nick und spielte auf die Bilder an, die er von Milla nach ihrer Yogastunde gemacht hatte. Liebevoll schob er ihr eine Haarsträhne hinters Ohr.

„Du weißt genau, was Frauen hören wollen, nicht wahr?" Sie schmunzelte.

Nick hob ergeben die Hände.

„Ich bin sicher nicht fehlerfrei, aber Lügen gehört nicht zu meinen Lastern."

Da war es wieder! Dieses Lächeln war ihr Untergang, dem sie sich freiwillig und voller Freude hingeben würde. Am liebsten sofort! Er machte keinen Hehl aus seiner Erfahrung und deswegen vertraute sie ihm, obwohl sie ihn kaum kannte. Aber wie schlimm konnte ein Mann mit dieser Familie schon sein?! Eben. Ohne es zu merken, biss sie sich auf die Unterlippe und erwiderte dann sein Lächeln. Nick rutschte ein wenig näher an sie heran. Milla roch nach einer frisch gemähten Sommerwiese.

„Ich glaube, ich habe dir das Haus noch gar nicht richtig gezeigt, oder?", flüsterte er heiser. Wie von selbst begannen seine Finger Kreise auf ihrem nackten Knie zu zeichnen. Ein Beben durchlief ihren Körper, als auch noch sein Atem ihren Hals streifte. Es war, als schickte er Stromstöße in ihr Innerstes und entfachte damit die Glut, die schon seit zwei

Tagen in ihr schwelte. Sie atmete tief ein und langsam wieder aus.

„Wäre das nicht ein wenig auffällig?" Sie deutete vorsichtig in Richtung seiner Familie.

Grinsend schüttelte er den Kopf.

„So wie ich sie kenne, wundern sie sich längst, warum wir noch hier sitzen."

Milla spürte, wie sie rot wurde, und sah in Nicks belustigt funkelnden Augen, dass er es trotz der spärlichen Beleuchtung auch sah. Wie peinlich ... das war ihr seit Jahren nicht mehr passiert. Aber ihr hatte ja auch seit Jahren kein Mann mehr so gut gefallen, und außerdem war ihr noch keiner untergekommen, der so offen damit umging.

„Wenn du nicht möchtest, musst du es nur sagen. Dann bleiben wir hier, genießen den Abend und ich fahre dich später zu Bree." Er sah sie aufmerksam an.

Millas Herz, Verräter, das es war, machte sich los und flog ihm zu.

„Wir hatten abgemacht, dass wir unsere gemeinsame Zeit genießen", erinnerte sie ihn lächelnd.

Seine Augen blitzten auf und er griff nach ihrer Hand.

„Dann komm mit!", sagte er, und es klang wie ein Versprechen. Mit der ihm ganz eigenen Selbstverständlichkeit zog er sie hoch.

„Ach, ihr geht schon?", fragte Vivien.

„Ja, der Tag war lang", antwortete Nick entspannt.

„Und die Nacht wird noch länger ...", feixte Nigel.

„Neidisch?", konterte Nick und zog die Augenbrauen hoch.

„Niemals!", rief Nigel theatralisch und schüttelte sich. Anschließend warf er Milla eine Kusshand zu.

Sie schmunzelte, sie hatte ihn verstanden.

„Gute Nacht!", wünschte sie in die Runde.

„Gute Nacht!" erwiderten sie, und Vivien schob ein „Schlaft schön!" hinterher.

Milla konnte es nicht glauben. Nick hatte recht behalten – selbst seine Mutter ging mit ihrer Anwesenheit ganz locker um. Wahnsinn! Da hatte sie schon ganz andere Mütter erlebt.

Milla war so in Gedanken, dass es sie völlig überrumpelte, als er sie im Haus in eine dunkle Ecke zog und küsste. Sein Begehren, das er seit Stunden zurückgehalten hatte, brach sich nun Bahn. Es raubte ihm schier den Atem sie endlich so nah zu spüren.

Milla war, als hätte er ein Feuer in ihr entzündet. Überall wo er sie berührte, spürte sie die Flammen seiner Begierde und sie wollte noch mehr.

Er presste sie an sich und vergrub seine Hände in ihrem Haar. Er war wie ausgehungert. Doch bevor er sie endgültig verschlingen würde, nahm er ein wenig Abstand. Er wollte sie genießen.

„Das Haus ist wirklich wunderschön: lauter dunkle Ecken", begann er. „Es gibt nur einen Haken. Es hat entsetzlich viele Treppenstufen."

„Was?" Millas Verstand kämpfte sich mühsam wieder an die Oberfläche. Wovon redete er und wieso redete er überhaupt?

„Es gibt keinen Aufzug", erläuterte er und zog mit seinem Zeigefinger ihr Schlüsselbein nach.

„Okay." Es war ihr egal. Sie zog ihn zu sich und küsste ihn. Hauptsache, er hörte auf zu reden und machte mit den wirklich wichtigen Dingen weiter.

Nick stöhnte in ihren Mund. Diese Frau machte ihn fertig. Sie mussten nach oben, sonst würde er sie mitten im großen Saal nehmen.

„Milla, warte ..." Er schob sie einen Zentimeter von sich.

Milla blinzelte.

„Ja?"

„Ganz so locker ist meine Familie nun auch wieder nicht, dass sie es toll finden würde, uns beim Sex zu beobachten", raunte er.

„Okay. Wohin?"

„Ganz. Nach. Oben." Nick nahm ihre Hand und zog sie mit sich. Eilig durchquerten sie die Halle, die nur spärlich beleuchtet war, und lief zielstrebig nach links.

Die imposante Treppe war aber rechts, wie Milla verwundert feststellte. Nick steuerte direkt auf die Wand zu. Gab es in diesem unglaublichen Haus etwa auch noch einen Geheimgang?! Prompt fielen ihr die Geschichten ein, die sie als Kind verschlungen hatte.

„Ah! Wie cool! Eine Geheimtür in der Wand!", quiekte sie und strahlte übers ganze Gesicht.

Grinsend wandte er sich um.

„Es ist das Dienstbotentreppenhaus." Er trat mit ihr ins Dunkel und zog sie wieder in seine Arme. Seine Lippen fanden die ihren und sämtliche Gedanken an Kinderbücher waren wieder weg. Seine Hände wanderten ihren Rücken entlang, zu ihrem Po. Sie stöhnte und rieb ihr Becken an seiner deutlich spürbaren Erregung.

„Wo ist dein Handy?", fragte er rau.

„Willst du jetzt etwa ein Selfie machen?!", fragte sie verwirrt.

„Nein, Licht!", antwortete er halb verzweifelt.

Der mangelnde Schlaf, die Hitze und die Aufregungen des Tages brachen sich Bahn. Sie prustete los.

„Keine Ahnung!"

Widerwillig musste er mitlachen. Was für eine absurde Situation! Irgendwo gab es hier einen Lichtschalter, aber der war so blöd angebracht, dass er sich nie erinnern konnte, wo. Dann musste es eben so gehen.

„Wir werden den Weg schon finden, meinst du nicht?", fragte Milla mit einem Grinsen in der Stimme.

„Zu demselben Schluss bin ich auch gerade gekommen", erwiderte er ungeduldig. Er küsste sie wieder, konnte einfach nicht anders und hob sie hoch. Sie schlang sofort ihre langen Beine um ihn.

„Warum habe ich mein Zimmer nicht im Keller?",
stöhnte er an ihren Lippen und begann mit dem Aufstieg
ins Dachgeschoss.

***

Sie wusste nicht, was sie erwartet hatte, aber ganz sicher
nicht das unglaubliche Loft, in dem sie jetzt stand.

„Sorry Babe, aber hier muss dringend frische Luft rein."

Milla stellte fest, dass er trotz der vielen Treppen
erstaunlich wenig außer Atem war, und beobachtete, wie er
ein Dachfenster nach dem anderen öffnete. Wie schon den
ganzen Tag immer wieder ließ sie ihren Blick erneut
bewundernd über seinen muskulösen Körper gleiten.
Langsam und verheißungsvoll strömte die laue Nachtluft in
den Raum. Entschlossen zog sie Top und Shorts aus und
den BH gleich mit. Sie wollte ihn mit einer Intensität, die
sie selbst überraschte.

„Willst du noch etwas trinken?" Er drehte sich zu ihr um
und blinzelte. Mit allem hatte er gerechnet, nur nicht
damit, sie fast nackt zu sehen. Er wurde sofort steinhart.

Milla schüttelte den Kopf und ging langsam auf ihn zu.
Sein Blick ließ sämtliche Zweifel, die gerade noch
angeklopft hatten, in ihr verstummen. Nick stand einen
Augenblick vor ihr und bewunderte stumm ihren Körper.
Sie lächelte verheißungsvoll und kam noch einen Schritt
näher. Ein kühler Luftzug fuhr um sie herum und liebkoste
ihre Haut. Ihre Knospen richteten sich ein wenig mehr auf,
und er erwachte aus seiner Starre. Endlich zog er sein Shirt
aus und trat einen Schritt auf sie zu.

„Du bist wunderschön", flüsterte er. Dann küsste er sie
sanft. Mit langsamen Bewegungen strich er über ihre Arme,
ergriff ihr Hände und legte sie auf seine Brust. „Ich kann
kaum glauben, dass du hier bist."

Sie spürte seinen Herzschlag. Seine zärtlichen Worte
berührten ihr Herz und heizten ihre Lust nur noch mehr

an. Sie gab dem Drängen in ihrem Innern nach und strich erst sacht über seine starke Brust, bevor sie sich zielstrebig am Bund seiner Shorts zu schaffen machte.

„Ich will dich! Jetzt!", flüsterte sie an seinen Lippen.

Endlich hatte sie sämtliche Knöpfe geöffnet und befreite seine harte Männlichkeit. Nick stöhnte auf. Eine solch gierige Zielstrebigkeit hatte er von ihr, vor allem nach dem Ereignis im Küchengarten, nicht erwartet. Sie küsste ihn leidenschaftlich. Diese Frau machte ihn ganz ...

„Ich hoffe, du bist vorbereitet", flüsterte sie an seinen Lippen, während sie sich gleichzeitig an ihm rieb.

„Am Bett." Er nickte knapp und zog sie wieder an sich. Während er seine ganze Begierde in den Kuss legte, wanderten seine Hände ihren Rücken hinab zu ihrem wundervollen Po. Wieder hob er sie hoch und ließ seine Finger, während er auf das Bett zuging, unter ihren Slip wandern. Überrascht keuchte sie auf und seine Augen funkelten. Ja, auch er hatte ein paar Tricks auf Lager. Eine Sekunde später, als er ihre überbordende Feuchte spürte, waren alle Kniffe, die er kannte, vergessen. Sein Handeln wurde nur noch von dem Wunsch, sich in ihr zu versenken, bestimmt.

Allein seinen Finger in sich zu spüren entzündete die ersten kleinen Feuerwerke in Milla und sie keuchte auf. Sie spürte ihn überall, aber es war noch nicht genug. Während sie vor ihm lag und er noch mit dem Kondom hantierte, konnte sie nicht anders und berührte sich selbst. Als er so weit war und es sah, weiteten sich seine Augen überrascht. Spontan saugte er fest an ihren harten Spitzen, die sich ihm genauso gierig entgegenreckten, wie ihr Becken. Jeder Gedanke an Zärtlichkeit war wie weggeblasen, als sie ihm ihre Fingernägel in die Schultern bohrte. Ihre türkisgrünen Augen blitzten ungeduldig auf. Mehr war nicht nötig. Mit einem kräftigen Stoß war er in ihr. Wieder und wieder ließ er sie seine ganze Größe spüren, und sie wusste nicht mehr, wo oben und unten war. Sie hörte sich selbst schreien und konnte doch nicht damit aufhören. Alles war Empfindung. Grenzen verschwammen. Die Geräusche der Nacht wurden zu Musik. Farben liefen vor ihrem inneren Auge ineinander, wurden zu einer Sinfonie aus Licht und Leben, als die Welt in ihr zusammenbrach und auch er nur Augenblicke später Erlösung fand. Tränen liefen Milla unkontrollierbar über die Wangen, ihr Atem ging abgehackt. Sie konnte kaum glauben, was eben passiert war. So schnell war sie noch nie in ihren ganzen 28 Jahren gekommen – und so intensiv erst recht nicht.

Aufgestützt lag er über ihr und schaute sie an. Er wollte sich noch nicht zurückziehen und küsste sanft ihr Gesicht. Auch er hatte so etwas noch nicht erlebt. Plötzlich fing sie an zu beben. Ein leises Kichern durchlief ihren Körper.

„Was ist so lustig?"

„Ich war sechs Monate in einem indischen Ashram und habe täglich meditiert. Aber so frei und so im Einklang mit mir und der Welt wie in diesem Augenblick habe ich mich in der ganzen Zeit nicht gefühlt." Sie prustete los und er zog sich aus ihr zurück.

„Ich nehme das mal als Kompliment", meinte er und stand lässig grinsend auf. Er musste ins Bad und danach dringend etwas trinken.

„Bitte", meinte sie großmütig. „Das steht dir frei."

„Oh, vielen Dank", gab er schmunzelnd zurück.

Milla lächelte ihn raffiniert an.

„Gern geschehen!"

Als er zurückkam, musterte er sie, wie sie sich in seinem Bett räkelte. O ja, er sah es ihr an, wie wohl und im Einklang sie sich fühlte und sein Herz wurde weit. Mit einem großen Glas Wasser kam er zu ihr. Während sie trank, ließ er seinen Blick über ihren glänzenden nackten Körper schweifen.

„Ich denke, ich werde mich für deine Großmut revanchieren." Er kniete sich vor sie hin, stellte das Glas beiseite und zeigte ihr ein listiges Lächeln, das sie noch nicht kannte. „Es ist Zeit, dass ich mich deinem Körper etwas ausgiebiger widme ...", sagte er heiser und begann, kleine Küsse auf die Innenseiten ihrer Oberschenkel zu hauchen.

„Steckt in diesem Gedanken nicht ein Logikfehler?", wandte sie ein und legte die Stirn in Falten.

„Ich glaube nicht, dass das in den nächsten Stunden von Belang ist." Nick war mit seinen Küssen immer höher gewandert. Sein Atem streifte ihre Perle und Milla schauderte voller Wonne.

„Stunden, ja? Ist das ein Versprechen?" Ihre Augen funkelten übermütig.

Nick hob den Blick und sah sie an.

„Darling, das ist sogar ein Gelöbnis."

Diese Mal war es anders, noch intensiver, aber weniger drängend. Mit jeder sanften Berührung von ihm, wurde sie weicher. Jeder Kuss ließ die Flammen in ihr heller werden, bis sie nur noch Licht war. Er spielte ihren Körper wie ein kostbares Instrument, und die Musik umhüllte sie beide wieder und wieder, bis der Nachtwind sie schließlich davontrug.

Irgendwann in dieser Nacht, als er ihrem herrlichen Körper huldigte und sie wieder und wieder liebte, wurde es ihm klar: Sie war sein Ankerpunkt, das Zuhause, nach dem er sich immer gesehnt und das er nie gefunden hatte. Die Suche hatte ihn dreimal um den gesamten Erdball geschickt und endlich wusste er, es war nicht umsonst gewesen. All der Schmerz und die Einsamkeit hatten ihn hierher geführt, hatten *sie* zu ihm geführt.

***

Milla erwachte am nächsten Morgen viel zu früh, denn keiner von ihnen hatte die Fenster geschlossen oder gar die Rollladen heruntergelassen. Die Vögel des Waldes sangen den rotgoldenen Strahlen der aufgehenden Sonne ihr Morgenkonzert, die Luft war noch erfrischend kühl. So leise wie möglich stand Milla auf und ging ins angrenzende Bad, das überraschend großzügig und hochwertig ausgestattet war. Aus dem großen Spiegel über dem Waschbecken blickte ihr eine ganz andere Milla entgegen als sonst. Es klang abgedroschen, aber eine bessere Beschreibung fiel ihr nicht ein: Sie strahlte.

Kopfschüttelnd, aber sehr glücklich verließ sie das Bad wieder und stellte sich an eines der vielen offenen Fenster. Erfüllt und voller Dankbarkeit atmete sie tief ein und aus. War das herrlich! Genau so wollte sie jeden Morgen aufwachen.

Sie fühlte seine erwachende Präsenz, bevor sie ihn aufstehen hörte. Augenblicklich war da ein Sehnen in ihr, als würden ihre beiden Körper auf einer gemeinsamen Frequenz schwingen.

„Guten Morgen", flüsterte er und umarmte sie von hinten.

Sein bettwarmer Körper jagte ihr unversehens Schauer über ihren Rücken.

„Wenn du jetzt wieder ins Bett kommst, zeige ich dir morgen am schönsten Platz der Welt den Sonnenaufgang", versprach er ihr und hauchte kleine Küsse auf ihre Schulter. Seine Hände umfassten ihre Brüste und reizten ihre empfindlichen Knospen aufs Neue. Unfähig zu einer Antwort stöhnte sie auf und ließ den Kopf gegen seine Brust fallen. Auch, wenn es anders wirkte: In Wirklichkeit war *er* ihr hilflos ausgeliefert. Statt mit ihr zurück ins warme Bett zu gehen, konnte er die Hände nicht von ihr lassen. Wie im Fieber berührte er sie überall. Die kühle Morgenluft heizte das schwelende Feuer in ihnen nur noch mehr an, und so huldigten sie dem erwachenden Leben um sie herum auf ihre ganz eigene Art.

Kapitel 15

Stunden später erwachte Milla erneut – diesmal war das Licht gedämpft. Nick musste irgendwann die Rollläden heruntergelassen haben. Sie hatte keine Ahnung, wie spät es war. Nicht dass es eine Rolle spielte – die gemeinsam verbrachte Nacht hatte ihr gut getan. Sie fühlte sich gleichzeitig geerdet und leicht wie eine Feder, voller Energie, aber ohne den Drang, sofort aus dem Bett zu springen. Zufrieden kuschelte sich Milla mit dem Rücken an seine Seite. An solche Morgen konnte sie sich wirklich gewöhnen.

Nick spürte ihre Regungen und erwachte langsam. Er hatte wunderbar geschlafen, mit ihr in seinen Armen. Scheinbar harmonierten ihre Körper auf allen Ebenen miteinander. Er vergrub seine Nase in ihrem Haar und sog ihren unverwechselbaren Duft ein. Sie roch wirklich nach einer frisch gemähten Sommerwiese, auch wenn er sich nicht erklären konnte, wie das möglich war.

„Hmmm ..."

Milla drehte sich zu ihm um. „Was tust du da?"

„Ich schnuppere an dir", antwortete Nick entspannt und lächelte.

Würde sie jemals genug von diesem Lächeln bekommen?

„Du bist schon ein wenig merkwürdig, weißt du das?"

„Ich bin Brite. Wir haben nun mal die Angewohnheit, exzentrisch zu sein. Das liebt die Welt an uns", erklärte er und stützte sich auf, damit er sie besser ansehen konnte.

Milla verdrehte schmunzelnd die Augen.

„Ja, ist klar ..."

„Ich finde, du bist ganz schön unhöflich deinem Gastgeber gegenüber", stellte er gespielt streng fest.

„Ich finde, der Gastgeber vernachlässigt seine Pflichten", gab sie schlagfertig zurück.

„Tatsächlich?" Er zog die Augenbrauen hoch, beugte sich über sie und zog ihr mit einem Ruck die Bettdecke weg.

„Gerade hier", er leckte über ihre zart geröteten Knospen und Milla stöhnte auf, „und hier", seine Hand wanderte langsam über ihren Bauch hinunter zu ihrer nicht minder empfindsamen Mitte, „erkennt man ganz deutlich die Hingabe des Gastgebers."

Milla holte keuchend Luft. Sie hatte gar nicht gemerkt, dass sie den Atem angehalten hatte. Sie griff nach seiner Hand und zog sie zu ihrem knurrenden Magen.

„Ich meinte eher die kulinarische Versorgung."

„Du hast also Hunger", übersetzte er.

„Du nicht?" Ungläubig sah sie ihn an.

„Nur auf dich", säuselte er und begann ihren Bauch zu küssen.

Lachend ließ sie sich nach hinten fallen.

„Du bist so ein Spinner!"

***

„Guten Morgen!", rief Nick gutgelaunt, als er mit Milla die Terrasse betrat.

An solch schönen Sommermorgen deckte Mrs. Cuthbert den Frühstückstisch immer draußen. Wundersamerweise waren noch alle versammelt und genossen das Zusammensein. Er stutzte kurz, als er Max und Liz sah.

„Wolltet ihr nicht früh los?"

„Erwischt!", lachte Liz und Max erläuterte: „Wir haben uns gegen den Berufsverkehr entschieden und für mehr Entspannung."

„Das klingt nach einer guten Idee." Milla lächelte Liz warm an und setzte sich auf den gleichen Platz, auf dem sie auch gestern Abend gesessen hatte.

„Milla, möchtest du Tee oder Kaffee?", fragte Arthur aufmerksam, während Nick ihr bereits ein Brötchen reichte.

„Kaffee, bitte!" Milla reichte ihm ihre Tasse. Wieder gab es von allem reichlich. Sie ließ den Blick schweifen und entschied sich als erstes für Rührei und Tomaten.

Schmunzelnd beobachten die anderen, wie Nick sich seinen Teller belud. Nur Richard war kurz davor, seinen jüngsten Sohn an seine Manieren zu erinnern. Aber ein leichtes Kopfschütteln von Vivien stoppte ihn.

„So, ihr Süßen, was wollen wir heute machen?", fragte sie ihre Enkelkinder.

„Reiten!"

„Angeln!"

„Baden!"

„Können wir Marshmallows und Stockbrot machen?"

Claire und Henry waren Feuer und Flamme – die Ideen sprudelten nur so aus ihnen heraus. Lilly saß still auf ihrem Platz und trank ihren Kakao.

Milla bemerkte, wie Liz sich zu ihr hinunterbeugte und ihr etwas ins Ohr flüsterte, woraufhin sich Lillys Miene schlagartig aufhellte. Auch Vivien hatte das gesehen.

„Lilly, was hältst du davon, diese Woche ebenfalls hierzubleiben und uns Gesellschaft zu leisten?" Als Claire das hörte, rief sie begeistert: „O jaaa! Juchu!"

Lillys Augen begannen zu strahlen.

„Darf ich, Dad?"

„Wenn du möchtest." Max nickte.

Dann fiel Lilly etwas ein. Sie wandte sich an Liz.

„Bist du böse, wenn wir unseren Ausflug verschieben?"

Liz lächelte sie warm an.

„Nein, mein Schatz. Wenn du gern mit Claire und Henry Ferien auf Gracewood machen möchtest, dann ist das vollkommen in Ordnung für mich."

„Ja, ich möchte sehr gern hierbleiben!" Sie schaute Vivien an und nickte eifrig.

„Wundervoll! Dann gehen wir Mädels nach dem Frühstück zu den Pferden. Ich denke, ein Ausritt bei dem schönen Wetter wird uns allen guttun."

Die Mädchen strahlten sich verschwörerisch an.

Richard stupste seinen Enkel sanft an.

„Und wir zwei Männer gehen angeln und sorgen für das Essen!"

Henry schaute bewundernd zu ihm auf.

„Ja, *Grandpa,* das machen wir!"

Nick hatte Millas Reaktion beobachtet und drückte ihr Knie unter dem Tisch. Sie hatte es nicht expliziert gesagt, aber er ahnte, dass Millas eigene Familienverhältnisse nicht ganz so harmonisch waren. Er beugte sich zu ihr und flüsterte: „Du wirst sehen, in einer Woche sind meine Eltern vollkommen k.o. gespielt."

Gut gelaunt und dankbar für seine Aufmerksamkeit, lehnte sie sich an ihn. Allmählich hatte sich das Loch in ihrem Magen gefüllt und sie konnte den Sommermorgen mit den Bedfords richtig genießen. Sie überlegte gerade, ob sie statt vieler kleiner Tische auch einen einzigen großen für ihre Pension anschaffen sollte, als ein Wagen vorfuhr und sie das entschlossene Zuschlagen einer Autotür hörten.

„Wer kommt denn jetzt?", wunderte sich Vivien.

„Tja, wenn wir jetzt drinnen sitzen würden ...", meldete sich zum ersten Mal Nigel, der einzige Morgenmuffel der Familie, zu Wort.

„Du nun wieder!", Vivien schüttelte den Kopf und sah sich suchend um.

Auch Milla hatte sich ruckartig aufgesetzt. Eine eigenartige Ahnung beschlich sie – und da stand er auch schon in der Terrassentür. Ganz der erfolgreiche Geschäftsmann trug Sven Sjögren wie immer einen maßgeschneiderten Anzug und teure italienische Schuhe. Das graue Haar kurz geschnitten und sauber gescheitelt.

„Vater!", rief sie aus und wunderte sich, warum sie nicht überraschter war. „Was tust du denn hier?" Sie war aus Höflichkeitsgründen beim Englischen geblieben.

„Milla, verabschiede dich bitte, wir haben einen Termin", erklärte er ruhig und bestimmt. Er war es gewohnt, dass seinen Anweisungen Folge geleistet wurde.

„Wie bitte? Ich habe keinen Termin!" Seine bestimmende Art ließ ihren Puls wie immer in die Höhe schnellen. Erregt sprang Milla auf und lief auf ihn zu. Er passte nicht hierher! „Hättest du nicht einfach anrufen können?", fragte sie trotzig.

„Ja, das wäre sicher sehr zielführend gewesen", bestätigte er sarkastisch. „Aber leider geht das Fräulein Tochter nicht an ihr Telefon."

In Milla begann es zu brodeln. Wie sie diesen Tonfall hasste! Dann machte es in ihr klick.

„Woher weißt du überhaupt, wo ich bin? Hast du mich etwa orten lassen?" Sie biss die Zähne zusammen, um ihn nicht anzufauchen.

„Milla, wir haben jetzt wirklich keine Zeit da...", setzte ihr Vater an, aber Milla unterbrach ihn und ließ einen Schwall schwedischer Worte auf ihn niederprasseln.

In ihre Wut mischte sich Verzweiflung, als sie sah, dass er ihren Worten keinerlei Bedeutung beimaß. Für ihn war es bereits beschlossene Sache, wie immer. Allein der Blick mit dem er ihr Erscheinungsbild bedachte, ließ sie wieder klein werden. Sie hatte Urlaub, verdammt! Durfte sie nicht einmal dann Jeansshorts und ein viel zu großes T-Shirt ihres Freundes tragen?!

Er antwortete ihr in aller Seelenruhe, ihr Gepäck könne man ihr hinterherschicken, er habe angemessene Kleidung im Flieger für sie vorbereitet. Sie habe sich für den Yogakurs freistellen lassen, und der sei nun vorbei, also könne sie auch zurückkommen, wenn sie gebraucht würde. Natürlich hatte er auf alles eine Antwort, und die war natürlich auch stets richtig und logisch. Das war schon immer so gewesen, aber es machte sie wahnsinnig! Abwartend sah er sie an.

Doch die widersprüchlichsten Empfindungen blockierten sie und sie blieb stumm.

Sven nickte bestätigend, als hätte er dies erwartet. Dann nahm er sie am Arm und wollte sie mit sich ziehen. In diesem Moment meldete sich Nick zu Wort.

„Milla? Ist alles in Ordnung?", fragte er gefährlich ruhig. Aufrecht stand er da, bereit, ihr zu helfen, wenn sie es wollte. Auf ein Wort von ihr, würde er für sie eintreten.

Ihr wurde bewusst, dass auch alle anderen vom Tisch aufgestanden waren. Sie standen alle hinter ihr. Diese großartigen Menschen, die sie kaum kannte, würden sich für sie einsetzen. Milla sah Nick an und wusste in diesem Moment, dass ihm ihr Herz gehörte. Ihm und seiner Familie. Sie schaute zurück zu ihrem Vater und erkannte zum ersten Mal den Menschen hinter der Fassade. Endlich konnte sie als die Erwachsene agieren, die sie war. Die Mechanismen der Kindheit fielen von ihr ab. Ruhig und bestimmt entzog sie ihm ihren Arm.

„Ich steige aus", erklärte sie auf Englisch.

Ihre Veränderung war für alle deutlich sichtbar.

„Aber weil du mein Vater bist, komme ich jetzt mit und bringe diese Fusion mit dir gemeinsam über die Bühne. Als Abfindung erwarte ich zwei Millionen Kronen und dass du Weihnachten mit mir zusammen auf Blåbärskog feierst", fuhr Milla fort. Als sie sich sicher war, dass er sie verstanden hatte, ging sie auf Nick zu und gab ihm einen Kuss. „Danke, für alles!"

Und ehe er wusste, wie ihm geschah, drehte sie sich um und ging.

***

In der plötzlich eintretenden Stille wurde Mrs. Cuthbert bewusst, dass sie wie erstarrt dastand und jedes Wort, dass draußen gesprochen worden war, mit angehört hatte. Sie hatte gelauscht! Diese Erkenntnis trieb ihr die Schamesröte ins Gesicht. Sie lauschte nie! Das hatte sie gar nicht nötig.

Wobei, einen dezenten Auftritt hatte dieser Mann ja nun auch nicht hingelegt! Mrs. Cuthbert holte tief Luft. Sie würde sich nicht schuldig fühlen. Es war ja nicht ihre Absicht gewesen. Entschieden stellte sie sich wieder an die Arbeitsplatte. Die Gurken schälten sich schließlich nicht von selbst.

***

Einen Moment lang waren alle wie erstarrt.

Dann, als hätte jemand einen Schalter umgelegt, bewegten sich alle gleichzeitig. Nick sprintete los.

„Habt ihr das gesehen? Wie er hier einfach so reingeplatzt ist? Hat sie einfach so mitgenommen!", plapperte Nigel aufgeregt.

Vivien wandte sich fassungslos an Richard.

„Was ist das nur für ein Vater?! Das arme Mädchen!"

„*Grandpa,* wer war das?", wollte Henry wissen und kletterte auf Richards Schoß. „Ist der böse?"

„Nein, natürlich nicht!", antwortete seine große Schwester wie aus der Pistole geschossen. „Hast du nicht gehört? Das war Millas Dad! Der ist doch nicht böse! Nicht wahr, *Grandma?!*"

„Nein, mein Schatz. Millas Vater ist kein Bösewicht, die gibt es nur in Märchen", antworte Vivien sofort und strich Claire liebevoll über den Kopf.

Liz drehte sich zu Max um.

„Wie viel Pfund sind zwei Millionen Kronen?", fragte sie leise.

„Ungefähr 170.000 Pfund. Aber er kann das verkraften – das war Sven Sjögren."

„Du kennst ihn?" Nigel starrte seinen alten Freund fassungslos an.

„Nicht persönlich, nur aus dem Wirtschaftsteil der Zeitung", erklärte Max und nahm Lilly auf den Arm, die nicht minder verstört wirkte.

Liz nahm ihre kleine Hand und drückte ihr ein dickes Küsschen drauf.

„Ihm gehören verschiedene Luxushotels in Skandinavien und Russland", erklärte Max.

„Aha", machte Nigel. Er selbst las am liebsten den Klatschteil.

„Das ist noch lange kein Grund, so unhöflich zu sein", stellte Richard entschieden klar.

***

„Milla! Warte!", rief Nick und holte sie am Fuß der großen Treppe ein.

Sie hatte bereits ihre Tasche in der Hand. Sie musste die Treppe nach oben gerannt sein. Ihr Vater war nirgends zu sehen. Milla blieb stehen und sah ihn nur an. Tausend Gedanken schossen ihm durch den Kopf. Auf einmal verstand er, warum sie anfangs so heftig auf die Fotos reagiert hatte. Sein Verhalten musste auf sie ähnlich dominant und bestimmend gewirkt haben, wie das ihres Vaters. Unbewusst hatte er damit einen wunden Punkt bei ihr getroffen. Es musste auf sie so gewirkt haben, als sei ihm ihre Meinung egal. Großer Gott ...

„Du gehst also wirklich." Es war keine Frage, denn er wusste ja, dass sie sich entschieden hatte.

„Ich muss. Ich kann kein neues Kapitel beginnen, bevor ich nicht mit dem alten abgeschlossen habe." Sie zuckte mit den Achseln und ging weiter. „In ein paar Tagen wäre ich sowieso nach Hause geflogen."

„Wie kann ich dich erreichen?" Er fuhr sich, plötzlich unsicher, durchs Haar.

Sie blieb stehen und sah ihn an.

„Nick ..."

Wie konnte man nur so viele verschiedene Emotionen in ein Wort legen? Ihre Augen waren riesengroß und sturmdunkel. Abgesehen davon wirkte sie unnahbar, wie sie da so kerzengerade vor ihm stand. Er verfluchte sich dafür, gestern nicht mehr darauf bestanden zu haben, seinen Standpunkt klarzumachen. Und warum musste ihr Vater auch ausgerechnet heute auftauchen?! Sie hatten so wenig Zeit miteinander gehabt. Er wusste doch auch nicht, wie es weitergehen sollte und wie sie das regeln konnten. Er hätte sie so gern berührt, aber auf einmal traute er sich nicht mehr.

„Nick, bitte. Ich …", setzte sie an, aber er unterbrach sie.

„Milla, lass es uns nicht beenden, bevor es überhaupt angefangen hat!", platzte es aus ihm heraus.

Wieder schaute sie ihn nur an. Ihre Augen wirkten wie unergründliche Bergseen.

„Ich melde mich, wenn ich alles geklärt habe", antwortete sie und er versuchte die Kühle in ihrem Tonfall zu ignorieren.

„Auf meiner Homepage stehen all meine Kontaktdaten! Nicholasbedford.com", sprudelte es aus ihm heraus.

Sie lächelte, aber es erreichte ihre Augen nicht.

„Das habe ich mir schon gedacht." Sie trat einen Schritt vor, stellte sich auf die Zehenspitzen und gab ihm einen zweiten Abschiedskuss. Auf die Wange. Dass sie dabei kurz ihre Augen schloss, weil ihr innerer Schutzwall Risse bekam, sah er nicht. „Bis bald, Nicholas Bedford …", flüsterte sie, und ehe er den Kuss erwidern konnte, war sie zur Seite getreten, setzte ihre Sonnenbrille auf und lief mit langen Schritten durch die Halle ins Freie.

Es war das perfekte Bild, wie sie im Licht der Morgensonne erst zum Schatten wurde und dann verschwand, und es brannte sich tief in sein Gedächtnis ein. Es gesellte sich zu den tausend anderen Momenten seines Lebens, in denen er keine Kamera in der Hand gehabt hatte. Nur war dieses Bild anders. In ihm lag eine

Dramatik, die es ungleich bedeutender machte und er wurde das Gefühl nicht los, dass es trotz ihrer Worte ein Abschied für immer war. Ein Grollen breitete sich in seiner Brust aus, der Hals wurde ihm eng und die Luft knapp. Er musste hier raus! Wie ferngesteuert, rannte er los. *Bloß weg von hier!*

***

Auf der Terrasse bemühten sich alle, das Frühstück langsam und gelassen zu beenden – wenn auch vor allem für die Kinder. Liz sah es Nigel und Vivien an, dass auch sie spürten, wie die merkwürdige Energie der eben erlebten Szene die Stimmung verändert hatte. Fieberhaft überlegte sie, was sie sagen konnte. Erstaunlicherweise war es Richard, der die Situation rettete.

„Habe ich euch eigentlich von den Enten erzählt?"

„Welche Enten?", fragte Vivien verwirrt.

„Du kennst die Geschichte auch noch nicht?", rief er verwundert aus und Henry begann bereits zu kichern. „Also, dann muss ich sie euch erzählen. Horcht gut zu!" Er machte eine dramatische Pause und alle, selbst die Erwachsenen, hingen an seinen Lippen. „Als ich klein war, gab es dort hinten", er deutete in Richtung des Arboretums, „einen wunderschönen See. Er war groß und glasklar. Wir sind immer mit lustigen kleinen Ruderbooten darauf umhergefahren." Sein Blick verlor sich in der Vergangenheit.

„Und was ist dann passiert?", wollte Claire wissen.

„Nun ja, eines Tages im September kam ein riesengroßer Schwarm Enten vorbei und ließ sich auf dem See nieder. Und plötzlich ... ist die Temperatur so stark gesunken, dass der ganze See zugefroren ist!"

„Und die Enten?", fragte Lilly besorgt.

„Ja, *Dad*, was ist mit den Enten passiert?", wollte auch Nigel wissen. „Sind die armen Entlein gestorben?"

„Nigel!", zischte Vivien ihn leise an.

„Wo denkst du hin?!", gab Richard gut gelaunt zurück. „Die Enten sind einfach losgeflogen und haben den See mitgenommen. Er soll jetzt irgendwo in Wales liegen!"

Für eine Sekunde herrschte verblüfftes Schweigen, aber dann kicherte Henry los und die anderen stimmten lauthals mit ein.

„Gut gemacht", flüsterte Vivien ihm ins Ohr und gab ihm einen Kuss.

„Gern geschehen." Er zwinkerte ihr zu.

Max hatte seine Zieheltern beobachtet und legte den Arm um Liz. Entspannt kuschelte sie sich an ihn und er küsste ihre Schläfe.

„Wir werden gleich aufbrechen müssen", erinnerte er sie leise.

„Ich weiß. Ich will nur noch nach Nick sehen", gab sie zurück.

Er lächelte.

„Das dachte ich mir."

In diesem Moment klatschte auch Vivien in die Hände.

„So, Kinder, wir gehen jetzt Zähne putzen, sonst vertrödeln wir hier noch den ganzen Tag! Auf, auf!"

„Lilly, das gilt auch für uns", verkündete Max.

„Ja, Daddy!", antworte sie und hüpfte von seinem Schoß.

„Sagt ihr zwei noch mal richtig Tschüss?", wollte Nigel wissen. „Arthur und ich legen jetzt auch los. Es ist noch einiges für die Hochzeit vorzubereiten."

Liz lächelte ihn an.

„Wir kommen noch mal zu euch. Das Auto muss noch gepackt werden ..."

„Wir verabschieden euch jetzt schon", ließ Vivien verlauten und drückte Liz fest an sich. „Kommt gut nach Hause!"

Liz musste lächeln. Irgendwie waren doch alle Mütter gleich.

„Machen wir. Wir rufen heute Abend an, bevor ihr die Kinder ins Bett bringt."

Vivien nickte und machte Platz für ihren Mann, der sich ebenfalls verabschieden wollte. Da tauchte auch Mrs. Cuthbert mit einem leeren Tablett in den Händen auf. Liz trat zu ihr und fragte leise: „Haben Sie Nick gesehen?"

Die Haushälterin schüttelte den Kopf.

„Ich habe nur gehört, wie dieser Wagen wieder gefahren ist." Sie flüsterte: „Das arme Mädchen hat ja einen *schrecklichen* Vater! Dass es solche herrschsüchtigen Männer immer noch gibt!"

Liz zuckte hilflos mit den Achseln. Was sollte sie darauf auch sagen. Es wunderte sie kein bisschen, dass Mrs. Cuthbert alles mitbekommen hatte – wegen der warmen Temperaturen standen die Küchenfenster weit offen und leise hatte Sven Sjögren nicht gerade gesprochen.

„Und der Junge tut mir auch leid. Er hat anscheinend kein gutes Händchen bei der Frauenwahl ..." Mrs. Cuthbert seufzte und spielte damit auf Nicks Liaison mit Bettina McCarthy an.

„Das können wir doch noch gar nicht wissen!", wandte Liz energisch ein. „Nur weil Millas Vater, äh ... schwierig ist, muss das ja nicht auf sie selbst zutreffen. Und außerdem ist die Sache mit Betty Jahrzehnte her!"

„Stimmt auch wieder", gab Mrs. Cuthbert zu.

Liz wechselte das Thema.

„Wir fahren gleich nach Hause, Mrs. Cuth..."

„Oh, dann packe ich euch gleich noch etwas ein! Dann müsst ihr heute Abend nicht kochen!", fiel ihr die Haushälterin ins Wort.

Liz lachte.

„Das ist sehr nett, aber ich wollte mich eigentlich nur verabschieden."

Mrs. Cuthbert drückte Liz an sich und stellte dabei fest, dass die anderen schon verschwunden waren. Netterweise hatte jeder etwas von der Frühstückstafel mitgenommen und in die Küche gebracht. Es war Vivien, die mit ihrer lebenspraktischen Art darauf bestand, dass alle mithalfen.

„Na, dann fahrt ordentlich! Wir sehen uns Freitag?"

Liz wunderte sich nicht, dass Mrs. Cuthbert bestens Bescheid wusste und nickte.

„Ja, wir kommen Freitagabend. Max übernimmt Lilly, damit am Samstag die Hochzeitsparty steigen kann."

„Ich muss ja zugeben, dass ich dem Frieden noch nicht so ganz traue." Mrs. Cuthbert schüttelte den Kopf. „Dieses Gör hat unserem Nigel keine ruhige Minute gelassen."

Wieder lachte Liz und schnappte sich die Teekanne.

„Ich bin mir sicher, es wird eine wundervolle Feier – Sie werden sehen, Mrs. Cuthbert."

„Dein Wort in Gottes Ohren", gab diese munter zurück.

***

„Und?", fragte Max, als Liz zu ihm ins Auto gestiegen war. „Hast du ihn noch gesprochen?"

Liz schüttelt den Kopf. „Nein. Er war weder oben noch am Schwimmteich oder im Küchengarten. Ich habe alle Stellen rund ums Haus abgesucht." Sie seufzte besorgt.

„Mach dir keine Gedanken. Er ist groß, er kommt schon klar", versuchte Max sie zu trösten.

„Ich weiß. Ich hatte nur von Anfang an das Gefühl, er wäre irgendwie verändert. Vom ersten Augenblick an, als er vor unserer Tür stand."

„Du meinst, für ihn ist es was Ernstes?", hakte Max nach und lenkte den Wagen auf die Straße.

„Ich bin mir sicher, dass sie für einander bestimmt sind", gab Liz zu.

„Dann, mein Schatz, brauchst du dir doch erst recht keine Gedanken machen." Max legte seine Hand auf ihr Knie und lächelte sie breit an.

Liz griff nach seiner Hand und drückte sie.

„Du hast recht", antwortete sie und ein warmes Gefühl breitete sich in ihr aus. Sie würde einfach darauf vertrauen, dass die beiden zueinanderfinden würden. „Ich liebe dich."

„Ich liebe dich auch. Und ich bin sehr froh, dich gefunden zu haben." Max hob ihre ineinander verschränkten Hände und gab ihr einen Kuss auf den Handrücken. „Ich freue mich schon so auf unsere Hochzeit und unser ganzes gemeinsames Leben."

Ein Strahlen breitete sich auf ihrem Gesicht aus, das den ganzen Wagen ausfüllte.

***

Er lief und lief und lief. In ihm herrschte ein einziges Gefühlschaos. In der einen Sekunde war er enttäuscht, dass sie einfach so gegangen war, in der anderen darüber, weil sie ihm nicht erzählt hatte, dass ihr Vater mehr als wohlhabend war. Dann wieder fragte er sich, warum sie auf einmal so kühl und distanziert gewirkt hatte oder ob er sich das nur eingebildet hatte. Gleich darauf versuchte ihm sein Verstand klarzumachen, dass nichts passiert war, das ihm das Recht gab, sich Hoffnungen zu machen oder auch nur die Situation zu analysieren. Es konnte nämlich durchaus sein, dass sie ihn nur benutzt hatte. Schließlich war sie in der letzten Nacht die treibende Kraft gewesen. Unwillig schüttelte er den Kopf. Diese Gedanken waren furchtbar! Er wollte sie nicht denken und doch traten sie immer wieder in sein Bewusstsein. Er hätte schreien können, tat es aber nicht.

Es war bereits Nachmittag, als er ins Herrenhaus zurückkehrte. Das Laufen hatte ihm nichts genutzt, außer dass er sämtliche Empfindungen angesehen und dann weggeschlossen hatte. Jetzt fühlte er sich dumpf und taub und wollte nur noch weg. Er hoffte, ihm würde niemand begegnen, wenn er seine Sachen holte und abhaute. Denn er wusste, er würde ihre Fragen und Blicke nicht ertragen.

Nick machte ihnen keinen Vorwurf – er hatte ihnen noch nie eine Frau vorgestellt. Da war es ja mehr als verständlich, dass sie Fragen hatten. Nur, dass er ihre Fragen nicht beantworten konnte, weil er selbst nicht mehr wusste. Nicht einmal Millas Telefonnummer kannte er.

Kapitel 16
3 Wochen später

Nick war müde. Müde von der anstrengenden Arbeitswoche, müde vom Reisen und müde von seinen Gedanken, die ständig um Milla kreisten. Es war jetzt drei Wochen her und sie hatte sich nicht gemeldet. Nick wusste nicht, was er noch glauben sollte. Er fühlte sich wie ein brodelnder Vulkan, hatte seitdem weder Yoga gemacht noch meditiert. Nicht dass er es nicht probiert hätte, aber er konnte sich nicht auf seine Atmung konzentrieren oder auf die Stille.

Also hatte er sich in seine Arbeit gestürzt, neue Projekte angestoßen und Ideen, die schon lange in seinem Kopf herumspukten, in die Umsetzung gebracht. Jetzt war es so weit: Er würde einen Kalender herausbringen und selbstständig vertreiben. Seine Social-Media-Reichweite war für ein solches Projekt groß genug. Nun stand alles fest und es ging an die Umsetzung – deswegen war er auch wieder in London. Er musste mit der Druckerei sprechen und brauchte Max' und Liz' Hilfe.

Auch diesmal hatte Nick Kuchen dabei, als er bei ihnen klingelte. Er musste nicht lange warten, bis Liz schwungvoll die Tür aufriss.

„Nick! `Wie schön!", rief sie erfreut. Dann stutzte sie. „Wie siehst du denn aus? Bist du krank?" Besorgt fühlte sie seine Stirn.

„Es ist nur der Jetlag", beschwichtigte er sie. „Darf ich reinkommen?"

„Selbstverständlich." Sie trat zur Seite und beschloss, sein Aussehen erst einmal nicht mehr zu kommentieren.

„Danke." Er stellte seine Taschen im Flur ab und hob den Karton der Bäckerei hoch. „Ich habe Kuchen mitgebracht."

„Großartig! Dann setze ich Tee auf." Schon lief Liz schwungvoll die Treppen zur Küche hinunter. Nick folgte ich deutlich langsamer.

„Ich habe kürzlich einen wundervollen Teeladen entdeckt! Die Besitzerin ist einfach reizend. Sie hat mir direkt eine Nachhilfestunde in Teekunde gegeben! Ich habe ein kleines Vermögen in ihrem Laden gelassen, aber dafür bekommst du bei mir jetzt den besten Oolong Tee Londons!" Sie lachte und strahlte ihn an. „Besser kann der Tee der Queen auch nicht schmecken!"

„Alles klar." Nick schmunzelte und lehnte sich an den Küchentresen. „Ich bin gespannt."

Trotz seines heiteren Tonfalls sah Liz ihm seine Müdigkeit an.

„Warum gehst du nicht schon mal hinaus in den Garten und lümmelst dich auf die Terrasse? Teekochen ist ja jetzt keine so aufregende Sache ..."

Dass er nicht widersprach, sagte einiges. Also ließ sie sich extra viel Zeit, kochte nur eine kleine Kanne Tee, für den Fall, dass ihre Kalkulation aufging, und stapelte das neue Geschirr mit dem romantischen Blümchenmuster, das sie extra für den Garten gekauft hatte, auf ein Tablett. Sie holte sogar die Stoffservietten ihrer Oma aus dem Schrank sowie das gute Silberbesteck. Entspannt und sorgfältig legte sie alles zurecht, und als sie dann leise auf die Terrasse trat, fand sie Nick schlafend aus dem Gartensofa vor.

Überaus zufrieden mit sich und der Welt schlich sie wieder zurück, stellte Kanne, Tasse und ein Stück Kuchen auf ein kleineres Tablett und ging zurück in ihr Arbeitszimmer. Dort angekommen, griff sie sofort zum Telefonhörer und informierte Max über ihren Überraschungsbesuch.

***

„Da hast du mich ja schön ausgetrickst!", bemerkte Nick eine Stunde später und riss Liz damit aus ihrer Konzentration.

Lächelnd drehte sie sich zu ihm um.

„Geht es dir jetzt besser?"

Die Schatten unter seinen Augen waren noch nicht verschwunden, aber sein Blick war deutlich klarer.

„Ja, danke." Er schenkte ihr ein kleines Lächeln.

„Kein Problem – wozu sind Freunde denn da?!" Sie winkte ab und fuhr ihren Rechner runter. „Wie wäre es jetzt mit einem Tee und einem Sandwich? Du siehst aus, als könntest du eins vertragen."

„Wenn ich danach auch noch etwas von der Torte bekomme?"

„Torte? Welche Torte?", scherzte Liz und hüpfte vor ihm die Treppe hinab.

„So, jetzt erzähl! Wo warst du und was hast du gemacht?", fragte Liz, nachdem sie in dem kleinen Garten Platz genommen hatten.

„Nach dem Auftrag in Kapstadt hatte ich noch ein paar Tage Zeit und habe mir eines der Reservate angesehen. Ich habe tolle Aufnahmen von Elefanten machen können." Nicks Augen strahlten. „Danach war ich für ein Shooting in Amsterdam und konnte auch dort ein wenig durch die Stadt laufen und mir vieles ansehen. Um die Sache abzukürzen: Ich möchte gern einen Kalender mit meinen Bildern rausbringen und verkaufen. Es sollen die Land-schaftsbilder werden, die ich bisher nicht an eine Redaktion verkauft bekommen habe."

„Nick, das ist eine wundervolle Idee!" Liz drückte seine Hand. „Ich liebe deine Arbeiten so sehr und fand es immer ein wenig schade, dass sie nur in Zeitschriften zu sehen sind."

Er lächelte.

„Ich spreche morgen mit einer Druckerei hier in London, und wenn wir uns so einig werden, wie ich mir das vorstelle, bräuchte ich im Herbst eure Hilfe beim Vertrieb. Ich möchte ihn in Eigenregie übers Web verkaufen und auch selbst verschicken. Aber 5.000 Kalender per Hand selbst einzupacken ... das schaffe ich nicht allein."

Liz strahlte.

„Das ist gar kein Problem! Wir helfen dir sehr gern. Max hat momentan einen Praktikanten – der könnte uns bestimmt auch helfen."

„Danke schön! Ich weiß das wirklich zu schätzen, zumal ihr selbst so viel zu tun habt. Ich werde auch noch Nora und die anderen fragen."

„O ja, das wird bestimmt lustig! Wir machen eine richtige Packaktion daraus!" Liz bekam vor Begeisterung ganz rote Wangen. „Echt, ich kann es kaum erwarten! Hast du dich schon für die Motive entschieden?"

„Noch nicht ganz. Anscheinend ist das das Schwierigste daran." Nick grinste. „Willst du sie sehen?"

„Liebend gern!" Es hätte nicht viel gefehlt, und Liz hätte abgehoben vor lauter Euphorie.

Nick lachte.

„Warte, ich hole mein Tablet." Er fühlte sich so frei und leicht wie schon lange nicht mehr. In Liz Gegenwart war immer alles leicht.

Ganz still betrachtete Liz die Fotos auf dem Bildschirm, dann sah sie Nick mit großen Augen an.

„Sie sind wunderschön", flüsterte sie beinahe ehrfürchtig. „Hast du noch mehr?"

„Ja, klar. Was denkst du denn?"

„Keine Ahnung. Woher soll ich das wissen?" Liz grinste ihn an. Dann wurde sie wieder ernst. „Nick, hast du mal an eine Ausstellung gedacht?"

Er brach in schallendes Gelächter aus.

„Eine Ausstellung? Wie so ein Künstler?" Nick konnte sich gar nicht beruhigen. „Vielleicht sollte ich mir so ein Ziegenbärtchen stehen lassen und nur noch Schwarz tragen!" Er wieherte und konnte sich gar nicht mehr beruhigen.

218

Liz hingegen gefiel die Idee immer besser.

„Das könntest du alles tun. Aber nüchtern betrachtet, gibst du damit noch mehr Menschen die Möglichkeit, deine Bilder zu sehen!"

„Lizzie, das ist echt süß von dir, aber ich glaube nicht, dass sich irgendeine Galerie für meine Fotos interessiert", wiegelte er ab.

„Das weißt du doch gar nicht! Lass es dir wenigstens mal durch den Kopf gehen", schlug sie vor. „Vielleicht klappt es ja auch nicht – vielleicht aber doch. Und wenn, dann könntest du öfter eine Ausstellung machen oder deine Bilder auch als Poster verkaufen. Da gibt es doch unzählige Möglichkeiten. Du hast selbst gesagt, du hast noch so viele Bilder auf deinem Rechner." Einmal angefangen, schossen ihr tausend Ideen durch den Kopf. „Und außerdem wäre es eine weitere Einkommensquelle, für die du nicht mal reisen müsstest", ergänzte sie ruhig. Sie hatte längst erraten, woher seine Motivation für den Kalender kam.

Nick war mit einem Mal still.

„Hast du etwas von ihr gehört?", fragte sie leise.

„Nein." Er schüttelte den Kopf. „Sie sagte, sie meldet sich. Hat es aber nicht getan" Er zuckte ein wenig hilflos mit den Achseln. „Es war für sie wohl nur ein Sommerflirt." Nick war immer leiser geworden und in sich zusammengesunken.

Liz blutete das Herz, ihn so zu sehen.

„Das ist ausgemachter Blödsinn!", rief Max, und Liz wandte sich erschrocken um.

„Wo kommst du denn auf einmal her?!", wunderte sie sich.

Auch Nick war zusammengezuckt.

„Na, vielen Dank auch!", rief er aufgebracht. „Und woher willst *du* das wissen? Bist du auf einmal ein Beziehungsexperte?"

„Nein, aber ich kann lesen." Max hielt ihm sein Tablet vor die Nase, das Nick sofort in die Hand nahm. Es war nur eine kurze Notiz, ohne Foto. Dann ging Max weiter zu Liz und gab ihr einen Kuss, bevor er fortfuhr. „Die Fusion ist noch lange nicht durch. Deine Milla ist beschäftigt – deshalb meldet sie sich nicht bei dir. Und nicht, weil du ein mieser Liebhaber mit einer schrägen Familie bist." Max grinste ihn an.

„Ha-ha", gab Nick matt zurück.

„Max, was tust du hier?", wiederholte Liz ihre Frage.

„Ich war heute dran, Lilly von der Vorschule abzuholen."

„O Gott, ist es schon so spät?", hektisch guckte Liz auf die Uhr. „Wo ist sie denn?"

„Bei einer Freundin. Wir holen sie später ab", antwortete Max gelassen, bevor er sich wieder an Nick wandte. „Ich finde allerdings, dass es nicht schaden könnte, ihr zu zeigen, dass du es ernst meinst."

„Das habe ich doch! Ich wollte direkt von Kapstadt aus zu ihr fliegen, aber sie hat Nein gesagt!", erwiderte Nick heftig. „Sie hat mir ja noch nicht einmal ihre verdammte Telefonnummer gegeben!" Der ganze Frust brach sich mit einem Mal Bahn. „Und das mit ihrem Vater hatte sie auch mit keiner Silbe erwähnt! Wer weiß, was sie sonst noch verheimlicht hat!"

„Nick ...", sagte Liz sanft. „Du kannst ihr nicht wirklich zum Vorwurf machen, dass sie ihren schwierigen Vater nicht erwähnt hat. Dafür hattet ihr nun wirklich nicht genug Zeit."

„Wenn ich mich recht entsinne", warf Max ein, während er sich ein Stück Torte nahm, „warst *du* derjenige, der sie heimlich fotografiert hat."

Nick wollte schon dagegenhalten, überlegte es sich aber anders.

Liz warf Max einen Das-ist-nicht-wirklich-hilfreich-Blick zu, aber der zuckte nur mit den Achseln.

„Ja, das war nicht wirklich meine beste Idee", gab Nick zu. „Aber ich habe mich entschuldigt und ihr die Bilder gegeben."

„Das war schließlich ihr gutes Recht!", konterte Max.

Liz Augen sprühten Funken in seine Richtung, die er gekonnt an sich abprallen ließ.

„Nick, bist du dir sicher, dass sie deine Absichten kennt?", fragte sie vorsichtig nach.

„Selbstverständlich! Ich wollte mich mit ihr abstimmen, aber sie hat mich abblitzen lassen. Erst dachte ich, ich könnte das Thema später noch mal anschneiden, aber dann gab es kein später mehr." Er holte tief Luft. „Ich werde mich wohl damit abfinden müssen, dass sie mich nicht will."

Liz öffnete den Mund, um etwas zu sagen, aber Max war schneller.

„Nun reiß dich mal zusammen. Weicheier sind nicht angesagt."

„Max!", entrüstete sich Liz, aber ihr Einwurf verhallte unkommentiert.

„Wenn du wirklich dein Leben mit ihr verbringen willst, dann fahr hin und finde einen Weg, um sie davon zu überzeugen! Andernfalls vergiss sie! Aber so oder so: Hör auf zu heulen!"

Nick hatte sich bei Max' direkten Worten unbewusst aufgerichtet. Es so ausgesprochen zu hören, ließ ihn die Situation aus einer ganz neuen Perspektive sehen. Max hatte recht. Milla muss ja denken, dass sein Leben völlig konträr zu ihrem Traumleben verlief, und das tat es ja auch. Woher sollte sie wissen, dass er der permanenten Reiserei allmählich überdrüssig wurde? Er gestand es sich ja selbst gerade erst ein, deswegen auch das Kalenderprojekt. Er sehnte sich nach neuen Herausforderungen. Auch Liz' Idee von einer Ausstellung klang auf einmal weniger lächerlich.

Liz schaute abwechselnd zwischen den beiden Männern hin und her. Max schenkte sich überaus zufrieden eine Tasse Tee ein, während Nick mit einem entschlossenen Gesichtsausdruck und in Gedanken versunken dasaß.

Scheinbar hatte ihr Verlobter den richtigen Ton getroffen. Entspannt lehnte sie sich zurück.

„Entschuldigt mich, ich muss dringend telefonieren!" Nick war aufgesprungen. „Ich werde versuchen, mit Bree zu sprechen. Schließlich ist sie ihre Freundin, vielleicht kann sie mir was sagen!", rief er aus und war schon nach drinnen geeilt.

Liz wurde ganz warm ums Herz. Ein kleiner Hoffnungsschimmer hatte sich in seine Stimme und seinen Gesichtsausdruck geschlichen.

***

Endlich allein! Milla kickte ihre Louboutins von ihren schmerzenden Füßen und ließ sich auf das luxuriöse Bett der Präsidentensuite fallen. Draußen prasselte der Regen gegen die Fensterscheiben. Auch wenn sie sich für die Natur freute und sowieso den ganzen Tag drinnen sein würde, ging ihr der Regen heute mächtig auf den Keks.

Nach drei Wochen war es gerade das erste Mal, dass sie ein paar Minuten Zeit für sich hatte. Wenn sie spätabends ihre Wohnung betrat, fiel sie sofort ins Bett und stand in aller Herrgottsfrühe wieder auf. Ihr Vater schleppte sie von einem Meeting zum nächsten Empfang. Dinnerpartys und Termine wechselten sich ab. Dazu endlose Stunden, in denen sie am Rechner saß und Tabellen und Kalkulationen prüfte, wenn sie nicht selbst welche erstellte. Ihr rauchte der Kopf. Langsam beneidete sie sogar die Azubis, die stumpfsinnig am Kopierer standen und Geschäftsbericht um Geschäftsbericht kopierten.

Aber es war fast geschafft. Wenn alles glattging, würden sie Ende der Woche die Verträge unterzeichnen.

Und dann würde sie ihre Kostümjacke in die hinterste Ecke ihres Schranks pfeffern, in ihre Lieblingsleggings schlüpfen und sich mit dem Schlafsack auf den Weg nach Blårbärskog machen. Sie hatte in den vergangenen Jahren immer wieder auf dem wundervollen Grundstück übernachtet und konnte es kaum erwarten, wieder dort zu sein, um mit den Umbauarbeiten anzufangen. Vieles wollte sie selbst machen; für neue Wasserrohre und Elektrik würde sie natürlich Handwerker brauchen. Denen hatte sie schon Bescheid gegeben. Sie hatte fest vor, am Montag zum Notar zu gehen und die Papiere zu unterzeichnen.

Aber erst einmal wollte sie allein in dem Haus sein, um wieder zu sich selbst zu finden. Das klang irgendwie so dramatisch, dass sie über sich selbst schmunzeln musste. Dennoch lebte sie, seit ihr Vater sie so abrupt aus ihrer Auszeit gerissen hat, genau das Leben, das sie nicht leben wollte. Ihr fehlten das Yoga und das gesunde Essen ... die Ruhe, alles in ihrem eigenen Tempo zu machen. Selbst die Sonne sah sie kaum noch, denn sie hielt sich fast ausschließlich drinnen auf.

Plötzlich sah sie Nick vor sich und wie die Sonne goldene Lichtreflexe in sein Haar gezaubert hatte. Ohne es zu bemerken, legte sie ihre Hand auf ihr Herz und tastete nach dem Anhänger ihrer Kette. Es war der kleine USB-Stick, den er ihr gegeben hatte. Die Bilder berührten sie in ihrem innersten. Jedes Mal, wenn sie sie betrachtete war es, als würde Nick zu ihr sagen: Du kannst alles sein. Erfolgreiche Geschäftsfrau und Yogalehrerin. Mit beiden Beinen auf dem Boden der Tatsachen stehend und spirituell. Deswegen trug sie den Stick immer bei sich. Er gab ihr Kraft und erinnerte sie daran, dass ein anderes Leben möglich war. Sie hatte sich selbst das Versprechen gegeben, sich erst dann bei ihm zu melden, wenn die Fusion vom Tisch war. Milla seufzte. Sie war sich keineswegs sicher, ob sie dasselbe wollten. Er hatte nur gesagt, dass er sie besuchen wollen würde, aber mehr auch nicht.

Milla, du warst doch diejenige, die nicht über die Zukunft reden wollte, erinnerte sie sich in Gedanken. *Das hast du jetzt davon!* Ergeben zuckte sie mit den Schultern.

Es war nicht mehr zu ändern. Nächste Woche würde sie über dieses Thema nachdenken.

Ein leises Klopfen riss sie aus ihren Gedanken. Ertappt sprang sie auf und ließ sich gleich wieder zurückfallen, als sie sah, dass Edda, die Chef-Hausdame, mit einem Tablett in der Hand und einem mütterlichen Lächeln auf den Lippen eintrat.

„Dachte ich mir doch, dass ich dich hier finde." Sie stellte das Tablett nehmen Milla ab. „Du musst was essen, Schätzchen!"

„Ich habe keinen Hunger. Ich kriege doch nachher auf der Party noch was", antwortete Milla automatisch, aber Edda schaute sie nur mit diesem berüchtigten Blick, vor dem alle Auszubildenden erzitterten, an und Milla biss gehorsam in das Sandwich.

„Und? Hat der alte Svensson Recht? Ist es bald vorbei?", erkundigte sich Edda und nahm neben Milla Platz.

Milla nickte.

„Wenn alles glattläuft, ist am Ende der Woche alles in trockenen Tüchern."

Edda nickte versonnen. Es würden neue Zeiten anbrechen, soviel war klar.

„Es wird niemand gehen ...", setzte Milla an.

„Außer dir", konstatierte die Ältere.

„Woher weißt du ...", wunderte sich Milla. Sie war doch immer so diskret gewesen.

„Ich bitte dich! Ich kenne dich, seit du ein kleines Mädchen warst! Das hier", sie machte eine raumgreifende Geste, „war nie dein Traum ... Und erst recht nicht das, was jetzt auf uns zu kommt."

„Ach, Edda." Am liebsten hätte sich Milla bei ihr angelehnt, aber obwohl sie sich tatsächlich schon seit Jahrzehnten kannten, hatten beide doch immer einen professionellen Abstand gewahrt. In diesem Moment fiel Milla auf, wie sehr ihr Bree fehlte. Bei ihr hatte sie sich immer anlehnen können. Sie seufzte leise. „Du hast recht.

Ich werde tatsächlich gehen und ich hoffe, du bist mir nicht böse deswegen."

Die Hausdame schnaubte wenig damenhaft.

„Als ob das meine Art wäre ..."

„Ich werde eine kleine Pension eröffnen und dort Yogastunden anbieten. Ich habe auch schon das perfekte Haus. In spätestens zwei Wochen beginnen die Umbauarbeiten." Allein darüber zu reden verlieh ihr Kraft und Zuversicht. Sie lächelte. „Es ist der perfekte Ort und so richtig typisch schwedisch. Die Touristen werden es lieben."

„Weil du es liebst", stellte Edda fest und Milla nickte mit leuchtenden Augen. „Und was ist mit dem jungen Mann? Liebt er es auch?"

Das Leuchten in Millas Augen erlosch so schnell wie es aufgeglommen war. „Welcher junge Mann?" Sie wusste tausendprozentig, dass sie Nick vor niemandem erwähnt hatte. Konnte Edda etwa Gedanken lesen? Kein Wunder, dass die Azubis so einen Heidenrespekt vor ihr hatten.

„Milla-Kind, glaubst du etwa, dein melancholischer Gesichtsausdruck wäre mir entgangen?" Edda richtete sich auf. „Nur ein Narr hätte darin kein Zeichen von Bedauern gesehen. So schaut niemand, der sich bedingungslos auf seine Zukunft freut, auch wenn er noch so viele nervige Meetings über sich ergehen lassen muss." Sie machte eine kleine Pause. „Abgesehen davon hat ein reizender junger Engländer angerufen und sich nach dir erkundigt." Edda wunderte sich immer noch, warum er nicht mit dem Mädchen hatte sprechen wollen.

Milla war bei Eddas Schilderung abwechselnd heiß und kalt geworden.

„Weißt du noch seinen Namen?", fragte sie tonlos.

„Ich bin schon älter, aber noch lange nicht senil!", erinnerte Edda sie. „Er hat sich mit Nicholas Bedford vorgestellt."

Er war es tatsächlich gewesen. Die Schmetterlinge in ihrem Innern, von denen sie gedacht hatte, sie wären auf Gracewood Hall geblieben, begannen sich zu rühren. Die Hausdame nickte versonnen.

„Ja, Nicholas Bedford, *der Zweite*.“

„*Der Zweite?!*“, fragte Milla ungläubig und mit einem breiten Grinsen. „Das denkst du dir doch aus!“

„Wenn ich es dir sage! So hat er sich vorgestellt!“ Auch Edda schmunzelte. „Ich wusste gar nicht, dass du jemanden aus dem Adel suchst.“

Milla lachte auf.

„Erstens suche ich nicht und zweitens hatte ich keine Ahnung, dass es scheinbar schon einen Ersten gegeben hat.“

„Nein, mein Schatz, denn du hast ihn bereits gefunden.“ Edda sah auf die Uhr und stand auf. Sie strich sich den Rock glatt und fuhr in ihrem geschäftsmäßigen Ton fort. „Ich muss wieder los. Ich habe viel zu tun.“

Auch Milla stand auf und gemeinsam richteten sie den Bettüberwurf.

„Edda ...“, sie griff nach ihrer Hand. „Sag den anderen, dass sie sich keine Sorgen machen müssen. Alle Verträge bleiben bestehen.“

Edda strich Milla beruhigend über den Arm und lächelte.

„Ich weiß, du hast für uns gekämpft wie eine Löwin. Wir danken dir dafür.“

Milla ließ sie erleichtert los. Es war das Einzige, was ihr bei dieser Fusion wichtig war. Alle anderen Themen warteten dicht gedrängt in den hinteren Winkeln ihres Kopfes darauf, endlich hervorstürmen zu dürfen. Aber sein Anruf ließ sie nicht los. Warum hatte er nicht mit ihr sprechen wollen?

„Edda? Wann hat er denn angerufen?“

„Kurz bevor ich zu dir gekommen bin“, gab Edda ihr Auskunft.

Okay, dann hatte er sie gar nicht erreichen können, denn sie hatte sich ja vor allen versteckt.

„Und er wollte wirklich nicht mit mir sprechen?", wunderte sie sich.

„Er hat gefragt, ob du hier arbeitest und ob du im Haus bist. Als ich ihn fragte, ob ich ihn durchstellen oder dir was ausrichten soll, hat er höflich dankend abgelehnt."

Milla verstand es nicht und musste gegen den Drang ankämpfen, Edda nach dem Klang seiner Stimme auszuquetschen. Mein Gott, sie war doch kein Teenie mehr. Außerdem blieb ihr jetzt keine Zeit für weitere Fragen.

„Danke ... auch für das Sandwich." Sie lächelte und hielt Edda die Tür auf, bevor sie mit großen Schritten zu ihrem Büro eilte, wo Astrid schon mit ihrem Partyoutfit auf sie wartete.

***

Blendend gelaunt saß Nick beim Abendessen und genoss die heitere Familienatmosphäre. Lilly berichtete von ihrem Spielnachmittag und Liz erzählte, was sie vor ihrem gemeinsamen Urlaub in den österreichischen Bergen noch alles erledigen mussten. Es war eigentlich eine Pressereise, aber alle waren sich einig, es ganz entspannt angehen zu lassen. Im Anschluss würden sie sich noch mit Liz' Familie treffen, worauf sich besonders Lilly freute.

Auch für ihn würde es Ende der Woche los gehen, nur in die andere Richtung. Er würde zu Milla fliegen. Die Möglichkeit, dass sie ihn nicht sehen wollte, ignorierte er dabei gekonnt. Selbst wenn das so wäre, hätte er dann wenigstens die Chance auf ein klärendes Gespräch. Er hatte mit Bree gesprochen, die zwar auch nicht viel wusste, denn Milla hatte sich bei ihr nur einmal kurz gemeldet, um ihr ihre Adresse in Malmö zu nennen und Geld für den Versand ihres Koffers zu überweisen. Aber sie wusste immerhin genauer, wo sich Millas Traumhaus befand.

227

Daraufhin hatte er noch ein paar andere Telefonate geführt und nun konnte er kaum erwarten, dass es losging.

Aber vorher musste er noch mit der Druckerei sprechen und auch Liz' Idee von einer Ausstellung in Angriff nehmen. Er wollte nicht mit leeren Händen vor Milla stehen. Denn als er jetzt mit Max, Liz und ihrer Tochter am Tisch saß, erinnerte ihn das an seine eigene Kindheit in der Idylle von Gracewood Hall. Endlich bekam die Frage, die ihn seit Monaten verfolgte, eine Antwort oder zumindest bekam er eine Ahnung, wie die Antwort lauten könnte. Er hatte die drei jetzt schon ein paarmal in ihrem Alltag erlebt und konnte mittlerweile verstehen, dass Milla von so etwas träumte.

Kapitel 17
Südschweden – eine Woche später

Aufgelöst riss Milla das Steuer herum und bog mit quietschenden Reifen einen kleinen Feldweg ein. Taylor Swifts Worte strömten aus dem Radio direkt in Millas Herz, fluteten es und suchend sich drängend einen Weg nach draußen. Nicht nur der Staub der trockenen Straße raubte ihr die Sicht. Das Lied spiegelte so perfekt all die offenen Fragen über Nick und sie selbst wider, dass sie schon dachte, Taylor hätte es für sie geschrieben. Ungeduldig wischte sie sich mit dem Ärmel über ihre Augen, sprang noch beinahe während der Fahrt aus ihrem Wagen und rannte los. Wenn sie sich jetzt nicht bewegte, würde sie schreien oder einen Unfall bauen oder beides. Sie rannte bis sie Seitenstechen bekam und noch weiter. Nicht nur der Stress der letzten Wochen suchte sich endlich einen Kanal.

Die unterschiedlichsten Gedanken strömten auf sie ein. Es war, als wären auf einmal alle Tore aufgestoßen worden, die sie in Malmö so sorgsam unter Verschluss gehalten hatte. Gab es überhaupt eine Chance für Nick und sie? Konnten sie zusammensein, so richtig nah? Oder war es dafür zu spät? Konnten sie tatsächlich ihre eigenen Regeln machen? Milla schluchzte auf. Es war zu viel, was auf sie einprasselte.

Ihr Vater hatte bis zum Schluss so getan, als wüsste er nichts von ihrem Weggang. Es hatte sie rasend gemacht – daher hatte sie sich auch nicht persönlich von ihm verabschiedet. Sie konnte nicht mehr, ihre ganze Energie war verraucht. Sie hatte Astrid alle Zugangskarten und Schlüssel gegeben und ihm nur eine E-Mail geschrieben.

Immer noch rannte sie durch den Wald. In der Ferne glitzerte es bereits silbrigblau, genau wie sie gehofft hatte. Noch im Laufen zog sie ihre bestickte Lieblingstunika aus – die, die sie an dem Abend auf Gracewood getragen hatte, als sie mit Nick und seiner Familie getanzt hatte. Da war sie so glücklich gewesen. Unbeschwert und frei. Ein Schluchzer stieg aus ihrer Kehle empor, als sie sich von ihrer Shorts befreite. Die Sandalen lagen bereits weit von ihr entfernt auf dem Weg, genau wie die Strickjacke, die sie gegen die morgendliche Kühle angezogen hatte.

Und dann lag er vor Milla: tiefdunkelblau glänzende See. Einige Seerosen wuchsen in Ufernähe. Bei seinem Anblick entspannten sich ihre Augen und ihr Herz weitete sich. Ein erneuter Schluchzer ließ ihre Brust beben. Der Panzer, den sie sich noch auf dem Anwesen von Nicks Familie angelegt hatte, bekam mehr und mehr Risse. Ein Schrei ertönte und störte die Stille des Ortes. Er sprengte die letzten Ketten und Milla tauchte ins kühle Nass. Der See, der seit Jahrtausenden existierte, nahm sie auf, wusch sie sauber und entsorgte die Rüstung mit der Gnade der Natur – ohne Fragen zu stellen, ohne platte Ratschläge zu erteilen. Ewigkeit und Liebe umgaben sie, als sie zurück zum Ufer schwamm und ihren Tränen freien Lauf ließ. Die Schluchzer schüttelten sie, als sie sich in den Sand fallen ließ. Alles wollte raus, es drängte nach oben und wollte von ihr betrachtet werden. Bedauern, Reue, Trauer, Sehnsucht. Nick, Bree, ihre *Mamma*, ihr Guru in Indien – sie alle tauchten vor ihrem inneren Auge auf und zeigten ihr die Liebe. Ja, sie hatte die Liebe in all ihren Facetten gesehen, gespürt, sogar ihren Vater sah sie, wie er sie als Kind auf den Schultern getragen hatte, und trotzdem fühlte sie sich unendlich allein. Allein und ungeliebt. Die verkrampften Schluchzer ließen sie erbeben, zittern und schreien, ohne dass sie es wirklich bemerkte. Die Zeit verstrich, die Sonne kam hervor und schickte ihre streichelnden Strahlen sanft über ihre Schultern. Zusammengekauert wie ein Kind hockte sie da und weinte alles heraus, übergab ihre Tränen vertrauensvoll den sachten Wellen des Sees, der sie annahm und davontrug wie eine Mutter, die ihr Kind tröstend in den Armen wiegte.

Ganz allmählich wurde sie ruhiger. Die Schluchzer verebbten, ihr Atem wurde regelmäßiger. Milla setzte sich auf, betrachtete den See und gleichzeitig ihr Leben. Seine Stille gab ihr die Kraft und die Gewissheit, sich mit all den offenen Themen auseinandersetzen zu können. Es war alles gut! Auch wenn es sich noch nicht hundertprozentig so anfühlte, wusste sie, dass es so war. Sie war hier, wo sie hingehörte. Sie konnte alles tun, was ihr Herz ihr sagte – das hatte sie schon einmal getan. Seit ihrer ersten Yogastunde hatte sie sich auf den Weg in ihr eigenes Leben gemacht. War immer wieder mutig aufgestanden, hatte sich von falschen Freunden und allem, was ihr nicht gutgetan hatte, getrennt. Bis zu diesem Tag heute. Ja, sie fühlte sich nackt und allein. Aber auch wie neugeboren. Es war, als hätte sie unter Schmerzen und mit letzter Kraft den Gipfel erklommen. Sie spürte jeden Muskel, jede Faser ihres Körpers. Aber die Aussicht von hier oben erfüllte sie mit Stolz. Hier war alles strahlend hell, unbeschrieben wie ein neues Notizbuch, voller Möglichkeiten. Endlich konnte sie sehen, und ihr wurde klar, dass sie sich niemals auf die Suche nach mehr Licht gemacht hätte, wäre es im Tal nicht so dunkel gewesen. Dankbarkeit flutete ihr Herz und die Tränen flossen erneut.

Milla atmete tief ein und aus. Mit einem Lächeln stand sie auf, hob die Hände vors Herz und neigte den Kopf. *Namasté. Ich sehe das Göttliche in dir.* Dann nahm sie erneut Anlauf und sprang. Diesmal war es ein Freudenschrei, der übers Wasser schallte und sich seinen Weg zwischen den Birken und Kiefern hindurch suchte, von den Vögeln des Waldes aufgenommen und zurückgesungen wurde.

***

Zufrieden rollte Nick seine schmerzenden Schultern. Er war seit Samstag hier und hatte schon einiges geschafft. Als

Allererstes hatte er die Zufahrt zum Haus und einen Teil der Wiese, um Platz für die Fahrzeuge der Handwerker zu schaffen. Die überaus zuvorkommende Bürgermeisterin des kleinen Ortes, Tuva Andersson, die augenscheinlich eine romantische Ader hatte, hatte ihm bereitwillig alles erzählt, was sie wusste. Und so wusste Nick wiederum, dass Milla den Elektriker und den Installateur für nächste Woche beauftragt hatte und dass sie beabsichtigte, das Haus wieder in Falunrot zu streichen. Selbstverständlich hatte er keinen Schlüssel für das Haupthaus. Außerdem wollte er Milla auch nichts vorwegnehmen. Schließlich sollte sie sehen, dass es ihm ernst war, ohne dass sie sich bedrängt fühlen musste. Und so hatte er sich nach dem Sensen um den Schuppen gekümmert, dessen Tür schief in den Angeln hing und dessen Fenster zerbrochen waren. Während die Farbe trocknete – er hoffte inständig, dass er die Richtige gekauft hatte – hatte er sich um Feuerholz gekümmert. Milla hatte ihm von den Kachelöfen im Haus erzählt. Vom letzten Sturm hatte wie bestellt eine große umgestürzte Birke auf dem hinteren Teil des Grundstücks gelegen – jetzt befand sich die Motorsäge der Nachbarn geputzt neben ihm und der Baum war in ordentliche Scheiben zerlegt. Wenn er sich ranhielt, würde er sogar noch etwas von dem Holz spalten können.

Nach einem letzten kräftigen Schluck Wasser hob er die Säge auf und schloss sie in seinem Wagen ein. Später würde er schwimmen gehen, versprach er sich, und dann todmüde in sein Zelt kriechen.

***

„*Hej*! Ich bin Ida. Was kann ich dir bringen?" Die Kellnerin war jung und zierlich und erinnerte Milla mit ihren dunklen Haaren so stark an Bree, dass sie spontan beschloss, ihr gleich zu schreiben.

„*Hej*, ich hätte gerne einen Kaffee und ein Stück Kuchen." Als sie das „Café – Loppis & Fika"-Schild am Straßenrand gesehen hatte, war sie spontan abgebogen. Sie hätte sowieso nichts mehr am Haus arbeiten können, dafür lagen noch zu viele Kilometer vor ihr. Also konnte sie auch ganz entspannt auf der Landstraße nach Blårbärskog fahren.

„Welchen Kuchen? Wir haben ..."

„Weißt du was, Ida? Bring mir einfach ein Stück von deinem Lieblingskuchen!", schlug Milla vor und zwinkerte ihr zu.

„Ach du meine Güte! Ich liebe sie alle!" Ida lachte und verschwand.

Lächelnd holte Milla ihr Smartphone hervor, machte ein Selfie und schickte es Bree mit ein paar Zeilen und dem festen Versprechen, sich ganz bald ausführlicher zu melden. Damit hatte sie den ersten Punkt auf ihrer Liste abgehakt. Um den großen Punkt, Nick, wollte sie sich morgen kümmern, nach ihrer ersten Nacht auf Blårbärskog.

Bree sandte augenblicklich Küsse zurück und Milla segnete die Wunder der modernen Kommunikation. Immer noch lächelnd steckte sie das Gerät wieder in ihre Tasche und sah sich um. Verschiedene Holztische und Stühle waren unter einem Walnussbaum aufgestellt worden. Links von ihr befand sich ein hübscher Bauerngarten, in dem es summte und brummte. Herrlich! An einem der Tische saß eine deutsche Familie mit ihren zwei Kindern, ansonsten war auf dem ehemaligen Bauernhof nicht viel los. Die Kinder aßen eifrig ihren Kuchen und warfen dem Klettergerüst mit Schaukel, das etwas entfernt stand, begehrende Blicke zu. Rings um die Wiese standen große Scheunen, die sicherlich randvoll waren mit allerlei Trödel und dem ein oder anderen antiken Schätzchen. Milla spürte ein aufgeregtes Kribbeln, sie wollte dort unbedingt noch hineinschauen, auch wenn ihr Gästehaus noch nicht fertig war.

„So, da ich mich nicht entscheiden konnte, präsentiere ich dir hier eine Auswahl der besten drei Kuchen." Ida grinste und stellte drei Teller sowie einen großen Becher Kaffee vor Milla ab. „Das hier ist Johannisbeere mit Puddingcreme, das Schokoladen- und das Apfelkuchen. Lass es dir schmecken!"

Milla lachte.

„Ida, du bist großartig!"

„Danke schön", antwortete sie sichtlich erfreut.

„Sag mal, kann ich nachher noch etwas stöbern gehen? Es ist ja schon später ..." Milla wies auf die Scheunen.

„Na klar – lass dir ruhig Zeit."

„Sicher? Wann macht ihr denn zu?", hakte Milla nach, aber die lustige Ida winkte ab.

„Kein Stress, ich bin hier."

„Okay, danke!"

Ida schüttelte lächelnd den Kopf.

„Dafür doch nicht!" Dann ging sie zu der Familie, die bezahlen wollte und Milla betrachtete die drei Teller und überlegte, welche Torte sie zuerst probieren sollte.

Mit einem vollen Bauch und glücklich vom Scheitel bis zur Zehenspitze lief Milla anschließend durch das dämmrige Dunkel und tauchte ein in ein Sammelsurium vergangener Zeiten. Alles um sich herum vergessend nahm sie dort ein Buch in die Hand, da ein Geschirrtuch mit Monogramm, seufzte kurz und stellte das antike Telefon, dass nur noch zu Dekorationszwecken zu gebrauchen war, wieder hin. Und plötzlich, in der allerletzten Ecke der letzten Scheune, entdeckte sie genau das, was sie immer hatte haben wollen: eine wundervolle klappbare Gartenmöbelgarnitur aus Holz mit geschwungenen Eisenstäben, bestehend aus einer Bank, vier Stühlen und einem Tisch. Nicht wirklich antik, aber alt, bequem und wunderschön anzusehen. Davon abgesehen in einen tollen Zustand. Milla probierte den Klappmechanismus aller Teile aus und konnte ihre Begeisterung kaum in Zaum halten. Wenn sie die Rückbank ihres Autos umklappte, müsste es sogar hineinpassen! Mit einem dicken Grinsen machte sie sich auf die Suche nach Ida. Sie dachte gar nicht daran, ein Pokerface aufzusetzen, das hatte sie in den letzten Wochen zur Genüge getan. Es gehörte zu ihrem alten Leben und hatte keinen Platz in ihrem neuen – zudem war der ausgewiesene Preis angemessen.

Vollbepackt bis obenhin – zu den Gartenmöbeln hatten sich noch etliche Geschirrtücher und einige Tischdecken gesellt – und unglaublich glücklich verabschiedete sich Milla nach einem letzten Kaffee von Ida und fuhr weiter.

***

Für heute war es genug. Mit einem letzten ausholenden Schlag versenkte Nick die Axt in dem Baumstamm und begann die Scheite aufzusammeln. Im Schuppen hatte er leider keine Schubkarre gefunden, nur eine große Zinkschüssel. In die lud er die Scheite nun und lief damit zwischen Hackplatz und Schuppenrückseite hin und her. Die Farbe war gut getrocknet, aber Nick wollte noch eine zweite Schicht aufbringen und durchtrocknen lassen, bevor er das Brennholz daran stapelte. Also lud der die Scheite vorerst auf einem provisorischen Haufen ab. Der Schweiß rann ihm schon seit Stunden in Strömen den Rücken hinunter, und er hatte es aufgegeben, ihn abwischen zu wollen. Allmählich ließ auch sein Mückenschutz nach und die Biester begannen ihn zu umschwirren. Er sehnte sich nach einem Sprung in den See und nach etwas zu essen. Sein Magen knurrte schon eine Weile, aber er hatte erst sein Pensum für heute schaffen wollen.

Nach der letzten Fuhre drückte er seinen Rücken durch und trank gierig aus seiner Wasserflasche. Stolz sah er sich auf dem Hof um. Er waren zwar nur Kleinigkeiten, die er getan hatte, aber Notwendigkeiten. Man sah, dass hier etwas gearbeitet worden war. Nick holte sich ein frisches Shirt und eine saubere Hose aus seinem Zelt und machte sich müde, aber zufrieden auf den Weg zum See.

***

Langsam bog Milla in die Auffahrt zu ihrem neuen Heim und trat erschrocken auf die Bremse. Warum stand da ein fremder Wagen in ihrer Einfahrt?! Erst auf den zweiten Blick erkannte sie, dass es ein Mietfahrzeug war. Sie stellte den Motor ab und beruhigte ihren Atem.

Hoffentlich nur ein Tourist und kein frauenmordender Psychopath ..., schoss es ihr durch den Kopf. *Mein Gott, Milla!,* schalt sie sich gleich darauf in Gedanken. *Bleib ruhig!*

Dennoch hielt sie ihren Schlüssel wie eine Waffe – etwas Besseres hatte sie nicht – und stieg langsam und möglichst leise aus. Die Autotür ließ sie offen, nur für den Fall ...

Welchen Fall denn bitte?! Es gibt keinen Grund, hysterisch zu werden, redete sie sich selbst gut zu und ging langsam zum Haus. Erst jetzt nahm sie die gemähte Wiese wahr. *Welcher Psychokiller würde wohl erst die Wiese mähen?,* fragte die Stimme der Vernunft hämisch, aber Millas Herz klopfte trotzdem schneller. Als sie den reparierten und gestrichenen Schuppen sah, ließ sie ihre Hand langsam sinken. Eine bittersüße Ahnung stieg in ihr auf und ließ ihr Herz hüpfen. Sie verbot sich weitere zweifelnde Gedanken und steckte den Schlüsselbund entschlossen ein. Gespannt lief sie an einem leeren Zweimannzelt vorbei und den Trampelpfad durch das Birkenwäldchen Richtung See hinunter. Die Schmetterlinge in ihrem Bauch erwachten langsam und begannen sacht mit ihren Flügeln zu schlagen. Milla wusste nicht woher sie es wusste, aber sie war sich sicher zu wissen, wen sie dort unten treffen würde, und die ruhige Gewissheit vermischte sich mit unglaublicher Freude. Dennoch zwang sie sich zu ruhigen Schritten. Schließlich gab es immer noch die Möglichkeit, dass sie sich irrte.

Der Wald hörte genauso plötzlich auf wie er begonnen hatte und gab den Blick auf ihren See frei. Die Sonne stand schon tief und schickte ihre goldenen Strahlen übers Wasser. Und dort am Ufer stand er. Trotz des Gegenlichts konnte sie die feinen Wassertropfen sehen, die seine breiten Schultern hinabrollten. Er stand ganz still da, genoss das Schauspiel der Natur, und mit einem Mal wusste sie, es war nicht Begehren was sie zu ihm getrieben hatte, sondern Liebe – das war es die ganze Zeit gewesen. Sie hatte es schon gespürt, als sie ihn auf dem Holi-Festival gesegnet hatte. Sie hatte es nur nicht wahrhaben wollen. Bis jetzt. Denn Liebe war niemals einfach, aber immer leicht, und egal, wie ihr Leben und ihr Alltag aussehen würden – sie wollte es mit ihm gemeinsam erleben. Als er sich jetzt umdrehte, ließ sein Anblick die Sonne erblassen. Sie hatte nur noch Augen für ihn. Wie hatte sie nur so blind sein können?!

„Ich bin spät, entschuldige", sagte sie.

Er strahlte sie an und sie wusste, er spürte es auch.

„Ich werde immer auf dich warten", versprach er und kam langsam auf sie zu.

„Immer?", fragte sie leise, als sie dicht voreinander standen.

„Immer", bestätigte er.

Milla wollte noch etwas sagen, aber Nick legte ihr den Zeigefinger auf die Lippen und zog sie nah an sich. Der Kuss war Ankommen und Abheben zugleich. Mehr Versprechen brauchte sie nicht. Sie schlang die Arme um ihn, und es war, als würden sie ihre Flügel ausbreiten und ihrem gemeinsamen Leben entgegenfliegen.

Epilog

Namasté. Sie schloss noch einmal die Augen und spürte nach. Ihre Muskeln fühlten sich angenehm warm und weich an, ihr Atem ging tief und gleichmäßig. Die Luft war frisch und klar und ließ schon einen Hauch des nahenden Herbstes erahnen.

Ein plötzliches Platschen drang an Millas Ohren. Langsam öffnete sie die Augen und schmunzelte. Auf dem See war eine Ente gelandet. Jetzt nahm Milla auch die anderen Vögel und deren Morgenkonzert wieder wahr. Sie ließ den Blick schweifen und konnte es noch immer kaum glauben. All das gehörte jetzt zu ihrem Leben. Wenn sie wollte, konnte jeder Morgen mit einer Yogarunde auf dem Steg des Sees beginnen – das Leben war einfach herrlich! Sie lächelte. Glück und Dankbarkeit strahlten aus ihr heraus und mit der aufgehenden Sonne um die Wette. Milla zwinkerte der Ente auf dem See zu und rollte ihre Yogamatte ein. Der Tag konnte beginnen.

Auf dem Weg zum Haus ging sie in Gedanken ihre heutige To-do-Liste durch. Irgendwie wurde die immer länger, statt kürzer. Schon in zwei Wochen sollte die offizielle Eröffnung von Blåbärskog stattfinden und Milla musste noch an so viele Kleinigkeiten denken. Seit fünf Wochen hatten sie und Nick schwer geschuftet, die Handwerker angetrieben, Genehmigungen eingeholt und Möbel besorgt. Ohne ihn und seinen unermüdlichen Einsatz hätte sie das kaum geschafft. Bei dem Gedanken an ihn wurde ihr ganz warm ums Herz und sie lächelte. Gerade war er für ein paar Tage nach London geflogen, weil er sich um seine Ausstellung und die Kalenderproduktion kümmern musste, aber er wollte spätestens übermorgen wieder hier sein – pünktlich zum Pre-Opening. Hierfür hatte Milla Reise- und Familienblogger aus Schweden, Deutschland und Dänemark zu einem Pressewochenende eingeladen. Auch Liz würde kommen, darauf freute sie sich besonders. Wenn es so wurde, wie Milla sich das vorstellte, würde es ein buntes und lustiges Mädelswochenende werden. Leider würde Bree nicht dabei sein, sie musste arbeiten, hatte aber ihr Versprechen erneuert, Weihnachten zu kommen.

Zurück im Haus wollte sie gleich erst einmal duschen und nach einem starken Kaffee noch mal die Marketingaktionen durchgehen und eine weitere Kommunikationswelle starten. Am eigentlichen Eröffnungswochenende wollte Milla eine große Party für die Dorfbewohner, Handwerker und die Vertreter des schwedischen Tourismusverbandes schmeißen. Aber dafür mussten natürlich alle früh genug informiert werden. Auch wenn ihr Vater nichts mit ihrer Pension zu tun hatte, so war doch die ganze Branche begierig darauf, zu erfahren, was sich die Tochter von Sven Sjögren aufgebaut hatte. Sie hatte die Bekanntheit ihres Vaters zwar nicht bewusst ausgespielt, aber ihren Namen auch nicht verheimlicht und ihre Kontakte durchaus genutzt – schließlich sollte sich die Pension tragen können.

Ganz in Gedanken versunken betrat Milla das Haus durch die Hintertür der verglasten Veranda. Hier würde sie ihren Gästen jeden Tag das Frühstück servieren. Milla ging weiter in die Küche und stieß einen Schrei aus.

„Nick! Was machst du denn hier?! Und schon so früh!" Lachend fiel sie ihm um den Hals und küsste ihn stürmisch. Erst jetzt merkte sie, wie sehr sie ihn vermisst hatte.

„Ich habe es nicht mehr ausgehalten ohne dich", flüsterte er an ihren Lippen und zog sie näher zu sich. „Also habe ich die Nachtmaschine genommen und den ersten Zug." Nick lächelte sein Lausbubengrinsen und küsste sie mit einer Leidenschaft, als wäre er drei Monate fort gewesen, statt nur drei Tage. Er hob sie hoch, um sie nah bei sich zu spüren und Milla schlang die Beine um ihn.

„Aber …“, sie stutzte, „wie bist du eigentlich hierher gekommen? Der Bahnhof ist …“

„Ein zahnloser alter Bauer hatte Mitleid und mich auf seinem Traktor mitgenommen“, unterbrach er sie und küsste sie wieder.

„Alt und zahnlos. Aha …“, murmelte Milla an seinen Lippen und stöhnte gleich darauf auf, als Nick mit seinem Daumen über ihre bereits gehärteten Spitzen fuhr.

„Ja. Ich erzähl dir später alles, aber erst einmal werden wir jetzt unser Wiedersehen feiern.“ Sie hörte das Verlangen in seiner Stimme.

Millas Verstand wollte einwenden, dass sie noch eine Million Dinge zu tun hatte, aber ihr Körper ignorierte die Einwände und stöhnte auf, als Nicks Hände begannen, sich einen Weg von ihrem Po zu ihrer Mitte zu bahnen. Wie machte er das bloß? Er hielt sie doch immer noch fest.

„Nicht denken, Schatz! Nur genießen“, flüsterte er und küsste sie wieder, während er sie aus der Küche und nach oben trug.

***

„Möchtest du noch einen Schluck Kaffee?“, fragte Nick, als sie später beim gemeinsamen Frühstück auf der Wiese hinterm Haus saßen, aber Milla schüttelte den Kopf.

„Nein, danke.“ Sie hatte ihren dicken Notizblock vor sich und schrieb eifrig. „Es muss noch eingekauft werden, morgen wollte ich die Blumen abholen, eventuell könnte der Rasen noch gemäht werden und ich überlege, wann ich den Kuchen backen soll. Ofenfrisch schmeckt er ja am besten, aber ich weiß nicht, ob ich Freitag genug Zeit dafür habe.“

„Wann sollen denn die ersten Gäste eintreffen?“

„Mittags, und dann kommen alle so nach und nach. Die beiden Däninnen kommen mit dem eigenen Auto, genauso wie die Deutschen – die haben sich zusammengeschlossen, was ich einfach großartig finde. Holst du die Schwedinnen vom Bahnhof ab?"

Nick lächelte.

„Na klar, das hatten wir doch schon besprochen. Ich kann auch das Einkaufen übernehmen, wenn du mir eine Liste schreibst."

„Nein, das machen wir besser zusammen, dann geht es schneller." Milla riss ein Blatt vom Block und notierte flink die verschiedenen Läden, in die sie wollte. „Es muss einfach alles perfekt sein!" Sie bemerkte gar nicht, wie sie immer hektischer wurde.

Nick ergriff ihre Hand.

„Herzlich. Es wird alles herzlich sein. Perfekt brauchst du nicht." Er lächelte. „Und ich bin da. Wir bekommen das gemeinsam hin."

Milla atmete tief ein. Er hatte recht, sie wollte eine herzliche, familiäre Atmosphäre in ihrer Pension bieten. Wenn sie sich jetzt vom Stress vereinnahmen ließ, würde die kaum aufkommen.

„Danke." Sie sah ihn an. „Danke, dass du da bist."

„Wo sollte ich sonst sein?", fragte er scherzhaft und Milla lachte auf. „Ich habe dir versprochen, dass ich die nächsten Wochen hier bin und dir helfe. Im November muss ich zur Ausstellungseröffnung und die Kalender versenden. Ich habe erst im neuen Jahr den nächsten Auftrag."

Bei seinen Worten wurde ihr ganz warm ums Herz. Sie hatte ursprünglich alles allein machen wollen und wusste jetzt, dass es zu zweit viel schöner und auch etwas leichter war.

„Ich liebe dich." Milla sah ihm in die Augen. „Und ich weiß, wie es ist, seinen Traum hinten anzustellen, also ... danke!"

„Milla, Babe, ich liebe dich auch!" Er stand auf, ging um den Tisch herum und hockte sich vor sie. „Außerdem stelle ich gar nichts hinten an. Ich will hier mit dir zusammen sein. Ab und zu werde ich für einen Auftrag unterwegs sein

241

– so wird unser Leben aussehen, und ich weiß, dass es ein sehr volles Leben sein wird. Aber solange wir beide wollen, dass es funktioniert, wird es das. Wir dürfen nur nicht aufhören, miteinander zu reden."

Was hatte sie für ein Glück ... Milla strahlte ihn an. Er hatte recht – es würde klappen, weil sie es so wollten und alles dafür tun würden, dass sie ihre Träume gemeinsam verwirklichen konnten.

„Und sollte sich am Wochenende irgendeine Katastrophe anbahnen, mähe ich einfach mit freiem Oberkörper den Rasen und sorge so für Ablenkung", fügte er trocken hinzu, wobei der Schalk in seinen Augen blitzte.

„Jetzt weiß ich endlich, warum ich dich ausgesucht habe!", prustete Milla los. „Damit meine Gäste was zu gucken haben."

„Ausgesucht?", fragte er gespielt skeptisch. „Das ist ja interessant. Wer stand denn noch zur Auswahl?"

Milla grinste.

„Na ja, lass mich überlegen ... Also, da war noch ..."

Der Rest des Satzes ging in einem Aufschrei unter, denn Nick hatte sie sich über die Schulter geworfen und ging mit ausladenden Schritten auf die Regenwassertonne im Innenhof zu.

„Nick, lass mich runter!", rief Milla lachend. „Ich habe keine Zeit für Späße. Ich muss ..."

„... dich dringend abkühlen!", unterbrach er sie grinsend und tat so, als würde er den Deckel der Regentonne öffnen.

„Nick, ich warne dich!", kreischte Milla. „Lass mich sofort runter, sonst ..."

„Sonst was?" Es war offensichtlich, dass er sich köstlich amüsierte.

Milla fiel vor lauter Lachen keine Konsequenz ein, außerdem stieg ihr langsam das Blut in den Kopf.

„Ja?", hakte er nach. „Also bevor du Mama wirst, musst du wirklich noch an deiner Reaktion arbeiten", setzte er nonchalant hinzu und ließ sie sanft von seiner Schulter gleiten.

In Millas Kopf drehte sich alles.

„Mama?", wiederholte sie ungläubig.

„Na, wenn du als Mutter nicht auf Zack bist, tanzt dir die Brut auf der Nase rum. Glaub mir, ich habe das als Kind selbst oft genug ausprobiert", gab er zurück und strahlte sie dabei an.

„Du willst Kinder?" Milla konnte es nicht fassen. Sie waren erst seit einem Monat zusammen und er sprach schon von Familienplanung.

„Du nicht?", fragte er zurück, plötzlich ein klitzekleines bisschen unsicher.

„Doch, klar, aber ... Ich ... Die Pension ...", stammelte sie. Zu viele Gedanken strömten auf einmal auf sie ein. „Denkst du etwa, ich ziehe die Kinder allein groß, während du in der Weltgeschichte unterwegs bist?!", brach es auf einmal aus ihr heraus.

„Natürlich nicht!" Nick lächelte und zog sie näher zu sich. „Das habe ich nicht erwartet. Ich will ja auch an ihrem und deinem Leben teilhaben." Er gab ihr einen leichten Kuss und suchte ihren Blick. „Ich wollte nur schauen, wie du zu dem Thema stehst. Offenheit ... weißt du noch?"

Milla konnte seinem Blick nicht widerstehen, ihr Herz flog ihm nur so zu und ein Strahlen breitete sich auf ihrem Gesicht aus.

„Du willst echt Kinder mit mir?"

„Du bist die Frau meines Lebens. Ich will *alles* mit dir", antwortete er ernst und besiegelte das Versprechen mit einem Kuss.

ENDE

Ein paar Worte zum Schluss

Liebe Leserin, lieber Leser,

kannst du es glauben, dass wir nun schon dreimal gemeinsam nach „Gracewood Hall" gereist sind? Es ist so wundervoll, dass du dabei bist! Ich danke dir von Herzen. Eine bessere Begleitung kann ich mir gar nicht vorstellen! Wenn du mir eine riesengroße Freude machen möchtest, dann schreibe eine Bewertung auf einem der Onlinebuchläden oder gern auch einer anderen Websiten, wo wir uns über Bücher austauschen. Erzähl auch sehr gern in deinem direkten Umfeld von dem Leben und Lieben auf „Gracewood Hall". Ich bin gespannt darauf, von dir zu lesen!

Und weil ich es so sehr liebe, dich zu unterhalten und dir damit etwas Gutes zu tun, dachte ich mir, ich ermögliche dir das ebenfalls. Denn ein Teil der Einnahmen von „Sommerfrische auf Gracewood Hall" geht an die Organisation „Plant for the Planet" und damit direkt in die Pflanzung neuer Bäume.

Wenn du jetzt sofort weiterlesen möchtest, dann blättere zwei Seiten weiter, dort kommst du direkt zu Band 4, „Hochzeitsglück auf Gracewood Hall" .

Wenn du die nächsten Veröffentlichungstermine auf gar keinen Fall verpassen willst, trage dich sehr gern hier https://sandrarehle.wpcomstaging.com/kontakt/ für meinen Newsletter ein.

Hier findest du all die anderen Möglichkeiten, wie du mich erreichen kannst. Ich freue mich auf dich!

info@sandrarehle.de

244

http://www.sandrarehle.com
https://www.instagram.com/sandrarehle
https://www.facebook.com/SandraRehleAutorin
https://www.pinterest.de/sandrarehle

Kommen wir zu all den Menschen, denen ich danken möchte.

Ein großer Dank geht an meine Lektorin Tanja Balg, die unter ganz besonderen Umständen die Familie Bedford und ihre Lieben kennengelernt hat. Ich bin so froh, dich gefunden zu haben!

Meine wunderbare Christin hat auch im Sommer „Gracewood Hall" besucht. Ich danke dir für deinen unermüdlichen Einsatz bis spät in die Nacht! ;)

Ein großer Dank geht auch an Linda Chor und das Team der Digitale PrePress GmbH für das wundervolle Cover!

Danken möchte ich auch all den Menschen in meiner Online-Community. Ihr seid so großartig! Ich liebe es mich mit euch auszutauschen.

Und wie immer kommt das Beste zum Schluss.

Ein ganz besonderer Dank gilt meiner Familie. Denn ihr drei seid der Anfang von allem und auch immer das Ende. Ihr steht über allem. Ihr seid die, die mich zusammenhalten, mich herausfordern und zum Lachen bringen. Was würde ich ohne euch drei machen? Ich wäre nichts. Danke, dass es euch gibt! Ihr seid ein Geschenk für die Welt und ich liebe euch unendlich!

Hochzeitsglück auf Gracewood Hall

Monatelang hat Mindy Miller ihre Hochzeit mit dem attraktiven und reichen Andrew Crawfield bis ins letzte Detail geplant. Doch ein Aufenthalt in den Schweizer Bergen stellt alles auf den Kopf.

Dort stellt sich für Mindy die Frage, nach welchen Vorstellungen möchte sie ihr Leben gestalten? Was ist für sie wirklich wichtig? Und was wird Andrew zu all diesen Fragen sagen?

Wird es ihnen gelingen, ihre Traumhochzeit zu retten?

ISBN: 9783751923286

236 Seiten

https://kurzelinks.de/np1d

246

Winterzauber auf Gracewood Hall

Die aufgeweckte Lifestylebloggerin Liz Sommer hat von der Männerwelt genug. Da kommt die Einladung, Weihnachten auf Gracewood Hall verbringen zu können, genau richtig!

Kaum angekommen, lernt sie den attraktiven, aber verschlossenen Maxwell Thomson kennen. Auch Max will von Liebe und Romantik nach einem schweren Schicksalsschlag nichts mehr wissen.

Wird es ihnen gelingen, die Vergangenheit hinter sich zu lassen?

ISBN: 375282133
256 Seiten
https://kurzelinks.de/ha38

Frühlingserwachen auf Gracewood Hall

Die junge Annie Taylor hat sich gut in ihrem Leben als alleinerziehende Mama eingerichtet. Doch mit den ersten Sonnenstrahlen zieht der Frühling auf Gracewood Hall ein und wirbelt alles durcheinander.

Plötzlich sieht Annie ihren alten Freund Matt mit ganz anderen Augen.

Und dann steht auch noch ihr Ex mit großen Plänen vor der Tür und bittet um eine zweite Chance.

ISBN: 3748190182

316 Seiten

https://kurzelinks.de/eeu5